老のくりごと

八十以後国文学談儀

島津忠夫

和泉書院

川西市の自宅での短歌会にて（平成23年8月）

郡上市大和町の歌碑公園

縁ありて
郡上の土となる妻よ
見よたちわたる雨後の白雲を
篠脇の城に雪降る
眺めつゝ
われもこの町に骨埋めむとす
忠夫

はじめに

京都大学に入学して曲がりなりにも国文学に志してより、六十年。著作集十五巻も完成して、あとは「老のくりごと」と言わねばならないが、私の研究の出発点となった心敬の、『老のくりごと』という晩年の連歌論書をひそかに思いうかべているのである。私も齢すでに八十の半ばを迎えようとし、時代・ジャンルを問わず、国文学のところどころを思いつくままに書きつけておこうとする。名付けて「老のくりごと―八十以後国文学談儀―」という。

目次

分類別配列

近代

国語

謡は俳諧の源氏 ―西山宗因の場合―

「天性の詩人・西山宗因」と題して、平成十七年に柿衞文庫、平成二十二年に八代市立博物館の西山宗因展に当たり、八代ロイヤルホテルで講演をした。前者は、もっぱら宗因俳諧の謡取りの句について具体的にとりあげ、後者は、「連歌と俳諧と」の副題を付して、もっといろいろな角度から述べたが、「宗因と源氏物語」についても少し詳しく触れておいた。

宗因は、寛永九年、江戸出府の加藤正方に扈従して下り、出府中の里村昌琢に『源氏物語』の伝授を請うたが、昌琢に胸痛などの故障があり、昌琢からの依頼で、帰国後、豊後府内（大分市）円寿寺の寛佐より伝授を受けたことは、早く市場直次郎氏「西山宗因と寛佐」（「国語国文」昭和九年六月）により知られている。

『源氏物語』の影響は、早く『肥後道記』（寛永十年）、『津山紀行』（承応二年）にも顕著に見られる。

また、宗因の評点を見ると、たとえば、連歌では、延宝八年の能順らの「朝夕に」百韻に、

　身の程のかへりみすれば数ならで　（能順）

〽人にゆづるもあはれみどり子　随珍

　松風の巻と見申候。殊勝に候。

と見えるように、大井の里での明石の方が「身の程」を考えて、姫君を紫の上の養女とする話を、そのままとらえていることに長点を与えている。それに対して、俳諧では、たとえば、延宝三年頃の岳西惟中十百韻の、第五の百韻に、

　法事の場《ニハ》にあき風ぞふく

〽老僧のむか歯《バ》や一葉《ハ》おちぬらん

　功づきてだらによみたると当流もおもひ出られ候。

とあるように、前歯の欠けた、法事の場の老僧から、「かれたる声のいといたうすきひがめるも、あはれに功《く》づきて、陀羅尼読みたり」（若紫）を想像した判詞を加えているように、『源氏物語』の言葉を取っても卑俗に老僧のさまをとらえている句に長点を与えるなど、連歌と俳諧では取り方に対する評価がまったく異なっている。

さらに、宗因自身の作品についてみても、連歌では、『源氏物語』による付合は枚挙に暇がないが、たとえば、寛永十五年春の『十花千句』第八百韻に、

人たがへての契くやしき

ぬぎ捨し名残ばかりの衣の香に

のように、空蟬が、近づく源氏の気配を察知して衣を残して逃げ去り、源氏はやむなく妹の軒端荻と契る場面（空蟬）を思い浮かべての付けであるのに対して、俳諧では、延宝八年夏の独吟百韻（『阿蘭陀丸二番船』所収）に、

もえ出る思ひの灰《ハイ》となつて月

ちんちろりんの髭黒《ヒゲクロ》の大将

のように、髭黒大将が玉鬘を訪ねようとする時、激怒した北の方が香炉の灰を引っ繰り返した場面で、髭黒は松虫のように泣くほかはなかった（真木柱）という滑稽味をとらえているのである。

しかし、俳諧においては、『源氏物語』による付合は、連歌に比してはるかに少ない。それに代って多いのが、謡取りであった。「謡は俳諧の源氏」という言葉は、元禄五年二月刊の其角の『雑談集』に見られるに過ぎないが、それは、宗因らの俳諧で、しばしば言われていたことを記したものと思われる。連歌において『源氏物語』を尊重することを踏まえて、俳諧では、謡取りを盛んにすることをいったものであった。

その宗因の謡取りは、

里人の渡り候か橋の霜（『境海草』）

のように謡曲調を一句仕立てにしたものや、

悪事千里吉次が墓や世々の秋（『桜川』）

のように、「悪事千里を行けども」〈藤戸〉の文句取り、

青のりをとろり〳〵とゝき給ふ　翁（宗因）

はやとも綱を伊勢浦の舟　同（『珍重集』）

に見る「船子ども、はや纜をとく〳〵と」〈船弁慶〉の文句取りなど多く見られる。

颯のふしをきいた虫の音　西花

秋更るみよしのんのと草はへて　梅翁（『天満千句』）

のように、「〔シテ〕みよし野の。〔地〕みよし野の。〳〵。川淀滝つ波の」〈桜川〉の節回しをとらえて付けているように、総じて、謡のフシの面白いところ、謡い馴れたところを取っているのである。当然談林の他の俳諧師にも謡取りの句は多いが、宗因の謡取りの口調のよさ、先練さは抜群であった。宗因の活動した寛永〜延宝期は、徳川幕府によって能楽が式楽となり、諸侯の城下においても能楽は盛んで、いわゆる謡文化の時代であり、宗因のこの巧みな謡取りが武家階層に大いに受けたことが察せられる。

宗因は、本業の連歌と遊びの俳諧を峻別していたが、連歌では、雅語の世界の中でのぎりぎりの新鮮さを、俳諧では、遊びに徹しての言葉・趣向の洗練さを見せていた。それは、連歌における『源氏物語』の受容にも、俳諧における謡取りの句にも見られることであり、まさに「天性の詩人・西山宗因」と賞すべきものがあった。

『大吉天神宮納帳』の「連歌田」

大阪俳文学研究会で、故岡本勝氏蒐集の「岡本文庫」閲覧のため、平成二十二年八月十八日に、三重県三重郡朝日

町歴史博物館に行った。二階の一室で、多くの会員は熱心に俳書を調べていたが、私は企画展「明治の歌人　橘東世子・道守」展にも興味があり、途中で階下の展示場に行った。特に予備知識はなかったのだが、この小さな町に立派な歴史博物館があることに何となくひかれていたので、ついでに常設展を見て、あっと驚いた。そこには、朝日町の今昔のうち、中世の一画に、『大吉天神宮納帳』の一枚のパネルがあり、「天神宮連歌田」の文字が目に入ったからである。

解説によれば、苗代神社蔵とあり、永禄八年（一五六五）の文書とある。何人かの関心のありそうな人とともに、もう一度展示を確かめ、学芸員の竹内弘光氏に話したところ、その原本を預かっているからと言って特別に見せていただくことができた。私は、その時、即座に染田の天神講のことがよぎり、杭全《くまた》神社の「連歌田」の写本のことを思い出していた。何人かの人に、「連歌田」のあらましと、永禄八年の原文書であることがきわめて貴重であることを興奮気味に語った。染田の天神講が、神社の拝殿を連歌所にしていたこともあって、ぜひいつか苗代神社（朝日町縄生）を訪ねてみたいと思った。ところが、それも竹内氏が車で案内して下さり、何人かの人といっしょに出向くこととなった。神社は式内社で、現在の建物は明治の再建だが、小高い岡の上にあり、おそらくもとのままの遺構を残しているものと思われる。この拝殿で、戦国時代に武将たちが集まって連歌を行なっていたことにしばし思いを馳せたのであった。

私が「連歌田」に関心を持ったのは、「千句連歌の興行とその変遷」（「連歌俳諧研究」15、昭和三十二年十二月）を書いた頃にさかのぼる。それは、『連歌の研究』（昭和四十八年、角川書店刊）、『島津忠夫著作集　第二巻　連歌』（平成十五年、和泉書院刊）に改訂を加えつつ収めているが、主旨は変わっていない。そこには、一、大阪府泉北郡浜寺町字船《ふな》尾《お》（堺市西区浜寺諏訪森町）の三光川にかかる「連歌橋」の由来を古老から小字「連歌田」に拠ると聞き、三光国師の大雄寺（浜の寺）で法楽連歌が行なわれていた名残かと想定したこと。二、染田の天神社の天神講田のこと。三、堺市開口《あぐち》神社の嘉吉二年（一四四二）十一月「三村宮へ両殿御寄進本役事」（『開口神社文書』焼失か）に、「右は公方より

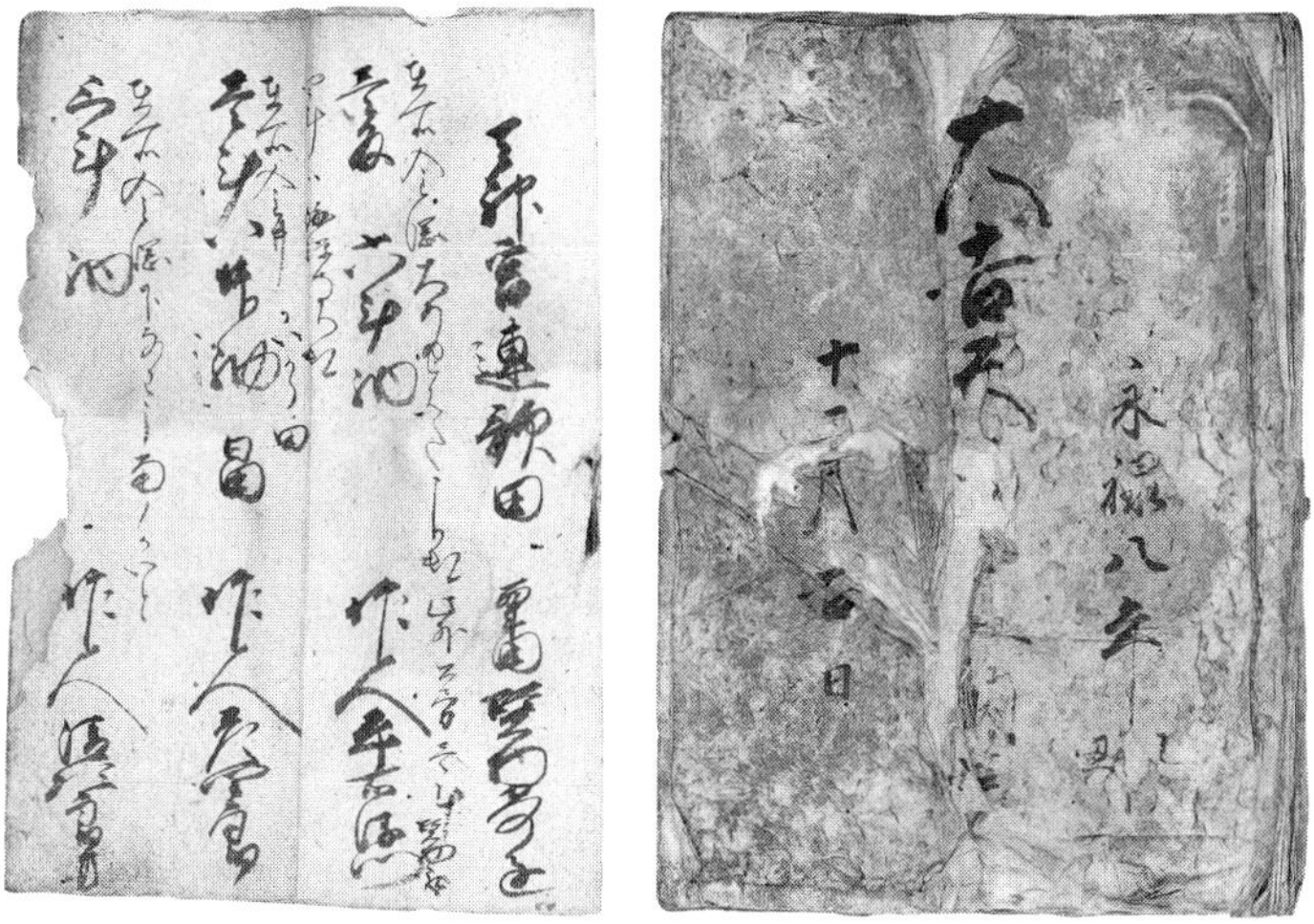

朝日町苗代神社蔵『大吉天神宮納帳』（朝日町歴史博物館提供）

御寄進の連歌田所也」と見えること。四、「東寺領山城国下久世荘明応八年年貢未進注文」に「連歌田分なる免田」が記されていること（清水三男氏『日本中世の村落』昭和十七年、日本評論社刊。『清水三男著作集　第二巻』昭和四十九年、校倉書房刊）。五、大山崎の離宮八幡宮の『万記録』に見える「れいせん連歌講」のこと。六、安井道頓の祖父道是が、郷社熊野権現杭全社に、千句田として連歌所の維持にあてるための田地を寄進し、大阪大学含翠堂文庫（土橋文庫）に、「連歌田」という写本があることなどを記している。

『大吉天神宮納帳』は、永禄八年の原資料（表紙中央に「大吉天神宮納帳」、右に「永禄八年乙丑」、左に「十二月吉日」とある）が現存していることが極めて貴重で、最後の丁に、

　天神宮連歌田　粟田監物寄進
　（在所金綱大あせはたより出候）壱反　六斗納（四斗は海禅寺へ出候）　作人平右衛門（此外公方壱斗監物取候）
　（在所金井かいがら田）壱斗八升納　畠　作人彦四郎
　（在所金綱下なわう南のかいと）三斗納　作人清次郎方
　（在所あ□□）三斗納　作人清左衛門方

とあり、縄生《なお》城主で、粟田監物が中心になって、在地の城主たちが連合して連歌の座を持ち、千句興行や月次連歌が行なわれ、その費用としての「連歌田」であったことが知られる。連歌座は永禄八年よりもっと以前から行なわれていたのではないかと思われ

る。当時の武将が連歌の座を好んだのは、お茶などと同じく、一味同心で、その座をともにすることにより、気心を通じ合い、その文芸の座を楽しむとともに、同盟を固める意味があった。『宗長日記』『東国紀行』など、このあたりは、往還の途上にあたるところで、戦国武将も連歌師と接触することが多かったものと思われる。

この資料は『朝日町史』(昭和四十九年刊)に翻刻され、後日、竹内氏の教示により、『四日市市史　第十六巻』(平成七年刊。稲本紀昭氏執筆)にも紹介されていることを知った。この資料の細かい分析や、この資料に見える地侍などについては、郷土史の方々の精査を待ちたいが、この資料は、ほとんど連歌研究者の目に触れていないと思われるので、紹介しておきたい。

新出の『伊東静雄日記』を読む(1)―佐賀高校在学時代―

平成二十二年七月二十四日に、阪大住吉会という小さな集まりで、「詩人伊東静雄と伊東静雄先生」と題して講演をした。ほとんどの方が理科系の人で、専門の連歌の話をしても興味が湧かないことと思い、伊東静雄がかつて住吉中学(旧制)教諭であったこと、私もほんの数時間ではあったが、中学時代に直接授業を受けたこともあり、一方『日本文学史を読む―万葉から現代小説まで―』(平成四年、世界思想社刊)の一章に「抒情詩集―わがひとに与ふる哀歌―」という形で取り上げてもいたので、このテーマにしたのである。その日は新出の『伊東静雄日記　詩へのかどで』(平成二十二年、思潮社刊)は、話の枕にしたに過ぎなかったが、改めて考えてみたいと思う。

この日記のことは数年前に田中道雄氏から聞いていて、かつて朝日新聞に記事が出た時、さっそく連絡先の六耀社の電話番号に掛けたところ、二期下の柊和典君が出て来て、互いに旧知の仲だったので、しばし話をしたことがあった。自筆の日記を書き取るのに隙がかかっているが、いずれ刊行するということで、その折はぜひ連絡してほしいと言って切ったのだが、その後何の連絡もなかった。ところが、平成二十二年五月十三日付け朝日新聞夕刊にまた記事が出て、今度は思潮社から刊行されたというので書店から取り寄せ、吉田仙太郎氏の「編集後記」を読むと、柊君が編集の終結を目前にして亡くなったとのことに驚いたのであった。

第一冊　大正十三年十一月三日〜十四年十二月三日
第二冊　大正十四年十二月四日〜十五年十二月二日
第三冊　大正十五年十二月二十四日〜昭和二年十月七日
第四冊　昭和三年五月二十五日〜四年三月五日
第五冊　昭和四年四月二十六日〜五年六月十日

の五冊より成り、第一冊から第二冊の半ばまでが佐賀高校（旧制）在学中、第二冊の半ばから第四冊までが京都大学在学中、第五冊が大阪府立住吉中学在職中となる。行き届いた編注があり、この日記を、既刊『定本　伊東静雄全集』（昭和四十六年、五十五年、人文書院刊。以下全集と略称）の書簡編と合わせ読むといろいろなことが知られる。

第一冊は、大正十三年十一月三日の条より始まるが、これは、伊東が佐賀高校文科乙類の二年の折だった。文科乙類というのは、ドイツ語を第一外国語とする。

大正十四年十一月六日の条に、

今後、日記はなるべく深く詳に記せんことを決せり。生活手記なき人の生活はいかに哀むべきことなるよ。一つは生活に真実なるべく――なぜならば反省を多くなすと云うことは生活の真実に近づく手段なればなり――、一つは文章熟練のためなり。

と、伊東が日記を記すという行為について述べていて、これはこの日記を読む上に大いに必要であると思う。

私も約三十年後に、佐賀大学に勤め、そのころとはあまり大きな変化がなかったので、佐賀の町にかなり地理感があって、臨場感を持って感じ取ることができる。それに旧制高校の経験のない私にも、当時の旧制高校生の青春生活

が実によく知られる。たとえば、大正十四年十月三十一日の条、
　夕方、ひるの約束にて日隈氏の下宿を訪う。／彼の人生観の激しく大胆なるを静かにきく。妙にしっくりはまらぬ二人の心持。二人して商業学校のそばより水ケ江町に散策。女学校の前より別れて帰寮。（行替えは／で表す。）
など。伊東は郷里諫早から佐賀に来て、不知火寮にいた。
京都へゆくべきか、東京へゆくべきか迷っていることもおもしろい。大正十四年十一月十八日の条に、
　世間的栄達、地位を求むる若き心と、少なくとも覇気なき弱さをかくしきれざる心から出ずる純学究的態度への憧れの二つが激しき争をなすをおぼゆなり。／前者は東京を、後者は京都を指して我をまどわしむ。
とあるが、結局伊東は後者を選んだ。
大正十四年十二月五日の条に、
　我が望むこと唯一つ、詩人たることなり。詩人たれ、詩人たらむ。汝井戸のごとくなれ。狭きを嘆かず只深きを望め。
とあることも、後年の詩人伊東をすでに端的に示している。
大正十三年四月に、同郷諫早の先輩酒井小太郎が、佐賀高校の英語担当講師として赴任し、伊東は敬愛していたが、翌十四年に姫路高校（旧制）に転任する。大正十四年三月九日の条には、
　ああ又、人生そのものの姿をみせつけられる時が来た。別離の涙を味わわねばならぬ時が来た。又孤独の世界に住まねばならぬ様になって来た。俺は酒井先生の佐賀におられることは俺にはどんな喜をあたえたかも知れぬ。又無味な寮の生活から、温い家庭生活へひきこまれたかも知れぬ。嗚呼別れる時が来た。泣かねばならぬ時が来た。
と書きつけている。「或は人は云うかも知れぬ、嬢さんがおられるからと。私はそんな利己的な親しさに生きていたのであろうか？　いや決して僕は断言出来る。そんな愛ではなかったつもりだ」と、先生の一家に対する親しみと言

いつつ、ここにすでに「百合子さんも、俺が一生通じて忘れられぬ女であるかも知れぬ」と記している。多くの恋愛の女性が現れて来る中に、結局、伊東にとって、後年「わが人」という女性が、すでに深く伊東の心に刻みこまれていたことを知るのである。

老のくりごと―八十以後国文学談儀―(4)

新出の『伊東静雄日記』を読む(2) ―京都大学在学時代―

伊東は、結局、佐賀高校を卒業して、大正十五年四月に京都大学に進学するのであるが、しかし、それは伊東の満足するところではなかった。早々の六月十五日の条に、

我京大国文学部の空気のいたく沈滞せるを思う。教授すでに老いて二十世紀の青年を指導する力なく、ノートは年々に古色を帯びるのみに、我等青年に国文学の本質を教えて明なるはなし。又これをきく学生、いとも安らかなる顔付きして、一の疑を起すものもあらざるがごと、易々、喜々として、これを写し、一字のききもらしあれば、ただちに、大声を発して騒ぎ尋ぬ。果して国文学はかかる古きものにや。国文学は古字のせんさくにや。文学の生命はわすれられて、骨董品にも賞がんするが如き態度はいかに。ああ我、京大国文学の空気を好まず。

と痛烈に批判している。十月十一日の条には、国語国文の研究会で三人の学生の話を聞いたことを記したあとに、

ああ今自分は迷っている。学者になるべきか？　詩人になるべきであるか、考証家としておわるべきか、それとも創作家となるべきであろうか。／自分は少なくとも単なる過去にのみつながれる現在の学者達の様なみじめさを欲しない。然し、よき未来は、よき創作は、よき光は皆、過去の土台をはなれることは出来ないのだ。／自分は遂に人生詩人でなければならない。魂にふれるもののみを求める精進者でなければならない。そのためには所謂学者としての『不必要なる考証』はさけたいと思う。自分は単なる大学の専攻科目などと云う小さいことに束

ばくさるべきでない。自分は自由だ、自由なのだ。自由のみが詩人を作る。（以下略）

として、最後に、「自分は今、学者を好まない。自分は詩人だ」と言い切る。

伊東の京都大学時代の日記を読んで行くと、ほとんど京都大学の同級生の名前が見えない。同期には、九州大学名誉教授の福田良輔氏があり、同氏の研究室には、国語学の書物に交じって『伊東静雄全集』が置かれていたが、伊東の日記にはまったくその名は見えない。そこに見えるのは、依然として大村中学時代や佐賀高校時代の旧友の名ばかりである。伊東は、京大在学中も高校時代の気分そのままに過ごしたのであった。

在学時代に交友のあったのは、藤木俊一と、後に「天狼」の俳人として知られる堀内薫で、わずかに、昭和三年十一月二十一日の条に、

オヒル藤木氏来ッテ、堀内氏ノ手紙ヲミスル。

とあるのみである。堀内氏の「学生時代の伊東」（「果樹園」昭和三十九年六月）は、よく伊東の京大時代を語っている。その中に、堀内氏が旅中で卒業論文を書き上げたのに対して、

伊東はさにあらず。貧窮の中から大金を出して子規全集を買い、その他多くの文献を渉猟し、「子規の俳論」を作製した。（中略）これは今日では常識的な見解であるが、当時としては卓見で、学生にして、かかる芸術の深奥にメスを入れたことは破天荒のことであった。担当の潁原退蔵先生が激賞し卒論第一位としたのも当然のことである。

と記している。このことから、伊東は、潁原先生の亡くなられるまで親交が続く。全集の多くの伊東の書簡からも知られるが、「伊東静雄君と『詩集夏花』」（「コギト」昭和十五年七月）に、潁原氏は、

私は彼の詩を語る資格がないにしても、彼の人を知る明があつた事をいさゝか誇らしく感じて居る。何故なれば、文壇に於ける彼の最も良き師友が彼を知つたよりも、恐らく遥かに早く私は彼の今日あるを予期して居たと思ふから。

と記されている。伊東の卒業論文「子規の俳論」は、「国語国文の研究」（昭和四年七月、八月）に掲載されているが、一つの詩論として、子規をある意味では批判的に捉えていて、今でも意義があると思う。日記を読んでゆくと、折々に子規全集を読む記事が見え、その時々の感想を書き加えていることからも、この論文が一朝にして成ったものでないことが知られる。伊東の京大時代は、考証を主とする学風には合わなかったが、決して怠惰な学生ではなかったことを、この論文が証明しているのである。

伊東は、京都と郷里諫早を往還する途次、姫路の酒井先生を訪ねた。百合子嬢への思いも募ってゆくのが知られる。全集書簡編と比較すると、たとえば、大正十五年十一月十日には、「百合子さんに久し振りで長い手紙を書いた」とあるが、それは全集には見えない。昭和二年一月九日の条の、「百合子さん」に始まる文章などは、伊東の、いうにいえない恋情のもどかしさをよくあらわしてもいる。百合子は、昭和二年四月に同志社女子専門学校に入学して寮に入る。四月十八日には、その百合子から来た葉書をそのまま書き写している。それには、寮宛ではなく、姫路を経由してほしいとあるのもおもしろい。この日記を読んで行くと、従来の全集の書簡だけでは知り得ない伊東の思いが赤裸々に綴られている。

新出の『伊東静雄日記』を読む(3) ―住吉中学教員時代―

老のくりごと―八十以後国文学談儀―(5)

伊東は、昭和四年四月、大阪府立住吉中学に赴任する。日記には、その翌五年六月十日までが記されている。佐賀高校時代、京都大学時代に比して、淡々と事実が記されている。私が住吉中学に入学するのは、それより十年後になるが、伊東の同僚の、かつて私の教わったことのある先生の名前が散見していてなつかしい。

昭和四年三月二十四日付け宮本新治宛書簡に、

私の就職は、大阪市内府立住吉中学に決定しました。厳密なせんかうの結果、熱心に校長に懇望されたのです。と書いて送っている。住吉中学初代の校長は元田龍佐で、日記には、昭和五年五月二日の条に「元田校長告別式あり」とだけ記されているが、この校長が、広い識見を持った人だったということは、私も当時の幾人もから直接聞いている。それ以後は、住吉中学は大きく受験指導に楫を切ってゆくのである。伊東が、国語の教師をしながら、あいかわらずリルケの詩の翻訳をしたり、実に多くの内外の書物を広く読んでいて、やはり一介の国語教師ではなかったことが知られる。

その中に、昭和四年五月十八日の条に、

京都ゆき。／藤木氏に夜十時迄いる。／同夜酒井氏に泊る。

とあるのに続いて、五月十九日の条には、

朝九時、三条で生徒百名許の一行を待ちうけて、鞍馬に遠足す。／へとへとに疲る。三時、柳にかえる。／かえりに寺町に行き、府立医大に廻て青木氏を見舞う。夕方までいる。／同夜酒井氏に泊る。／自分は酒井一家と全く他人になろう。自分達とは世界が違うのだ。

という、突如驚くべき記事が目に入る。さらに、五月二十二日の条には、

ひるね。／母より慈愛にみちた手紙が来た。（中略）／身体の工合未だに充分恢ふくせず。心《しん》が疲れている。／女を嗤う。おんなに関心を持ちすぎていた自分の愚かな過去を嗤う。〔二字略〕氏の卑愚を嗤う。「女って似たりよったりでさあ！」／ゆり子を憎む。

とある。さらに、七月十九日の条には、

ゆり子よ、私は君を要しない。／君も私を要しない。

九月十二日の条には、

ゆり子さんより来信。／心が例によって、うかうかし出したので、あとで腹立たしくなる。軽はく者、後悔する

な!!　もっと根本的に失望し、もっと救い難くうちのめされねば、人を愛するなんて、そんな大それた心は生れて来ないものなんだぞ。愛してます、なんて何て態だい。それより私はつるみたいと云え。／大否定／大悲観／そこからのみ大往生の心が生ずる。軽々しくしたり顔して肯定する勿れ。

と。この一連の記事を読んで行くと、五月十九日の酒井家に泊まった夜に、何か百合子との間にあったことが知られる。その後、九月二十三日、十月三日には、百合子に手紙を書いており、全集書簡編には、十月十一日発信の、転宅通知のような封書が見え、以後も多くの書簡が存在する。

伊東の日記は、全集日記編に昭和十三年以後のものが見られる。ほかに、吉田仙太郎氏の「編集後記」によれば、長女まき氏が、住吉中学校教員時代の日記（「黒い手帳」と名付けられていた）があったが、今は完全に行方不明と言われているとのことである。今回見出だされた日記は、昭和七年四月、山本花子と結婚する前に、弟の井上壽恵男に、「だれにも見せないように」と言って預けたものということである。その日記の空白の間、とくに行方不明の「黒い手帳」の記述が気がかりだが、この日記の出現からも、多くのことが知られる。私は、「抒情詩集―わがひとに与ふる哀歌―」（『日本文学史を読む』）に記したように、『わがひとに与ふる哀歌』の「わがひと」は、小高根二郎氏の見解に従って、酒井百合子であると考えたのであるが、その所収の詩が、昭和七年より十年にかけての作であることより見れば、すでに、百合子との関係が、はっきり伊東の片思いとなったところで書かれていることを知るのである。例の昭和十年十一月二日付けの百合子宛の書簡に、

あなたこそ、私の第一番に送らねばならぬひとです。私の詩はいろんな事実をかくして書いてをりますので、他人はよみにくいと存じますが、百合子さんはよみにくくない筈です。あなたにもわからなかつたら、もう私の詩もおしまひです。家島のことや姫路のことや本明川のことがどつさり歌つてある筈です。

とあることや、『夏花』を刊行した後に、『わがひとに与ふる哀歌』を出した頃を回顧して、

実生活の上では、非常に危険な時期であつたやうな気がする。詩と同じ程度に、いつもその頃は故知らず激して

ゐて、家の中に居ても、並外れた言動をしてゐた。(「コギト」昭和十五年五月)

とあることが、理解されるのである。『わがひとに与ふる哀歌』所収の、痛めつけられた抒情を、詰屈な調べに盛った詩篇は、成就しなかった百合子への思いをデフォルメして作り出されたものであったと言えよう。

老のくりごと―八十以後国文学談儀―(6)

相良家旧蔵宗祇画像を訪ねて

『島津忠夫著作集』全十五巻(平成十五年二月～平成二十一年三月、和泉書院刊)を完結した時は、これで私の研究書も最後だと思っていた。ところが、このたび『宗祇の顔　画像の種類と変遷』を著作集の別巻として刊行する運びになったのは、探し求めていた相良家旧蔵本の宗祇坐像を見ることができたからである。

宗祇の画像と言えば、今は国立歴史民俗博物館所蔵で、重要文化財にも指定されている南部家旧蔵の坐像と、藪本荘五郎氏旧蔵で今はボストン美術館所蔵となっている騎馬像がよく知られている。しかし、宗祇の画像の遺品は実に多く残っていて、私は著作集の第四巻『心敬と宗祇』に「宗祇画像の変遷」の一章を立て、できるだけ多くの遺品に触れて記し、これでもっていちおう私の見解は示すことができたと思っていた。ただ、その時もっと図版を入れて改めてまとめることを勧められたのは岡崎久司氏だった。

平成二十年三月に、「戦国時代の大内氏」のテーマで講演を依頼され、山口県立図書館において、「山口県にある二つの宗祇画像について―宗祇画像の変遷の中における位置づけ―」と題して、それまで私の見ることができた宗祇画像の写真や図録や雑誌所載の挿絵や、その他さまざまのものを映写して見せながら話したのだった。その折、南部家旧蔵本とほぼ同じ像容の相良家旧蔵本の方が古いのではないかという見解をはじめて示したのである。この時の講演では、宗祇の画像がこんなに多く残っているのかという驚きの感想を聞いたのだった。

この相良家旧蔵本は、「国華」765（昭和三十年十二月）に紹介されて以後、実見した人はないらしく、この「国華」に同時に紹介されている相良為続宛の宗祇書簡に「八月四日於八代到来」とあり、八代市立博物館の鳥津亮二氏も探されていて、相良家のものが慶応大学に入っている中に、この画像も書簡も入っていないということであった。何かのついでに、尾崎千佳氏から「あの折の講演はどこかに発表されていますか」と聞かれたが、「相良家旧蔵の画像を見ないと書けないので」と言い、おそらくそれはもう見ることはできないだろうと諦めていたのである。

ところが、また尾崎氏より、三島市郷土資料館で「百人一首と古今伝授―古今伝授のまち三島からその源流をさぐる―」の展覧会があり、この企画に関係された神作研一氏より尾崎氏に送られた図録の中に、いかにも古そうな宗祇の画像が出ているといってコピーを送って来てくれた。よくみると、それこそ相良家旧蔵の宗祇坐像だったのである。展覧会はとっくに終わっていたが、どうしても一見したく、大東急記念文庫の村木敬子氏に事情を話して尋ねてもらうと、三島市郷土資料館の学芸員鈴木隆幸氏から図録を送って来られ、電話で応答して、沼津の某所にあるということ、先方は見てもらってもよいが、いつ所用で都合がつかなくなるかも知れないから、二日間を用意しておいてほしいということで、平成二十二年三月二日は、沼津市志下《しげ》の「ＫＫＲ沼津はまゆう」で一泊する予約をし、先方には二日の午後か、三日の午前に訪ねることにした。二日は、朝早く発って、新幹線で三島駅下車、まず三島市郷土資料館に行き、ここで鈴木氏と会う。鈴木氏が予め先方に連絡されて、今日の訪問を承諾していただいていたが、鈴木氏から展覧会の話を聞き、私がいままで宗祇像を求めて来たことなどを話したりしているうちに、先方から電話があり、所用があっていま帰ったばかりなので、一時間ばかり遅く来てほしいということだった。そのためいろいろと鈴木氏から経緯を聞くことができてありがたかった。鈴木氏の車で、先方に出向き、床の間に掛けられている旧相良家蔵の宗祇坐像を拝見することができたのである。持参していた「国華」の楢崎宗重氏の紹介のコピーと綿密に突き合わすと、まさしく楢崎氏が書かれている通りで感激する。箱に入っている極めの類なども見る。相良氏と宗祇との関係から、やはり旧南部家蔵より古いとする私の見解でよいと思った。相良為続宛の例の宗祇書簡も見せてもらう。発表すること

相良家旧蔵宗祇画像・宗祇書状幅を前に
（平成24年７月24日、鳥津亮二氏撮影）

も、写真を掲載することも結構だが、個人所蔵としておいてほしいとのことだった。その日は鈴木氏に「はまゆう」まで、車で送ってもらった。通された三階の和室で、入浴・夕食までにともかく今日の宗祇像のことを書き留めたのであった。

楢崎氏の紹介によって書いても、一見したからといって、とくに結論は変わらないのだけれども、この『宗祇の顔』の最初に位置する「個人所蔵宗祇坐像（相良家旧蔵）」だけはどうしても実見しておきたかったのである。

著作集の第四巻『心敬と宗祇』にあげたもの以後にも、北九州市立自然史・歴史博物館所蔵の騎馬像や、早稲田大学での俳文学会で展示されていた円相像など多くの画像に接したが、山口県立図書館での講演の折にはまだ実見していなかった静岡市丸子の柴屋寺所蔵宗祇坐像や静岡県裾野市定輪寺所蔵宗祇坐像も鶴崎裕雄氏の東道で見ることが出来た。あとは、『大東急記念文庫善本叢刊中古中世篇　美術』（汲古書院刊）の「宗祇法師像」の解題を残して、今度こそ私の宗祇の画像の研究は、この書で終止符を打ちたいと思っているのである。

老のくりごと―八十以後国文学談儀―（7）

五十韻という連歌の形式

連歌の基本の形態は百韻である。懐紙四枚の裏表に書く書式も、その形態にともなう式目も確立されている。連歌と俳諧では、形態としては同じで、連歌では百韻が長く普通に行なわれたのに対して、俳諧では歌仙という形式が多く行なわれるに至るが、連歌にも歌仙という形式はかなり古くからあった。

平成二十三年の「国民文化祭・京都２０１１」では、連歌が正式の種目となった。かつて、「国民文化祭・ふくおか２００４」では高辻安親氏の甚大な努力により初めて連歌が正式種目となり、その後も、山口県・茨城県では、それぞれ山口市・古河市で、他の種目の中で連歌の会が持たれた。今日、連句ではなく、連歌がかなりあちこちで行なわれるようになって来ている。昭和五十六年十一月、福岡県行橋市において、奉納連歌シンポジウムが行なわれた折、濱千代清氏が、今日の連歌では、世吉《よよし》（四十四句）の形式が望ましいと主張されて以来、現代連歌では、もっぱらこの形式が用いられている。世吉は、百韻の懐紙の第一紙（初折《しょおり》）と第四紙（名残折《なごりのおり》）より成り、中の二紙を省略した形で、百韻の式目そのままで行なうことができる点、連句がもっぱら歌仙形態を取っているのと区別することのできる点にあった。百韻が正式の形態としても、今日、とても一日でよみおえることが困難なこととて、この世吉が行なわれているのである。

ところが、どうしても百韻をしたいという要望もあり、先日も、今回は、記念の会なので百韻をしたい、ついてはその宗匠をしてほしい、という依頼を、私にはとても体力が持たないと断ったところ、せめて五十韻でもということであった。五十韻と世吉では六句の違いである。しかし、五十韻という形態は、百韻の書式、式目が定まる以前の形態であって、それはいま行なうことはむつかしいのである。

『八雲御抄』に、「昔は五十韻百韻とつづくる事はなし」とあり、この頃、百韻とともに五十韻が行なわれていたことは、『明月記』の記載からも知られることであった。ところが、その五十韻の形態の実態は知られていなかった。それが、最近の冷泉家時雨亭文庫の歌書の紙背から鎌倉時代の五十韻の連歌が知られ、その書式が、はじめて明らかになった。文永本『新古今和歌集』の紙背文書を整理して見ると、賦何物《ふすなにもの》連歌五十韻が現出する。それによると、

初折表　八句　裏　十二句

二折表　十二句　　裏　十二句
名残表　六句

となる。単なる百韻の半分ということではなく、これはこれで、一つの完成した形式を持っていたのである。まだ各句に賦物《ふしもの》をとる賦物連歌で、式目などは整備されていない。

さゆるよの嵐に月ぞふけにける　冬・光物《ひかりもの》・夜分
しぐれてはる丶ありあけのそら　冬・降物《ふりもの》・時分
もみぢばのこずゑにもろく成ま丶に　冬・植物《うえもの》
のこるおのへのまつぞさびしき　雑・山《さん》類《るい》・植物
たちわたる霞のひまのはつせ山　春・聳物《そびきもの》・山類
河なみはやくはるはきにけり　春・水辺
ふくかぜにいはまのこほりとけそめて　春・水辺
ひかげのどかにうぐひすぞなく　春・光物・動物《うごきもの》

試みに表八句をあげ、後の句材を記してみた。後の式目に合わないところは、初折表第五に「はつせ山」という名《な》所《どころ》が出てくるぐらいである。ただし、この形態で五十韻をいま試みるには、この作品を吟味し、新しい式目を考えた上でなければ、簡単にはできない。百韻が無理なら、せめて五十韻でもということにはならないのである。やはり現代連歌としては、世吉が望ましい。中世において千句よりは百韻の方がすぐれた文芸性を持つことができたのと同じで、現在は、百韻をあえて行なうよりは、世吉を行なう方がよいと私は思う。

ところで、五十韻という形式が、冷泉家時雨亭文庫の歌書紙背文書の調査から現出したことは、連歌史を考える上に、非常に重要な意味を持つのである。五七五の上の句に七七を付ける形が、逆に七七に五七五を付けることが行なわれるようになったことから、さらに七七を付けるという形が生まれ、それがだんだんと続けられて、いわゆるくさり連歌が生じることは、従来言われている通りである。くさり連歌が行なわれるようになっても、平安末期には、一句連歌（短連歌のこと。この名称は新しい）という形が見られ、源俊頼の場合などは、一句連歌における完成を示しているのである。後鳥羽院の頃になって、五十韻・百韻の形になってゆくことには、賦物との関係を無視することはできないであろう。ただ、その頃はまだ、五十韻・百韻の書式がどんなかたちであったかはわからない。それが、定家・為家の頃になってくると、連歌がしだいに書式を整えてゆく。その中で、五十韻という形態が、百韻とは別に、独特の書式を持っていたことが知られるということは、百韻も必ずしも現在の書式でないものもあって、五十韻、百韻と次第に書式が整えられていった過程を知ることができるのである。資料がなお少ないので、未確定のことも多く、またこの現出した資料を今後詳しく検討してゆくことが必要であるが、決して、百韻を五十句で止めたといったようなものでなかったことだけは確かである。

老のくりごと―八十以後国文学談儀―（8）

東常縁に関する資料の再吟味（1）―鷲見氏保に与えた『仮名文字遣』―

岐阜県郡上郡の各町村が合併して郡上市となってはじめて平成二十二年度「郡上学」（全十回）という講座が開催された。九月の鶴崎裕雄氏による東氏歴代についての話のあとを受けて、私は、十月に「東氏と古今伝授」の話をした。その折の講演は、郡上市の方で、そのままに記録されることになっているが、その講演のために、従来知られていた資料を改めて検討することにより、なお考えてみなければならない問題のいくつかが存在することに気づいたのである。

その一つが、文安五年（一四四九）一月、藤原氏保《うじやす》の為に書写した『仮名文字遣』（定家仮名遣）のことである。このことが、常縁の確実な伝記資料の最初であることは、井上宗雄氏が早くから指摘され、『東常縁』（平成六年、和泉書

院刊）所収の「東常縁年譜」にも、文安五年二月の条に、

東常縁、藤原氏保の為に「定家仮名遣」を書写（奥書。国語学大系9所収。黒川昌享氏の教示によると、佐賀市文化会館内報効会に、文安元《ママ》年常縁写の本が蔵せられる由。とにかく常縁の確実なる伝記資料は管見による限り定家仮名遣の写を以て始まる）。

と記されている。私も従来この点では、井上氏の説をそのまま踏襲していて、それ以上に深く考えることをしていなかったのである。

ところが、「藤原氏保」とあるので、素性が不明であったが、実は、郡上市高鷲《たかす》町にある鷲見《すみ》城の城主であった鷲見氏保であることが知られ、この資料を改めて注目することになった。『国語学大系9』（昭和十四年、厚生閣刊）を見ると、たしかに『仮名文字遣』は収められているが、解説にも、この奥書のある本のことは見えていない。改めて井上氏に尋ねると、この資料は、黒川昌享氏の教示により、佐賀市文化会館内報効会に文安元《ママ》年常縁写の本があると聞かれたよし、当時の黒川氏の葉書のコピーを張りつけたノートのコピーを送って来られた。黒川氏が佐賀に見えた折は昭和三十年代で、そのころ私は佐賀大学にいて、報効会の本は見たはずだが、そんな古い写本があった記憶がない。当時は未公開であったが、今は佐賀県立図書館鍋島文庫蔵となっていて、立派な目録が出ているので調べてみたが、一般の部には見えない。佐賀住の田中道雄氏に尋ねたところ、佐賀県立図書館に足を運ばれて、実は、書写をした人が佐賀の人で、郷土資料の部に収められているといって奥書のコピーを送って来られた。その後、佐賀に行く機会があって、佐賀県立図書館に立ち寄り、原本を確かめたが、

文安五年二月廿三日書ㇾ之。

此双子以二証本一不ㇾ違二一字一書二写之一。依下左衛門尉藤原氏保所望経二年月一者上也。真実早筆之躰多ㇾ憚。

平常縁（花押）

とあり、大和郡山松平甲州公、香川景柄《かげとも》を経て、寛政四年に山領《やまりょう》主馬《しゅめ》の書写奥書がある。

郡上へは何度も訪れ、前から気にはなっていたのだが、一昨年（平成二十一年）はじめて鷲見城址を訪ねることができた。もうとても登ることはできなかったが、「鷲見城要図」には、山頂に、本丸のほかに、西の丸、東の丸、矢場や馬場もあり、実に立派な中世の山城であった。本丸の入り口の大手門のあたり、西・北・南には川が流れ、自然の要害になっている。この城は鷲見頼保《よりやす》によって築城され、約四百年間、鷲見氏の居城であったと伝える。私はそれ以来ここに住む鷲見氏の文化のことを考えていたのである。東氏の居城篠脇《しのわき》城のあった郡上市大和町の北に、白鳥町があり、長滝寺という白山信仰の中心の寺院があって、鷲見郷は、その東に位置する。長滝寺には、古くからの延年を今に伝えている。白鳥の文化が、郡上の中でも、大和や八幡などとは一味違って、東氏の文化というよりは、白山信仰が中心を占めていることには気づいていたのだが、その白鳥の文化と鷲見氏との関係も今後は考えてゆくべき課題であろうと思う。東氏も、永禄二年（一五五九）に常慶《つねよし》・常尭《つねたか》が、常慶の女婿遠藤盛数《もりかず》によって追放されて滅亡するが、その遠藤氏の常友が東氏の文化を顕彰することにより、東氏の文化は今日に知られる。一方、鷲見氏の場合は、多くの謎に包まれていて、その解明がむつかしいのである。根本資料と関連資料、多くの伝承などから、資料吟味をふまえて、事実と推論を明確に区別して客観的な検討を加えてゆかねばならないが、中世、美濃国の最北部にあって、鷲見氏が一つの文化を形成していたことは、今後ぜひ顕彰されなければならないであろう。

この常縁の『仮名文字遣』の奥書から少なくとも見えてくるものは、東常縁とともに鷲見氏保もまた和歌などの文芸に深い関心をもち、互いに文芸好きの武将仲間として、親しい関係であったことである。井上氏が早くから言われている常縁の確実な伝記資料の最初であるということは、こうした背景を考えて見る必要があろうと思うのである。それに、常縁が早くから『仮名文字遣』に深い関心を持っていたことも知られて興味が深い。

東常縁に関する資料の再吟味(2)—宗順房より付与の『古今和歌集』—

平成二十二年度「郡上学」（全十回）の講座のうち、十月に「東氏と古今伝授」の話をしたことは前述したが、その講演のために、従来知られていた資料を改めて検討することにより、なお考えてみなければならない問題のいくつかが存在することに気づいたことの二つ目は、井上宗雄氏の「東常縁年譜」の、文明四年（一四七二）の条に、

　六月十七日　宗順房、俊成女筆古今集を常縁に伝う。

と見える『古今和歌集』の奥書である。

早く、河村定芳氏『東常縁』（昭和三十二年、東常縁顕彰会刊）の口絵に、「東常縁筆古今和歌集奥書」（伊達家蔵）として一葉の写真が掲載され、下に翻字されている。これは、特に何によったか記されていないが、『大日本史料　第八編之五』に伊達伯爵家所蔵として図版があり、それからの転載かと思われる。その奥書を、改めて掲載すると、

　西方行者宗順房、為㆓助業㆒、歌道旦暮両之外無㆓余事㆒。依ㇾ之常縁如㆓骨肉㆒而歳久。然而欲ㇾ為㆓諸国修行㆒之時、為残㆓旧友交儀㆒、此書付㆓与于常縁㆒矣。倩見ㇾ之、越辺殿手跡相交歟。加ㇾ之仮名仕等所ㇾ用当流也。然者准㆓私家証本㆒、可ㇾ用㆓此本㆒之儀而已。

　　文明四年六月十七日　　常縁（花押）

とあり、その後に、

　雖ㇾ有㆓他本㆒無㆓家本㆒歌被ㇾ書㆓別紙㆒。歌共京極黄門真筆也。殊以証本無ㇾ限者也。

と記している。宗順が、諸国修行に立つに当たって、常縁に付与した本で、常縁は一見して越部禅尼（俊成女）の筆が交じっているとし、仮名遣が当流（定家仮名遣）を用いていることより、証本とすべきだという。さらに、よく見ると、他の本にあってこの本にない歌を、別紙に定家が自筆で書いていることに気づいて、証本として限りなきもの

だと書きつけているのである。常縁が筆跡についての見識があったこと、定家仮名遣に精通していたことが知られる。

河村氏の口絵には、ここまでであるが、その次に、『大日本史料　第八編之五』（『大和村史　資料編』より転載）には、

奉レ施二入白山大御前一古今集一部。

此本者俊成卿女手跡也。又少々定家卿被二加筆一。老母付二与于頼数一。然今頼数為二現当二世願一故、白山妙高嶽攀登、仍二当家余流一、遍及二未来世々一、令レ（不）レ絶二和歌業子孫一也。仰願神慮此志受納耳。

文明十七年六月十七日　　右近将督監平頼数（花押）

と、常縁の長子頼数の奥書があることに注目したい。

宗順房から常縁に付与されたこの『古今和歌集』が、文明十七年に老母から常縁の長子頼数に付与されている。常縁の没年については旧説は誤りで、恐らく前年文明十六年に没しており、老母（常縁の妻）より頼数に伝えられたものであった。その本を頼数は、文明十七年六月十七日に子孫の歌業を祈願して、白山長滝寺に奉納していることが知られる。この頼数の奥書は、『白鳥町史　史料編2』（平成十六年、白鳥町刊）には、白鳥町長滝寺宝幢坊所蔵『宝幢坊文書』に、願文として引用されている。

それが、いつか長滝寺宝幢坊を出て、『大日本史料』編纂時には、宇和島の伊達家に所蔵されていたことが知られる。宇和島の伊達家蔵本は、国文学研究資料館で調査されたが、その中にはなかったとのことである。現存不明であるが、おそらくは貴重書は東京の邸にあって震災などで焼失したのではないかと推察する。

この奥書に見える「西方行者宗順房」については、詳しいことはわからないが、龍門文庫蔵本『仮名遣秘抄』の奥書に、

写本云

此本者、洛陽平井入道々助、誂二他筆一書二写之一。境節有レ人連々写取畢。当以不レ可二普通一云々。

応永五年戊刀孟夏候相二伝之一。

又云

写本者広本也。今抽二細々所一レ用可レ有二御秘蔵一候。

文正元年丙戌五月十二日（抹消　三劦真福寺□□）

于レ時文明拾二年六月初五日以二右本一模レ之了。

宗順（花押）

とあり、もともと平井道助写の『仮名文字遣』を、応永五年に某氏が抄写した本を、宗順が文明十二年六月五日に書写している。この宗順が文明四年常縁奥書本にいう「西方行者宗順房」と見てよかろう。さらに、書陵部蔵『桂宮智仁親王筆古今相伝人数分量』の、宗祇への伝授を記した後に、「常縁自筆」として記す「相伝人数並分量等之事」（文明九年四月五日）に、桂子蔵主（竹影斎。素暁卜号）、基清（大坪治部少輔）、胤道（日置式部丞）、宗順（浄土宗）、信秀と並べる宗順が同一人物である。ここに掲げる人々は常縁周辺の武将で、その中に宗順が交じっていることは、やはり常縁周辺に出入りしていた浄土僧と考えられる。『連歌総目録』（平成九年、明治書院刊）には、多くの宗順の名が見えるが、そのうち、文明十四年一月十六日『何人百韻』の連衆に見えるのが、同一人物かと見られるに過ぎない。

老のくりごと―八十以後国文学談儀―⑽

歌となる言葉とかたち

岐阜県郡上市大和町の「古今伝授の里フィールドミュージアム」で、歌人と造形作家の協同製作「歌となる言葉とかたち」が、平成九年から毎年行なわれている。平成二十年には、小塩《おしお》卓哉氏の提唱で、「歌と書のやんごとなき関係～コラボレーションはどこで成立するのか～」をテーマに、シンポジウムが持たれ、「短歌世界の視覚化とは」と題して、前座の講話を行なった。

この「歌となる言葉とかたち」の仕組みは、あらかじめ特定の歌人の作品数首が示され、造形作家がその中から作品化を考えて選び、作品を作成する。歌人は、七月に造形作家との顔合わせがあって選ばれた作品を知り、十月のオープニングの折に、自分の短歌作品が、どのようなかたちに出来上がっているかを初めて知るのである。オープニングの折には、歌人の意図と造形作家の意図の説明があるのだが、一致することもあるが、多くは意図にずれがある。しかし、それは何等かまわないのであって、いったん発表された短歌作品は作者の手を離れて一人歩きをするものだからである。造形作家が、その一首を解釈し、鑑賞するのは自由であって、その歌の作者の意図は問題外である。造形作家の手に委ねられた短歌一首は、それを契機として一つの作品が形象される。出来上がった作品を見て、歌人の方は、その一首がどのように解釈され、鑑賞されて、形象されているかを見ればよいのである。

私の場合、さまざまな傾向の歌を提出しておいたが、結局は、

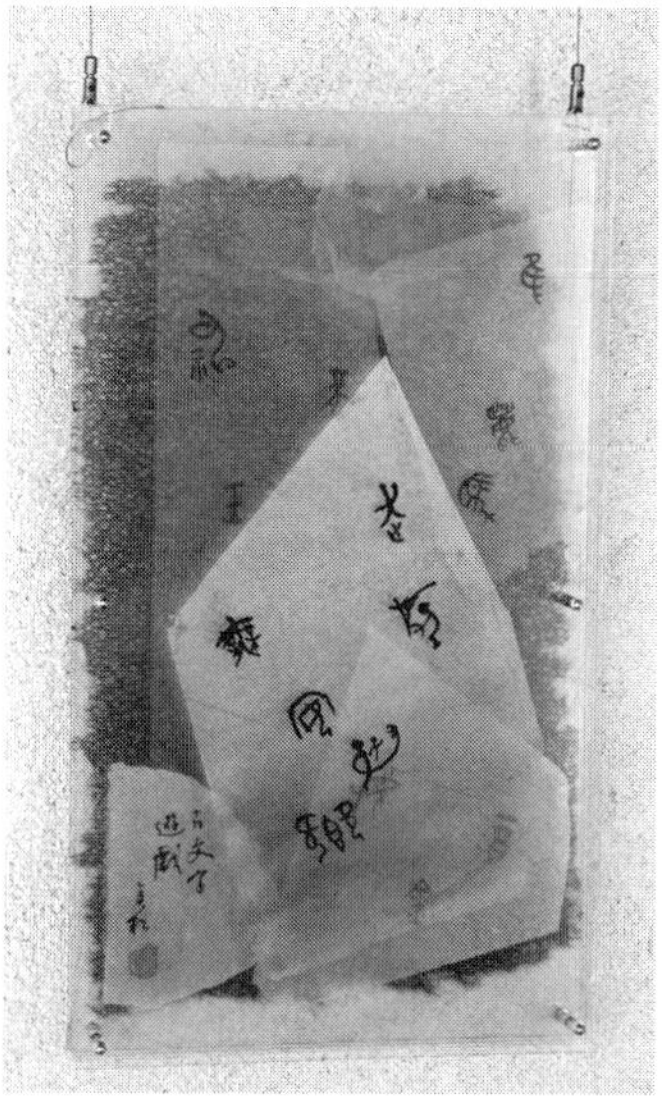

直井誠氏「古文字遊戯」（「歌となる言葉とかたち2008」にて。歌となる言葉とかたち運営委員会提供）

人間の世界のおろかさ太陽があざ笑ふやうな顔出してゐる

が取り上げられた。抽象的な歌で、「かたち」になりにくいと思われた歌であった。造形作家は書家の直井誠氏。篆書で、複数の紙を重ねる形で表現された。そして「太陽」が注目されていてなるほどと感じた。「古文字遊戯」と題が付されて、まさに私の一首を契機としての直井氏の世界の構築であった。

短歌作品そのものが素直に「かたち」を思い浮かべやすい作品もあれば、「かたち」が想像しにくい作品があり、後者の方が、成功すれば、歌人にとっても造形作家にとってもとうぜんおもしろい。たとえば、この年の展示で、素直に「かたち」を

思い浮かべやすい作品には、

盆梅の紅白ありて和らぎぬ玻璃戸一重の寒暖思ふ

などがあり、「かたち」が想像しにくい作品には、

星の降る夜に私は傘をさし遠い銀河に挨拶をする

などがあった。前者は、一首から、造形作家の作品がすぐになるほどと理解され、後者は、両者の鬩ぎ合いがおもしろい。

ここで、私は短歌における「題と作品」の関係を思い出していた。まだ、昭和二十年代の後半のことである。私は、日展を見て、絵と題との関係に注目して、絵と付かず離れずの題に興味を抱いた。当時は、短歌の世界で題詠は歓迎されなかったが、私は、題と短歌が付かず離れずの形で効果を持ち、新しい短歌ができないか、古い題詠という形を新しく甦らせることができないかと考えていた。展覧会の絵画や彫刻を見て、和歌・連歌の用語でいう、「疎句《そく》」の関係を思っていたのである。短歌一首は、造形作家にとって「題」に相当するのではないかと思う。造形作家も「題」を付けられている作品が多いが、それは短歌作品との関わりではなく、造形作家の作品に対する造形作家自身の「題」であろうと思う。

これは、連歌の付合の妙味にも通じるのではないか。連歌の場合、前句に付句を付けるが、その付句は、また次の作者によって前句となり、どのように付けられるかは、作者にはわからない。付句の作者は前句を解釈し、新しい付句を創作するのである。「歌となる言葉とかたち」の場合、歌人は自分の短歌一首が、造形作家により、どのように形象されるかは、連歌において、自分の句がどのように解釈され、どんな句が付けられるかを待つ楽しみに似ているともいえよう。

平成二十二年度は、私のいくつかの作品から、

緊急の通報装置の赤色の妖しさわれも夜もふけてゆく

が取り上げられた。この歌は、妙に気に入っていて、もしもう一冊歌集を出すとするならば（それは遺歌集でもよい）、『赤色の妖しさ』を歌集の題名にしたいと思っている。これを若く嘱望されている画家の奥村晃史氏が、鯛一匹を真中に、リンゴ・トマト・赤唐辛子などで囲んでいる見事な絵画を描いてくれている。私はすっかり感動した。老いを視覚的に感じ取った一首だったが、この歌から完全に「老い」は捨象して、「赤色の妖しさ」に焦点を絞っているのだ。彼は、

　絵は言葉のない世界です。歌は言葉の世界。私は言葉に対してあまりに無知ですが、匂いやたたずまいには敏感なほうだと思います。言葉にも匂いがあるでしょうから、五感を駆使し、感じ、更にそこから自分の作品へ繋いでいきたいと思います。

とコメントを記している。

加藤正方の辞世

『和歌文学大辞典―CD―ROM版―』（平成二十六年、古典ライブラリー刊）が計画され、私は監修者の一人として、一度だけ編集者といっしょに会議に出席した。私の要望をついつい多弁に語ってしまったためか、後に多くの項目の執筆依頼が来て驚いた。その中に「辞世」という項目があった。手元には今後必要と思われる書籍を残し、すでに大半は郡上市大和町の島津忠夫文庫に運んでいて、とても項目として満足に書けそうにない。たまたま本屋のシリーズの広告で、松村雄二氏が『辞世の歌』（平成二十三年、笠間書院刊）という一冊を書かれることを見て、無理に引き受けてもらった。

ただ、「辞世」という項目を見て、すぐに思い浮かんだのが、加藤正方の辞世だった。八代市立博物館未来の森

ミュージアムにおいて、平成二十二年度夏季特別展覧会「華麗なる西山宗因―八代が育てた江戸時代の大スター」が開催され、多くの新資料が出陳された中に、新収の広島加藤家旧蔵の資料も展示されていて、改めて加藤正方を見直す必要を感じさせられたのである。従来から八代の浄信寺所蔵の源太郎宛のものが知られていたが、広島加藤家旧蔵の資料の中にも、宛て名は欠いているが、正方自筆の辞世があり、この折に同時に出陳されていて、臨終に際しての筆のあとに生々しい感動を覚えた。この展覧会には、きわめて有益な図録が出ているが、そこにも上下に並べて掲出され、あとに翻字もある。

浄信寺蔵のものは、

病之床に伏

暮待ほとによはり果

折から長月十三夜の

月山のはさしはなれ

たるも今はのきわと身に

しみておもひよりぬ

よしやあしや　　　正方

月もあはれこよひを

　　秋の名残哉

あつさ弓やつのくるしみ

うけし世も引

はなれてはもと末もなし

成仏之日延や又

妙々

源太郎方へ

とあり、広島加藤家旧蔵のものは、

妙風院正方大居士

月もあはれこよひを

秋の名残哉

長月十三夜成仏と

おもひ候て候けふ迄

延事も又妙々

あつさ弓やつのくるしみ

うけし世も引

はなれてはもと末もなし

とある。図録にも記されているように、浄信寺蔵のものが従来自筆かどうか不明だったのが、広島加藤家旧蔵のものの出現で自筆と確認され、「源太郎」が、これも広島加藤家旧蔵の「遺品覚」から、遺臣の「間源太郎」と判明した。正方が九月十三夜を臨終の日と思い定めていたが、少し持ち直したところで、近親者に辞世を多数書き与えていたことが知られる。発句と和歌は同文であるが、前書には異同が見られる。浄信寺蔵の間源太郎宛の辞世の方が詳しく、広島加藤家旧蔵の辞世の方が簡略なのは、より逝去に近い折のものかと思われる。正方は、その十三夜から十日ほど後の、慶安元年（一六四八）九月二十三日に享年六十九歳で没している。正方は、加藤家重臣の加藤可重《よししげ》の子で、肥後熊本藩主加藤清正没後に家老となり、阿蘇内牧城主より八代（麦島）城主となった。寛永九年（一六三二）主家加藤忠広が改易となり、正方も京都に隠棲。正保四年（一六四七）広島藩主浅野光晟へお預けの身となる。連歌は早くよりたしなみ、里村北家の玄陳の門だったと思われる。発句集に『風庵発句』がある。このたびの展覧会で出陳された「遺品覚」を見れば、浪人とはいえ、亡くなるまでこれだけの遺品を所持していたのかと、改めて驚かされる。平成二十四年秋には八代市立博物館で、正方の展覧会が計画されていると聞く。

その正方に側近として仕えたのが西山宗因である。連歌ははじめ正方より手ほどきを受け、後に正方の推薦により里村南家の昌琢門となった。正保四年九月、大阪天満宮連歌所の宗匠となったが、翌慶安元年三月中旬、正方の病気を見舞って広島を訪ね、そのまま臨終まで枕頭に侍っていたことも、このたびの展覧会出陳の資料から推定が可能となった。その宗因のもとにも、正方の辞世が書き与えられていたことは、『西山家什物目録』に「風庵辞世」と見えることから知られる。宗因は、翌慶安二年九月二十三日、『風庵懐旧千句』（大阪天満宮文庫蔵。自筆）を独吟し、第一百韻に、この辞世の発句と和歌の文字を各句のかしらに置いてよみ、正方への深い哀悼の気持をこうした形で籠めているのである。

この正方の辞世は、辞世というものがこういう形で、枕頭に侍ったものに伝えられ、またこういう形で供養されてゆく一端を示している。

前川佐美雄没後二十年

昨年（平成二十二年）が、前川佐美雄没後二十年ということは、「日本歌人」関西合同新年歌会の折に聞き、あれからはや二十年が経ったかという思いであった。その後、歌壇は随分変わったようでもあり、いくらも変わっていないようでもある。ただ、今日の歌壇においても、佐美雄への思慕は動いていないことだけはいえよう。「短歌往来」八月号と「日本歌人」七月号の特集を読んで、そのことをとくに感じるのである。

「短歌往来」は歌壇の外向きであり、「日本歌人」は内向きの特集であるが、「日本歌人」はもとより、「短歌往来」の方も、「編集後記」に「『ミニ・アルバム』はご子息の佐重郎氏からお借りしたもの」とあり、それだけでなく、執筆者へもいささかは助言があったかと思われる。その「短歌往来」では、三枝昂之氏が「乱調という正調―佐美雄に学ぶもの」を書き、伊藤一彦氏が「佐美雄の一〇〇首」を選んでいる。三枝氏は平成五年十一月に五柳書院より、伊藤氏は同じ年の七月に本阿弥書店より『前川佐美雄』を出している。三枝氏の論では、加藤治郎と荻原裕幸の乱調の歌をあげて、「二人の歌と自己解説には、従来の表現では間に合わないという焦燥感があり、それは『植物祭』の近代的自我への揺さぶりに遠く呼応するのではないか」という指摘が、いかにも三枝氏らしいし、それは注視すべきだと思う。伊藤氏の選では、「抄出メモ」に「前川佐美雄はじつに魅力ある歌人である。いろいろの顔をもっている。だから、私が今回一〇〇首を選んだが、他の人が選べばまったく別の一〇〇首が選ばれ、違った顔の作品になるはずである。いや、この私が今回選んだ一〇〇首以外で新たに一〇〇首を選べと言われたらそれも可能である」という。これも佐美雄についての重要な指摘であり、またいかにも伊藤氏らしいと私は思う。そのほかに小林幸子氏が「前川佐美雄と丹比村」を書いている。「前川佐美雄はなぜ、奈良から遠く離れた鳥取県の山峡の村へ家族を疎開させることにしたのだろうか」との疑問をもとに、そのころの佐美雄の動静と作品について克明に記しているのも有益である。ところで、特集の最初の「前川佐美雄の軌跡」を「日本歌人」の若い会員の石原深予氏が書いている。直接に佐美雄を知らない世代であるが、近代文学の専攻であり、さきに『前川佐美雄編集『日本歌人』目次集（戦前期分）』（平成二十二年、非売品）の労作もあるだけに、切り取り方は新鮮である。一方「日本歌人」の方は、論考としては、鏑木正雄・仲つとむ・都築直子の三氏が書いている。鏑木氏はどこまでも佐美雄との付き合いを通して記され、歌集のあって当然な氏に、佐美雄から「鹿百首」をいっしょに作ろうと誘われ、「約束の百首になるまでは歌集は出さないと意地を張っている」という興味深い事実が語られ、仲氏は「『捜神』から見えるもの」と題して戦後の苦悩を掘り下げられてこれも有益であり、さらにまったく佐美雄を知らない世代の都築氏の「蹴りとばす人」は、作品をよく読んで鋭い考察を見せ、「蹴りとばす」という思っても見なかった視点から、『春の日』と『植物祭』の間の飛躍を見抜いている。さらに「私が選ぶ佐美雄の一首」として、新旧の会員四十一人が選ぶ佐美雄の一首と百字程度の鑑賞があり、佐美雄短歌の変遷、多様性が知られるが、コメントは省略する。

「短歌」八月号も特集を組んではいるが、三枝昻之氏と穂村弘氏との対談を軸に据え、「写真で綴る前川佐美雄」と「略年譜」を付しただけである。この対談は、佐美雄を読みつくした三枝氏とほとんど関心をもっていない穂村氏の落差ばかりが感じられるものだった。これら三誌の特集を読んで、短い文章だが、「日本歌人」十月号の浅川肇氏の鋭い時評が印象に残った。氏は『植物祭』を最高とする立場から、「旧いパラダイムと鋭く対峙すること。それこそが〈日本歌人的〉ではなかろうか」と結ぶ。私は、この『春の日』の作品と『植物祭』の作品との断層こそが、近代短歌と現代短歌を区切ることのできる時期だと思っている。それより「日本歌人」の創刊に至るまでの昭和十年代の歌壇は、若手の新しい歌人と言われる人たちの間からも、佐美雄やその周辺の歌人達の作品に対して、「もう少し現実の線に沿って来ねば、少なくとも私一個には論評の対象とし難いものである」（柳田新太郎氏「短歌研究」昭和十五年三月号）といった批判が根強かったのである。戦後の二十年代の歌壇が、まさしく柳田氏の言葉に代表されるような形での新風だったのに対して、昭和三十年代の前衛の作品が生まれるのである。私は、『植物祭』より『新風十人』へ、そして、昭和十五年以降の戦中および昭和二十年代の戦後の歌壇を通り越して、昭和三十年代の前衛短歌につながるところが現代短歌だという考え方を持っているが、現代の若い歌人たちの歌風が、どちらかといえば昭和二十年代の歌風に近づこうとしていることに危惧を持ち続けてもいる。

なお、特集ではないが、「塔」十月号に、小林幸子氏が、「前川佐美雄の歌」の小文を書いていて、これも「日本歌人」に連載の前川佐重郎氏の巻頭の小文章をよく読み、「没後二十年、もっと知りたい歌人だ」と結んでいる。前川佐美雄が、没して二十年経った今も現代短歌に多くの影響を与え続けている存在であることを改めて思うのである。

秦恒平氏の「京都びとと京ことばの凄み」を読む

秦恒平氏は「湖《うみ》の本」という創作とエッセイのシリーズを私家版でつぎつぎと刊行している。最近（平成二十三年二月）「京と、はんなり　京味津々（二）」が送られて来た。「私語の刻」と題する後記の冒頭には、「雲中白鶴」と題して、二首の和歌を読み、「七十五叟　宗遠」と記した平成二十三年の年賀状をおいて、賀状の返礼に替えるといったいきな計らいのあとに、正月前半の「闇に言い置く私語の刻」を摘録して跋とする。この私語もおもしろく、考えさせられることが多いのだが、今回、収められている「京都びとと京ことばの凄み」という長文から、いろいろのことを考えさせられた。これは、平成二十二年の京都女子学園創立百年同窓会での記念講演とある。

京都を離れ、東京にもう五十年以上も暮らしているが、若き日を京都で過ごした思い出が、氏に終生付きまとっていることは、今まで何度も書かれ、読んで来た。「京都に五十年、六十年暮らしている方の京都より、また幾味かちがった、歴史的な視野と批評とに培われた「京都」が見えている」という立場、これは私も重要だと思う。

京ことばを散りばめられながら、話されて行く中に、平安朝文学を研究する上にも多くの重要なヒントを与えられる点がある。

　では京の「美学」って、何でしょうね。

　春は、あけぼの。

　これが「京の美学」です。これだけで、モノの分かった人になら「十分」なのです。

という。「春は、あけぼの」といえば、当然『枕草子』（雑纂本）の冒頭が思い出される。もとより、そうなのだが、氏は、「佳いものをいくつも選び出す。それぞれに、順序を付ける。つまり「番付け」をすることだと。

　ある日、皇后さんは女房たちに、問題を出しました。

春夏秋冬、季節により、もっとも風情豊かな美しい「時間帯」はいつやろね…と。女房たち、質問に身構えます。

まず「春は……」と聞かれて、おそらく、いくつもの答えがブレイン・ストーミングよろしく口々に出たことでしょう。しかし皇后さんは、そのなかから、「あけぼの」という趣味判断の力に、最良の価値を認めました。そして、書記者として優れた才能を認めていた清少納言に、「春は、あけぼの」と記録を命じたのでありましょう。これぞコロンブスの卵と同じでした。かくもみごとな選択の出来たことで、定子皇后のサロンと、記録『枕草子』とは、歴史的な名誉と評価とを得たのでした。

研究者による論文ではないから、考証はしていない。しかし、『枕草子』の性格と定子サロンの一面を生き生きと映し出しているではないか。

「京ことば」は、まさに千年の政治都市の培った「位取り」の厳しい日常の暮らしを、その現場感覚を、反映しています。夥しい敬語の微妙な「敬」度差は、それが世渡りの武器として駆使されてきた実態を、まざまざと、反映してあまりある。

という敬語の問題、それを、「祇園まぢかに生まれて七十五年、京都を一歩も出なかった」叔母を、にわかに氏の東京の家に引き取っての話、

お医者さんがこう「お言《い》やした」、御用聞きがこう「言うとった」、御近所の奥さんがこう「言うたはった」、それを直接話法のまま全部京都弁に翻訳して叔母は喋ります。（中略）

それにしても叔母の翻訳の見逃せない点は、例えば、「慣れたかな」が「お慣れやしとすか」とか、多分「風邪をひかんようにね」と言われたのが、「お風邪おひきやしたらあきまへんえ」とか、相手の普通の物言いを、自分に対する「敬語」に置き換えていることです。私でさえ聴き過ごすほどですから、京都慣れしていない妻や子や、よその人の耳には、ただもうもの柔らかな物言いとしか響かないということです。

という、氏に取って卑近な日常の実例を取り上げて、

暮らしの現場で、コンピューターなみに「人の顔色」を読みながら繰り出される、その場その場での「物言い」の微妙さこそが、「京ことば」の、ひいては「日本語」の、タンゲイすべからざる、怖さ畏ろしさなんです。

という結論に導いてゆく。『源氏物語』に見る敬語はまさしくこうした見方を肌で感じながら読んでゆかねばならないのだと思うのである。私は三十年以上も名古屋の「源氏の会」で『源氏物語』を読み、放談を繰り返している。いま「玉鬘十帖」を読んでいて、源氏方と内大臣方への微妙な敬語の違いを、注釈を頼りに説明しているのであるが、これは、当時の女房社会では、それこそコンピューターなみに使われていて、作者はそれをいきいきと描き、当時の読者はそれを直ちに感じ取っていたことだろうと思う。

戦後短歌の出発

「短歌現代」(平成二十三年三月号)で「戦後短歌の出発」という特集が組まれている。「後記」によると「終戦後から約十年の動きに焦点を絞った特集」とある。はじめに島田修三・山田吉郎・坂井修一・砂田暁子・小林幹也の四氏による「評論」、次に、「戦後十年を代表する秀歌7首+鑑賞」として、柳川創造氏以下十人の執筆、そのあとに、「戦後十年の主な動向」として、倉林美千子氏「『アララギ』復刊」以下の二十一編がある。私も依頼により「戦後十年を代表する秀歌7首+鑑賞」に加わっている。この特集を見ていてまず感じたことは、リアルタイムで捉えているのは、柳川氏(大正十四年生まれ)と私(同十五年生まれ)だけだったということである。

柳川氏は、斎藤茂吉・釈迢空・正田篠枝・大野誠夫・佐藤佐太郎・河村盛明・岡井隆を取り上げている。迢空は『倭をぐな』の戦死した養嗣子・春洋を悼む歌、誠夫も『薔薇祭』の代表作を取り上げているほかは、「綱手」所属で

アララギ系の歌人だけに、茂吉・佐太郎は当然のことであるし、あえて年代の枠を外してまで岡井を加えているが、広島の被爆体験の歌集で知られる正田の復員兵を捉えた一首、河村盛明の「衰へて帰り来しわが腕の中一人の母となりし胸あり」の一首を上げているのは、この時代を生きた人ならではと思う。とくに、河村の歌に「物語的な主題で、詠風も映像的である。「衰へて帰」ってきたのは、復員して帰ってきたのである。相手の女性はかつての恋人で、今は人妻となっている。戦後の小説や映画が繰返し描いた世界だが、短歌では珍しい」と記しているのも、この人ならでは書けない鑑賞である。

私は、近藤芳美・宮柊二・高安国世・安田章生・前田夕暮・森岡貞香・塚本邦雄を取り上げた。近藤・宮はこの時代を代表する歌人として、高安・安田は、関西に在住している私にとっては身近に戦後十年を感じさせてくれる歌人として、前田夕暮は、「わが死顔は」の一連で驚かされたこと、森岡は、次の昭和三十年代の女歌の出現の先蹤として、そして、塚本は、まったく知らないところで、こんな前衛短歌がすでに読まれていたことにおいてであった。

評論を読んでゆくと、実によく調べられていて参考になるが、リアルタイムで思い出してみると、触れておいた方がよいと思う点がいくつか見られる。桑原武夫の第二芸術論は、戦後岩波書店から出た注目の雑誌「世界」に出たことで、大きな影響を与えたのであるが、もともと俳句に対する論で、短歌の方は「八雲」に依頼されて書いた桑原にとっては二番煎じの論だった。ところが慌てふためいたのは俳句ではなく短歌の世界だったことは注意しておく必要があろう。当時もっとも歌壇にとってこたえたのは、小野十三郎の「奴隷の韻律―私と短歌―」(「八雲」昭和二十三年一月)だったことも付け加えておこう。新歌人集団の問題は歌壇の中で作りあげられた現象であった。そのうち大野誠夫は戦後風俗を詠んで当時は注目されたが、後に現代歌人集会のシンポジウムでこの時代を取り上げた時には、時代を越えて読めば若い歌人の共感が得られなかったのはいかにもと思ったことがあった。加藤克己は、早く『螺旋階段』の歌集があって当然『新風十人』の歌人となっていても不思議はないと思って、後に私は直接加藤に聞いたことがあったが、実は『新風十人』の時は、すでに戦地にあったということを聞いて納得した。結局この時代を代表するのが、近藤と宮であり、ふたりは対照的な作風を持ちつつ、やはり山田吉郎氏「新歌人集団の航跡」に記しているように「基本的にはリアリズムを中心に据えた詠風」というのが正しい。さらに砂田暁子氏「三つの個性」の冒頭にいうように「戦後の歌の方向を決めた「前衛短歌運動」、それに先立つ昭和二十年代」というとらえ方というように尽きる。砂田氏が「女人短歌」の創刊を取り上げている。その中心にいた人々の歌風と釈迢空の「女人の歌を閉塞したもの」の歌論との乖離については私は何度も書いて来たので繰り返さないが、森岡貞香の『白蛾』は次の時代の先蹤であり、葛原妙子の『燈黄』もその価値は次の時代に評価されたものであったことだけは言い添えておきたい。なお近年あまり問題視されないが、生方たつゑはもっと注目されてよいと思う。小林幹也氏「新しい抒情を求めて」に「第二芸術論に応えたのが後の塚本邦雄といえるであろうが、ここは塚本を論ずる場ではない」とあるのもその通りで、『水葬物語』が出ていたこと自体ほとんど歌壇では知られていなかった。

「戦後十年の主な動向」の小論にも、リアルタイムで購読して読んだ「八雲」のことなど、触れたいことは多いが省略する。わたしの結論をいえば、この戦後十年における新しい動向は、『新風十人』の前川佐美雄や斎藤史の作風に対して、同時代にあって批判をしていた当時の新しい歌人に属する人たち、たとえば柳田新太郎の「もう少し現実の線に沿って来ねば、少なくとも私一個には論評の対象とし難いものである」(「短歌研究」昭和十五年三月号)といった立場の線上にあるもので、次の時代の前衛短歌と一線を画するものであり、前川佐美雄の『植物祭』、そして『新風十人』から、前衛短歌への線に、近代短歌から現代短歌への展開を見ようとするのである。それは、『著作集　第九巻　近代短歌史』、とくに和歌文学会での講演を新たに書き下ろして加えた「現代短歌の黎明期―「日光」から『新風十人』まで―」をぜひ見てほしい。

漢語

屋烏《おくう》の愛《あい》辞書にはじめて知りし言葉はづかし乍ら楽しと思ふ　本山俊治

私の所属している短歌雑誌「マグマ」平成二十三年一月号に見える歌。こう言われて曲がりなりにも国文学者として生涯を送って来たものがと、改めてこれも長らく関係した『角川古語大辞典』を引いて見たが立項していない。「を」のあたりは完成を急がされて、多くの項目が欠けていることを痛感したのだが、『日本国語大辞典』には、漢籍『説苑』の「愛其人者兼屋上之烏」を出典として引き、「愛するあまり、その愛する人の屋根にとまった烏までも愛すること。愛情の深いたとえ。熱愛。屋上の禽。おくう」と語義を記し、用例には、『椿説弓張月』続・六回「もしその不接《ふせふ》を咎めらるることなく、ますます屋烏の愛を蒙ることあらば、幸甚しからん」があがっている。私も『椿説弓張月』は何度か読んだので、この用例はどこにあったかと調べてみると、馬琴が『続編』を刊行するに当たって巻末に付した読者への呼び掛けの文章の中にあり、『日本古典文学大系』の後藤丹治氏の頭注には、「ここは著者に対する、深い愛情の意か」とある。本山氏がどの辞書を見ていて、この語を知られたかはわからないが、馬琴にとっては、自家薬籠中のものであった、こうした漢語に出典を持つ語彙は、現代のわれわれには、やはり辞書を引いて知る言葉となっているのである。

昭和二十二年四月、京都大学文学部（国語学国文学専攻）に入学した最初の年度の池上禎造先生の講義題目が「漢語」であった。この講義からは実に多くのことを教えていただいたが、最後のレポートに、上に「不」の付く漢語と、「無」の付く漢語をとりあげてみた。中世文学を専攻しようと思っていたので、この機会にできるだけ多くの中世の作品に当たって用例を拾い考えてみることにしたのである。取り扱った作品の本文批判をしていなかったことや、中世の文献だけではなく、どちらかと言えば近世初期の文献にこそ当たらなければならなかったこととて、不充分な結論しか出なかったが、「不」が「ぶ」とも読まれるようになって「無」（ぶ）と混淆してゆく方向だけは摑めたように思う。その後まったくそのままにしているので、おそらく私の知らないところですでに研究は進んでいることと思う。

ある時、佐竹昭広氏より突然電話が掛かって、中国語学専攻の尾崎雄二郎氏と「漢語」について考えるに当たって、『宗祇畳字百韻』を取り上げるので、加わってほしいということだった。それは、何度も討論を重ね、『和語と漢語のあいだ　宗祇畳字百韻会読』（昭和六十年、筑摩書房刊）として結実したが、実にこの会読をめぐって多くのことを学んだ。佐竹氏は『岩波古語辞典』の中世を担当されて多くの用例カードを持って来られ、私も毎回かなりの時間をかけて準備をしたのだが、ここで、尾崎氏の用例からでなく語の成り立ちを吟味される方法を知ったことはありがたかった。たとえば「逗留」という漢語、中国にもあるが、ことばの構造からいっても、むしろ擬態語的な、つまりまごまごか、もたもたとかいった状態語で、日本で多く用いられる逗留するといった行為語ではないと言われる。「故障」は、中国の古い文献に用例が見られないが、「故ノ障リ」で、和製漢語としては出来過ぎていると言われたりする。また、「雨中」という語は、何でもないようであるが、実は『文選』に出て来ない語で、王維の詩あたりから、詩人が好んで用いた語であると言われる。用例を調べていて、日本の漢詩で『本朝無題詩』などに「雨中」とあるのは、「雨の中」と訓読し熟語としての意識はないが、この畳字連歌に「雨中」という語を用いているのは、そうした新しい詩語の意識を考えなければならないということも新鮮だった。「活計」の談義もおもしろかった。この語は「活計を尽くす」などとよく用いられる中世語だが、もともと中国では、「生計」も「活計」も同じで、詩でその時の平仄の関係で「生」を用いるか「活」を用いるかの違いだったのが、「生」だけが残ったのだというのも、こうした場を持たなければ気づかないことだった。「余残」を問題にした時、「残余」はいくらもあるのに「余残」の例を見ないので、和製漢語かとの話のついでに、「残」の意が、日本では「残る」という意だが、中国では「欠けた」の意で、「残雪」は中国にもあることはあるが、白一色が損なわれた風景で、まことに無残な光景になってしまうと言われる。

この会読の中で、これが終わったら、次は「教育勅語」を取り上げましょうとか、『源氏物語』を取り上げましょう、という話が出る。両氏とも亡くなられてもう実現を見ることはないが、『源氏物語』については、私もその後、名古屋の「源氏の会」でもう三十年以上も読んでいて、気に留めて読んでいると、男の言葉として仏語や漢語をそのまま用いたもののほかに、明らかにもとは漢語であると思われる語を、和語にしてさりげなく文中に溶け込ませている例にいくつも遭遇する。こうしたことを問題にしようとされていたのだと今さらに思うのである。ここではそれを詳しく考証することはできないので、私の拙い一首を記しておくに留める。

「としよはひ」は「年齢」の訓読かかる語彙『源氏物語』に多しひそかに　　忠夫

老のくりごと―八十以後国文学談儀―(16)

食満南北の『芝居あくまで』

柿衛文庫で「知と美の集大成—関西大学所蔵名品展」が開催され、平成二十三年三月五日の開会の式典の後、展示を見た中に、食満《けま》南北《なんぼく》『芝居あくまで』という軸物の、ほんの初めの部分だけが開かれていた。食満南北は、第四回毎日演劇教室（昭和二十一年九月）で、梅屋勝之輔社中による鳴物の解説を聞いたことがある。芝居のあくまでの段取りをていねいに描かれた座付作者のこの一巻はぜひ閲覧したいと思った。これは、肥田晧三氏が特に付属図書館の所蔵品から加えられたものであったという。さっそく関屋俊彦氏に頼んで、四月六日に立ち会ってもらって閲覧することができた。

内題に「芝居明くまで」とあり、第一図　内読《ないよみ》、第二図　役おさめ、第三図　顔寄せ、第四図　本読み、第五図　平稽古、第六図　立稽古、第七図　鬘合わせ、第八図　衣裳見せ、第九図　道具帳、第十図　大道具の拵え、第十一図　小道具調べ、第十二図　総ざらい、第十三図　舞台ざらい、第十四図　初日触れ、第十五図　坐頭の神詣でより成る。それに、「坐頭の宅へ、作者が其月の脚本をよみに行く。これをないよみといふ」（第一図）、「重なる俳優に、それ〴〵の役をいひ込む。これをいひに行く人を奥役といふ」（第二図）、「重だつたる俳優を一堂にあつめて、酒肴などいで、頭取よりそれ〴〵を報告する。これをかほよせといふ」（第三図）、「これは一同をあつめてあらためて作者より其狂言の脚本をよみきかす」（第四図）などという、それぞれの図に、短い言葉が添えられている。そして、最後に「ほんのその大要をあらはしたるものなり。／大正十三年の夏八月／下加茂の寓居にて／鶴屋南北／これを描く　印記〔作者／南北〕」の奥書があり、制作年代が明確に知られる。食満南北は、明治十三年（一八八〇）の生まれで、昭和三十二年（一九五七）に七十七歳で没しているので、大正十三年（一九二四）と言えば、南北の四十四歳の折のものであった。

この資料については、いずれ歌舞伎の研究者によって、紹介され、研究が加えられなければならないが、この図の中で、第十三図の舞台ざらいには、明らかに『伊賀越道中双六』の「沼津」の場が描かれていることに注目したい。「演芸画報」の大正十一年～十三年を見ると、関東大震災〔大正十二年九月〕のために、大正十二年八月号より中断していたのが、大正十三年一月号が「復興第一春を賀す」として刊行されており、話題は、中村鴈治郎〔初代〕と片岡仁左衛門〔十一代〕が事情あって三十年間、同座がなかったのが、大正十二年十一月の大阪中座の興行に、大阪を代表する二人の名優の顔合わせが実現したことであり、それは関東大震災の取り持つ縁であったらしい。当時の舞台写真が載っていて、その配役は、中村鴈治郎の呉服屋重兵衛、片岡仁左衛門の雲助平作、片岡千代之助〔十三代目仁左衛門〕の池添孫八、中村福助〔三代目梅玉〕の平作娘およねであった。音に聞くのみで実際には見ていない鴈治郎と仁左衛門だけでなく、晩年しか見ていない梅玉の福助時代のおよねに加えて、我當時代からずって見続けて来た十三代目仁左衛門の千代之助時代の初々しい池添孫八がなつかしい。食満南北も、この両優の久しぶりの顔合わせに感激されたことがこの図に現れているようである。

両優の顔合わせは十二月の南座の顔見世にも見られ、その演し物は、昼の部が、「桜のもと」「安宅関」「伊賀越道中双六」「乗合船」で、夜の部が「操三番叟」「九十九折」「寺子屋」「戻り駕」であったが、「桜のもと」は食満南北の作であった。なお、私のたまたま見た大正十三年の「演芸画報」にも、南北は、六月号に「『湧登《わきのぼる》水鯉滝《みずにこひたき》』（鯉つかみ）」を執筆し、宙づりなどのケレンの多い右団治への警告を記したり、十二月号の「研究　歌舞伎劇の「娘」」に、求められて「お染」を執筆したりしている。九月号には、「特集　芝居の開場前」があり、松竹社長の大谷竹次郎の「苦心と愉快と」以下、金井由太郎の「大道具師苦心談」まで、それぞれの立場から執筆されているが、その中に、竹柴金作の「作者の為事」が、本資料と重なる面がある。竹柴金作は、東京の市村座の座付作者であり、比較して見ると興味が深い。「舞台ざらい」について、「近頃舞台浚といふものが始まりましたけれども、其の最初は明治三十二年頃、先代片岡市蔵が市村座を訥子源之助、芝鶴などをかたらつて共に出場してゐたとき、舞台浚の必要があるといつて行《や》ったのは、大阪流なのでした」とある。この資料に舞台浚いが取り上げているのは、大阪の芝居では普通であったことを示している。

南北は、昭和十九年に『作者部屋から―芝居随想』（宋栄堂刊）という一冊の自伝を出している。明治十三年、堺市櫛屋町の酒造業の家に生まれ、さまざまのことをした末、明治三十九年に東京歌舞伎座の福地桜痴門として作者部屋に入ったが、明治四十年に市村羽左衛門と衝突して大阪に帰り、いったん作者を止めるつもりが、十一代目片岡仁左衛門（当時我當）の巡業に誘われて、復活するところから「私なりの劇界四十年史」を書かれている。二十年余りの時代を隔ててはいるが、本資料を考える上に多くの重なる面を持っている。「私が尋常小学校から高等小学校の時代には作文と歴史と図画とがいつも優等で……」などと回想しているが、本資料の巧みな素描は、まさに天性のものであった。

源氏物語と和歌 ―シンポジウムのこと―

中古文学会のシンポジウムに久しぶりに出席した。「日本歌人」の夏行《げぎょう》が平成二十三年五月二十九日・三十日に浅草ビューホテルであったので、その前日であったこと、テーマが目下の関心事の一つだったことによる。出席してみて、やはり学会のシンポジウムのあり方について、以前と少しも変わっていないことを痛感した。司会の高野晴代氏の意図はよくわかる。しかし、それに応じて講師が選ばれたのだろうか。それぞれのテーマで基調報告をし、それぞれの講師に質問をするといった形にならざるを得ない。テーマが決まり、それを主張した人が司会となり、その意図に添って司会が講師を選定する。それも焦点を絞って、対立する見解を持っている講師を選び、講師の間で、批判が応酬され、それに会場から意見を差し挟むという形でないと盛り上がらない。シンポジウムという形にならない。今回も従来通り「『源氏物語』と和歌」というテーマの中で、それぞれが報告するという形で、相互の連関がなく嚙み合わなかった。これでは、個々の報告に質問は出ても、テーマにかかわる問題としての質問の出ようもないのである。

個々の問題としては、それぞれに私なりに考えさせられることもあった。高田祐彦氏の「虚構の和歌の可能性―物語の文脈との関係―」は、秋好中宮の三つの場面を捉えての考察であるが、「『源氏物語』の和歌の理解は、文章との関係を離れてはありえない」ということは、あまりにも当然すぎることであって、その通りとしか言いようがない。倉田実氏の「源氏物語「唱和歌」規定の再検討―「会合の歌」の提言―」は、贈答歌、独詠歌に対して、三人以上は「唱和歌」と言われているのを「会合の歌」とよびたいという提言であるが、もともと物語では、贈答歌がふつうで、それに対して、作中人物が独りで口ずさんでいる和歌を、現代の研究者が「独詠歌」と便宜的に名付けたに過ぎない。「唱和歌」という呼称も研究者の間では定着しかけていて、それに対する異見ということだが、三人以上は「唱和歌」という規定が問題であって、「唱和歌」という規定がふさわしい場合もあれば、「会合の歌」もある。これらを含めての呼称は「その他」とするほかはない。贈答歌は、歌合の歌や屛風歌の晴の歌に対して、褻《け》の歌で、「唱和歌」と言われるものの中には、その晴の歌が見られる場面がある。それは、もともと物語には記されないものであるが、その場にいない女房が聞き伝えの形で、一首、二首を書き記しているのである。その晴の歌、氏のいう「会合の歌」は、たとえば、『万葉集』に見える「梅花の宴」の歌を鮮やかに伊藤博氏が解明したような研究は画期的であったが、物語の場合は、本来は記されないはずの歌がどういう意味をもっているかという点以上に問題にはしにくいのではないか。

浅田徹氏の「源氏物語の歌風一面—歌の組み立て—」が、私にはもっとも関心事だった。氏は、「源氏物語の場面ごとの和歌の解釈ではなく、全体を通してみた時に、何かの「歌風」を指摘することが可能だろうか」という問題提起から、「Ⅰ「〜に〜が添う」歌」「Ⅱ　添加の構造」「Ⅲ　同一化の表現」の三点から問題にしようと試みられた。そのうちのⅠについてだけ私見を述べておきたい。まさしく表現の微視的研究で、索引が完備していない頃にはできない調査だが、「〜に〜が添う」という組み立ての歌が、『源氏物語』には多いという指摘である。「物語を書いていく上で、季節の情景描写と登場人物の心情を有機的に結合するのに有効な類型だったのではないか」と結論づけられる。私の関心事は、この指摘が、『源氏物語』の作者の無意識のうちに頻出した表現か、一般論としての物語の和歌の表現の特色かということである。後者の場合だったら、特に異論はない。しかし、前者の場合だったら、もっと突き詰めて考えたいと思うのだ。その場面、果して多いといえるほどの数値なのだろうか。比較されている「古今集〜後拾遺集の類例」のうち、七首をあげ、「ないわけではないが多いとは到底言えない」と言われる。その例のうち『後撰集』が二首見え、『古今集』にないということは、この形が褻の歌に多く見られる表現の特色ではないか。とすれば、多くの当時の物語が伝わらない今日、『源氏物語』に匹敵する量を持つ同種の物語の歌との比較ができないこととなる。私には、『源氏物語』の作者の無意識のうちに頻出した表現ということにはならないのではないか、「『源氏物語』の和歌」ではなく、「物語の和歌」の問題に帰すべきではないかと思われるのである。テーマが「『源氏物語』と和歌」であることは司会の意図として

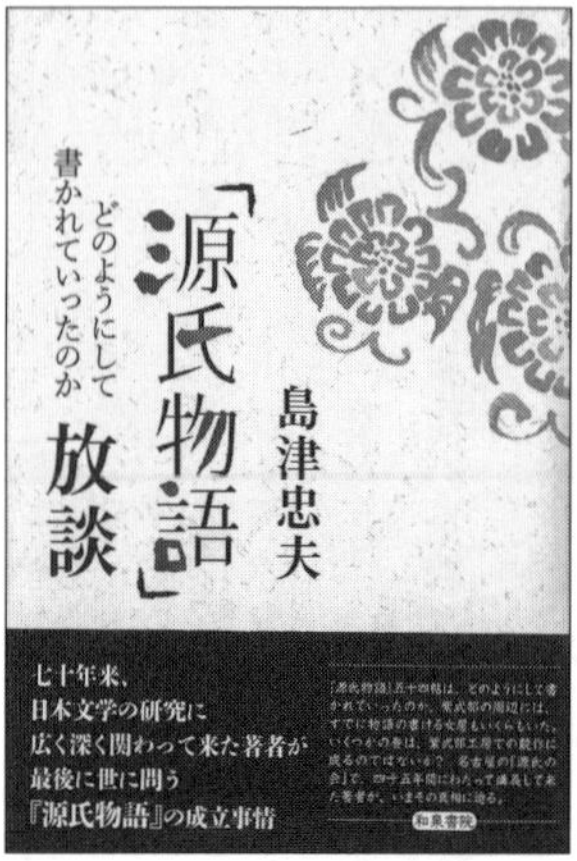
「源氏物語」放談
どのようにして書かれていったのか
島津忠夫
七十年来、日本文学の研究に広く深く関わって来た著者が最後に世に問う『源氏物語』の成立事情
和泉書院
『『源氏物語』放談—どのようにして書かれていったのか—』（島津忠夫著作集別巻3、平成29年4月16日、和泉書院刊）

は承知の上で、浅田氏の基調報告にこだわったのである。

実をいえば、浅田氏のあげられた例の中に「蓬生」の巻の歌が含まれていることに、私の『源氏物語』成立論とのかかわりがあるから関心を持ったのであるが、それは「源氏物語成立についての試論」として改めて世に問いたいと思っている（『源氏物語』放談―どのようにして書かれていったのか―』平成二十九年、和泉書院刊）。

学会の折の配付資料に拠っており、私の聞き方にも疎漏があるかと思われるが、その後「中古文学」88（平成二十三年十二月）に、諸氏の見解が改めて掲載されていることを付記する。

老のくりごと―八十以後国文学談儀―(18)

井上宗雄氏を偲ぶ　―同じ時代を生きて来た国文学者―

それは、五月五日（平成二十三年）、私の家で「連歌を読む会」をしている最中だった。山口守義氏から電話がかかり、井上宗雄氏が亡くなり、すでに葬儀は親族で終わったとのことである。ここ二、三年、上下四、五年を同世代とすれば、伊藤正義氏・尾形仂氏・表章氏・紅野敏郎氏（その後、樋口芳麻呂氏も）と親しい研究者の訃を聞くが、井上氏とはまったくの同年の生まれで、実に長い親しい付き合いだった。『徒然草』ではないが、無常が後ろより迫っていることをしみじみと思わないではいられなかった。六月三日、立教大学の大教室で「井上宗雄先生を語る会」が開催され、実に大勢の方が参列された。黒板には左に遺影が大きく写し出され、右に思い出のスナップ写真が次々と写し出されていくという趣向も見事であった。

私は、予め依頼されていて、平山城児氏・中野幸一氏についで、思い出を語った。あとには加藤瑠璃子氏（「寒雷」選者）・新木敬治氏（全日本かるた協会顧問）・冷泉為人氏が立つ。この広い人脈はいかにも井上氏らしいが、五分という持ち時間で話し切れない人が多く、結局、若い小川剛生・中村文両氏は第二部の喧噪の中での話になってしまった。

五分ということだったので、多くを語ることはできなかったが、私は次の二点に絞って話した。いささか敷衍してここに記しておきたい。

井上氏は早稲田、私は京大と出身大学は異なり、また生まれも東京と大阪と異なっていたが、同じく大正十五年、それも私が九月、井上氏が十月生まれで、同じ時代を生きて来たことになる。当日、配付された「井上宗雄先生の足跡」を見ても、昭和二十年の敗戦の年の七月に入隊していること、ここには記されていないが、かつて井上氏より偶然聞いた広島高師の臨時教員養成所を受験したことなど、重なっていることはきわめて多い。

今から思えば何でもないことだが、私が研究を始めた六十年も昔のことである。小学校・中学校で習った国史には、鎌倉時代の次は吉野時代で、室町時代に続き、南北朝時代はなかった。楠木正成は忠臣で足利尊氏は逆臣と教えこまれていたのだった。戦後になって国文学、特に和歌史に興味を持った時、大覚寺統と二条家、持明院統と京極家という図式で、持明院統の天子の時代に『玉葉集』『風雅集』の勅撰集が生まれたのに、その後の持明院統の北朝で、どうしてまた二条家の勅撰集が続くのかということに素朴な不思議を感じていた。当時この点に触れていたのは、吉原敏雄氏『概観短歌史』（昭和十七年、大日本出版社峯文荘刊）という小さな通史で、ほんのひとことの記述があっただけだった。これはぜひ詳しく調べてみたいと思っていた矢先に読んだのが、井上氏の「南北朝時代における歌壇の動向―足利尊氏と二条家との関係を中心として―」（『国文学研究』5、昭和二十六年十二月）の論考だった。私は、昭和三十一年秋の早稲田大学での第二回和歌文学会大会に出席して、二次会までのこのこついていった。窪田章一郎氏門下の早稲田の若い人々が中心であった。その場で井上氏に逢えるのではないかと思ったからだったが、ここには見えていないということで、私の側にいた人に、酒の勢いもあって盛んに井上氏の論考の話を吹聴していたようである。その後、和歌文学会・和歌史研究会・中世文学会を通じて長い親しい付き合いが始まるのである。

もう一点は、後に、井上氏が「寒雷」の俳人であることを知るようになる。天理で俳文学会があり、会員ではないがと前置きして質問され、実は前日に京都で「寒雷」の大会があって、そのついでに来たのだと聞き、井上氏が俳句の実作者だということを知った。それは晩年まで続いた。歌壇史という研究のジャンルを確立し、禁欲的に資料と事実の上に立って、着実な論を展開されてゆく叙述の中に引かれる一首の歌が、実に的確であることに私は以前から感心していたが、この実作の経験が生きていることを知って納得した。たとえば、『中世歌壇史の研究　南北朝期』（昭和四十年、明治書院刊）で、南朝の歌壇の中で、二条為忠のことに触れて、

為忠はこの行宮で「君すめば嶺にもをにも家居してみ山ながらの都なりけり」と詠じた。さすが歌道家の人だけに、天野の景情を巧みに詠みこんだ佳什をものしている。

といった具合である。今後若い研究者が歌壇史の研究を発展させて行くこと、それこそ井上氏のもっとも希望されるところであり、私ももとより期待を寄せているが、ぜひ若い研究者には、常に文学の本質を忘れないでほしいと言いたいのである。

老のくりごと―八十以後国文学談儀―(19)

与喜天神神像と「初瀬にますは与喜の神垣」の句

奈良国立博物館での「天竺へ」の展覧会に、「初瀬《はつせ》にますは与喜《よき》の神垣《かみがき》―與喜天満神社の秘法と神像」が同時開催され、平成二十三年七月十五日、内覧会に出席することができた。この一室に入るや、正面に初公開の、社殿中央の宮殿に祀られていたという天神坐像が鎮座する。その像内背部墨書に「奉造立／与喜大明神／御正躰一躰／勧人善阿弥陀仏／正元元年己未五月八日」とあることにより、この神像が正元元年（一二五九）に造立されたことが知られる。この墨書の写真を見た瞬間、私の脳裏をよぎったのが、この「善阿弥陀仏」は、鎌倉時代の花下連歌の興隆期に活躍し、『菟玖波集』にも三十二句採られている善阿ではないかということであった。伝未詳であるが、『菟玖波集』に「正和元年三月法輪寺千句」の前書で「見し花のおもかげ埋む青葉かな」の句が見え、年代も合致する。十仏・信昭ら多くの

連歌の門弟を擁し、そのうちの救済が、やがて二条良基の連歌の形成に大きく寄与する。与喜天神の連歌は、現存の資料では、「寺院細々引付」（『大日本史料　第七編第五冊』応永九年十月是月条所引）により、応永十年（一四〇三）四月、興福寺大乗院の孝円が長谷寺に赴いた際、宿坊で連歌会が催行されたのが最も早い記録という（図録掲載の野尻忠氏「総説　与喜天神の歴史と信仰」）。観応二年（一三五一）写の二条良基の連歌論書『僻連抄』一巻（長谷寺蔵）が現存していることからも、それより早く与喜天神で連歌が行なわれていたのであり、それは正元元年の善阿の頃にさかのぼらせて、鎌倉末期の代表的連歌師であった善阿が、連歌の神与喜天神の神像の造立を勧進したと考えてみることは可能であろうと思う。

その神像の像容は、図録に掲載の岩田茂樹氏「與喜天満神社の神像について」に、「巾子冠《こじかん》をかぶる。黒色の袍《ほう》と表袴《うえのはかま》を着し、丸鞆《まるとも》付きの石帯《せきたい》を締める。襪《しとうず》をはく。太刀を佩《は》く。腹前で拱手《きょうしゅ》して笏《しゃく》を執《と》り、右足先を前に向けて安坐する。顎鬚を生やす壮年の風貌で、眉根を寄せ、目尻をやや吊り上げ、口は「へ」の字に堅く結んでおり、忿怒を内に籠めた相である」とある。この天神像が與喜天満神社の神像となったことについては、『長谷寺験記』上巻第十一話に見える説話に由来する。地主の神滝蔵《たきくら》権現と束帯装束に変身して現れた菅原道真との問答に、道真が「我ハ是左大臣正二位天満天神菅原某ノ神也。无実ノ讒奏ニ依テ、鎮西ニ被遷シ剋ミニ、悪心ヲ発シテ多ノ人ヲ損ズ。其罪業深シテ苦患ヲ受ムトス。此山ニ住シ、大聖ニ値遇シ奉テ、其苦ヲ抜ト思フ。願ハ此山ニ社一ツ造程ノ地、我ニユルシ給へ」と請うたのに対して、滝蔵権現が「断悪修善ニ尤与喜地也」として譲ったという。

「初瀬にますは与喜の神垣」という句は、『竹林抄』巻九雑連歌下に見える、「初瀬にますは与喜の神垣／迷てや我世を悪しく祈らむ」という宗砌の句の前句である。新日本古典文学大系の『竹林抄』（平成三年、岩波書店刊）は、この雑連歌のところは、乾安代氏が素稿を作ったが、鶴崎裕雄・寺島樵一・光田和伸の諸氏と私とで何度も寄り集まって検討を加えた結果である。それには、神と世・祈りの寄合と、「与喜」（よき）に「悪しく」と付けたことを指摘し、前句は「初瀬にいらっしゃるのは、良きという名の与喜天神であり、その斎垣があって」と訳し、付句は「迷いの心からであろうか、銘々自分の世の邪な祈りばかりをするのは。良きという名の与喜の天神なのに」と訳している。この句は、『新撰菟玖波集』巻第十七雑連歌五にも採られており、『新撰菟玖波集全釈』（奥田勲氏ほか編、平成十八年、三弥井書店刊）にもほぼ同じ意に解釈されている。ところで、これも、野尻氏「総説　与喜天神の歴史と信仰」には、この句を、「どうした心の迷いからであろうか、（よき天神であるのに）世を悪い方向に祈ってしまうとは」とし、『長谷寺験記』の草創説話をふまえ、天神が滝蔵権現に吐露した心の闇を意味するのだと言われる。宗砌はおそらく、その草創説話の内容を十分に理解していて付けたものであろう、とされるこの見解は的を射ていると思われる。『竹林抄』の注を試みた時には、そこまで思いが及ばなかった。寺島樵一氏「連歌付句集における「行様」―前句のなかの打越・付句の中の三句目―」（『連歌俳諧研究』74、昭和六十三年三月、『連歌論の研究』平成八年、和泉書院刊）の付句集から、当時の人ならば、連歌座における打越まで読み取っていたのではないかという論考がある。宗砌の独吟と取るよりは、連衆による百韻中の二句と考えられるから、「初瀬にますは与喜の神垣」の前句、すなわち「迷てや我世を悪しく祈らむ」の打越の句は、おそらく連歌のことがよまれていたので、「与喜の神」が付けられたのであり、この句には、連歌を避けて、草創縁起によって句作りしたものと考えられる。「連歌」から「与喜天神」が付くのは、ごく自然であり、それを草創説話によって連歌から巧みに離れたこの句が評価されたことと思われる。

この展覧会では、前述の長谷寺蔵『僻連抄』一巻や、応仁二年（一四六八）興福寺大乗院門跡経覚写の『連歌新式』四幅も展観されている。いずれも早く岡見正雄氏の紹介されて以来著名なものであり、『連歌新式』はかつて長谷寺の展示で一見したことがあるが、『僻連抄』の方は、何度も引用しながら、原本を見たのは初めてだった。

宗因の『肥後道記』と『平家物語』

『西山宗因全集　第四巻』（平成十八年、八木書店刊）に宗因の紀行が収録され、はじめて宗因の紀行の文芸性について考察することができるようになった。そのことについては改めて考えることにして、まず最初の紀行である『肥後道記』の柳浦、赤間関の描写をめぐって、小見を記しておきたい。『肥後道記』が『土佐日記』を範としたものかと石川真弘氏が「西山宗因『肥後道記』小見」（「俳文学研究」18、平成四年十月）で指摘され、尾崎千佳氏がそれを受けて、『土佐日記』を趣向とし、『源氏物語』を主題としているとされる（「近世文芸」88、平成二十年七月）。そのことは両氏の論考に譲って、私は、石川氏が「途中歌枕では古歌伝統の作法に従って歌を詠み、古跡を通る時にはその土地縁りの古典に思いを馳せ、『源氏物語』『平家物語』などの文章に縋ってその印象を書き留めている」といわれる『平家物語』について、いささか考えてみたい。

宗祇の『筑紫道記』にも赤間関での描写は印象的である。ところが、筥崎から芦屋への道中が、『平家物語』巻八の「太宰府落」の道中とほぼ一致するにもかかわらず、『平家物語』の影響はまったく見られない。当時、『平家物語』はそれほど容易に見ることのできる状態ではなかった。赤間関での描写も、かつて琵琶法師の平家を聞いた感動を、いま現実にその地にあってしみじみと感じ、恐らくは赤間宮で絵解きを聞いて感銘深く思っての記述ではないかと述べたことがあった（『著作集　第四巻　心敬と宗祇』）。それに引き替え、宗因の『肥後道記』は、

あるじのをのこにつれて、そのわたりの海のほとりを見ありきて、阿弥陀寺といふ山寺にまかりぬ。そこに平相国の一門、知盛已下の公卿上臈、女房、入水のすがたを左右の障子に写し、帝の玉体を木像にあらはしたるをふし拝み奉る。いたましきかな、玉楼金殿の内にあふがれ給て、かゝる遠国波島の渚にあとをのこし給ふことよ。

と、宗祇の『筑紫道記』と同じく、安徳天皇の御影堂を拝しての感慨を記したあとに、

かの物語に、雲の上の竜くだりて海底の魚と成給ふとかける、行長が筆のあと思出て、感涙肝に銘じ、つたなき詞をつゞりて、いともかしこき御前に廻向し奉る。

と記していて、明らかに『平家物語』巻十一「せんていの御入水の事」に、「雲上のれうくだつて、海ていのうほとなり給ふ」（宗因所見の可能性のある寛永三年版本〈大阪大学懐徳堂文庫本〉）を踏まえての叙述を重ねている。

ところが、赤間関の叙述のすぐ前に、

二日三日あるに、つれ〴〵と海のおもてを見渡せば、たゞはひわたる程のむかひに里一村あり。人にとへば、浦の名は柳といふを、むかし、安徳天皇東夷におそはれ給て此浦にくだりまして、かの皇居をしめ給しより、内裏と申ならはしたると云をきくに、行盛朝臣の、なれし都の月ぞ恋しきと詠し所にやと、其時のさまさぞ有けんとあはれにて、

君ませば爰も都とながめけるむかしのあとに月のみぞすむ

とあるところ、「なれし都の月ぞ恋しき」という行盛の歌は、流布本（寛永三年版本も）の『平家物語』には見えない。このあたりは、『平家物語』諸本の間で大きく異同のあるところで（『著作集　第十巻　物語』の「宇佐行幸と太宰府落」に詳しく考察を加えている）、この歌は、屋代本の『平家物語』に、柳浦での九月十三夜詠として、

君すめば是も雲井の月なれば猶恋敷は都なりけり

として見える。宗因が屋代本を見ていたなどとは当然考えられない。「人にとへば」とあるから、柳浦では、当時もそういう伝承が伝えられていて、それをふまえての記述であって、『平家物語』とともに、土地の伝承をも巧みに取り上げていることが知られる。

さらに、赤間関の描写の中で、「行長が筆のあと思出て」とあることに注意したい。これは、宗因が、例の『徒然草』第二百二十六段の「この行長入道、平家の物語を作りて、生仏といひける盲目に教へて語らせけり」というくだりを読んでいて『平家物語』の作者を疑いもなく行長と考えていたようだ。そういえば、周防のなにがし島に停泊し

ている時に、「年老たる法師」を訪ねる描写などは、『徒然草』を思わせる。

大阪天満宮に、『西山家什物目録』があって、実に多くの書籍・調度が西山家に蔵せられていたことが知られるが、その中に、『平家物語』は見えない。『徒然草』は『つれ〴〵草抄』が見えている。もとよりこの目録は、宗因一代のものではなく、ましてこの『肥後道記』を記している時点では、多くの蔵書を携えていたとは思われない。この紀行を読むと、『源氏物語』などは、尾崎氏の指摘にもあるように随所に引かれていて、前述の柳浦の描写に「たゞはひわたる程のむかひに里一村あり」とあるのも、「明石」の巻の詞が口をついて出てくるほどであった。『平家物語』や『徒然草』も、これより以前に、肥後にあっての折か、上京して昌琢のもとで連歌の修行をしていた折のいずれかに読んでいて、記憶していたことが、この紀行の執筆にあたって自然にほとばしり出たと見るべきであろう。

贈答歌と唱和歌

昨年（平成二十三年度）の「古今伝授の里短歌大会」は、十月八日に、郡上市大和生涯学習センターで催され、小島ゆかり・小島なお親娘を迎えて、はじめに小島ゆかり氏の「オノマトペの魅力」の講演、最後に親子対談があった。講演は内容も充実し話もうまくて聞かせたが、親子対談も、コーディネーターの小塩卓哉氏が周到に準備されていて単なるおしゃべりに終わることなくこれまたおもしろかった。こうした短歌大会の常として一般に短歌を募集し、表彰・選評という形を採るのが通例だが、今回は小塩氏の主張により、自由題とともに贈答歌を募集するという新しい試みが行なわれた。はじめは作品が集まらないのではないかと案じられたが、はじめての試みとしては何とか相応の応募歌を得ることができた。選評は、自由題の部を選者の一人の後藤左右吉氏が、贈答歌の部を私がすることになったが、わずか五分ということで意を尽くさなかったので、ここで小見を記しておきたい。

和歌には、もともと晴《はれ》の歌と褻《け》の歌があり、晴の歌は、歌合や屛風歌など公の場での歌であり、褻の歌は贈答歌など日常の生活の中で詠まれた歌である。最初の勅撰和歌集である『古今和歌集』は、漢詩の勅撰集に対して、あえて晴の歌を集めて編纂されたものであった。ところが、当時の宮廷社会では贈答歌が多く詠まれ、私家集には多くの贈答歌が見られ、次の勅撰集の『後撰和歌集』では、それを贈答歌の形で拾い上げているのである。物語の中の歌は、とうぜん多くが贈答歌から成っていて、その贈答歌については、すでに多くの研究が重ねられている。いまそれについてあれこれ問題を提起しようとするのではない。ただ贈答歌の場合、相手の言葉尻をとらえ、相手の表現を巧みに用いなおして、機知的にやりこめるといった方法が一般的である。『源氏物語』に見える多くの贈答歌は、作者が物語の作中人物になって、折々に応じて巧みに詠んでいるのである。その贈答歌の中に、唱和歌という形のものがあり、小町谷照彦氏の「唱和歌の表現性」（『源氏物語の歌ことば表現』昭和五十九年、東京大学出版会刊）には、十八例があげられているが、唱和歌の定義によって諸氏の間でゆれがあり、さまざまの論がある。鈴木日出男編「源氏物語作中和歌一覧」（『新編日本古典文学全集　源氏物語　第六巻』所収）には、作中人物の和歌を、⑴贈答・⑵唱和・⑶独詠・⑷代作に分けて掲げられている。そのうち唱和歌を見ると、やはり広義の贈答歌の中に入る。

今回の贈答歌の部の選歌は、はじめての試みであり、厳密に贈答歌に限定したわけでもなかったので、唱和歌もその優れたものは同一条件で選んだ。小塩卓哉・後藤左右吉両氏と私とで選んだ第一位の「古今伝授の里短歌大会大賞」の、

陣痛の比にはあらずよしらたまの吾子の柩に花を手向ける　　若尾幸子（母）
兄さんは地層のやうなぬくもりのあるひとだった　額《ひたひ》に触るる　　水野泰子（娘）

は、母が息子の死を詠んだ歌に、娘が兄を偲んで唱和した歌であって、狭義の贈答歌ではなく、唱和歌というべき作品であったが、亡くなった息子や兄を偲ぶ心情がどちらもよくあらわれているので、第一位に推されたのだった。

第二位の「郡上市長賞」の、

母置きて嫁にはゆけぬか素振りには見せねど思ふ人のあるらし　真崎陽子（親）
適齢期はいつだってあるわたし今ドラム叩いてライヴに夢中　真崎めぐみ（子）

は、母の問いかけに、娘の今の気持ちが答えられていて、そのずれがおもしろく現代の贈答歌と見てよかろうと思う。

第三位の「郡上市教育委員会賞」の、

コソコソと小声で君は話すから聴き取りがたし耳遠きゆえ　角山治雄（夫）
近づきて心静かに聞かれませ蛍の声が聴ゆるほどに　角山登代子（妻）

は、夫の問いの歌をふまえて、妻が見事に言い返していて、これこそまさしく贈答歌の条件を具えている。

はじめは応募の集まりが悪くて心配されたが、「案ずるよりは産むが易し」ということわざがあるように、結局は多くの作品が寄せられ、こうした現代の贈答歌を選ぶことができた。郡上市では、大和町を中心に、小・中学生の短歌の指導が熱心に行なわれ、今回の企画も子供の歌に親が答えるということも考えられ、応募された歌もそうした作品が多く集まったのである。そうした中で、「岐阜県歌人クラブ賞」の、

今日もまたオセロにしょうぎぼくのかち弱いばあちゃん大すきなんだ　坂野　心（孫）
いつまでも弱いばあちゃんでいたいけどそろそろ変身、本気で勝負　坂野加代（祖母）

などが、小学生の歌に大人が答えている歌として、比較的整った形になっている。こうしたパターンは多かったが、大人の答えの歌が、子供に合わせ過ぎていて、舌足らずの感のする歌は採れなかったことも、こうした企画の場合は心すべきことだと思うのである。

こうした試みは、まったくはじめてのことであったが、短歌というものの本質をもう一度考えてみる上にも有益だったのではないかと思う。

古今伝授 ―三輪正胤氏の講演を聞いて―

岐阜県郡上市大和町の古今伝授の里フィールドミュージアムに関わって、私も古今伝授について考えることは多いのだが、古今伝授とは何なのかということを聞かれて端的に答えられないのをいつももどかしく思う。それが、平成二十三年十月二十九日、龍谷大学で開催された和歌文学会第五十七回大会における三輪正胤氏の「和歌を支える心―八雲神詠伝をめぐって―」の講演を聞いて、これまで私の抱いていた古今伝授についての見解を改めて考えてみる示唆を与えられた。質問の時間があり、直接質問すればよかったのだが、講演を聞いた直後の時点では、私の聞きたい要点が整理しきれていなかったので、あえて手を上げることは控えたのだった。

三輪氏は、ていねいなレジュメを用意され、独特の神秘的な名調子で語られてゆく。レジュメの冒頭には、

和歌を詠み、和歌について考えるとはどのような想念に基づいているのであろうか。和歌と云うものの背後には、ある秘密が隠されているからだと考えて、この答えを見つけ出そうとする人々がいた。それは古今伝授と言われる分野に携わった人々である。

とある。さらに、「古今伝授の主要な秘事とされる「八雲神詠伝」によって、和歌に潜む不可思議な世界を覗いてみよう」として、

一、『古今和歌集』の仮名序成立から宗祇まで
二、宗祇と吉田兼倶との相互協力による「八雲神詠伝」の作成
三、細川幽斎に伝授された「八雲神詠伝」
四、吉田兼雄が創った「八雲神詠伝」の四つの事象

を中心に筋を追って話されてゆく。

松平文庫での調査風景（昭和37年7月16日）
右奥で腰に手を当てる本人から左回りに、吉田寛氏、野口元大氏、白石悌三氏、金原理氏、松尾和義氏。

仮名序で和歌の始めとされる例の「八雲立つ出雲八重垣」の歌をもとに、なぜ和歌は三十一文字なのかに意義づけしようとした家隆流『和歌灌頂次第秘密抄』、為顕流『和歌古今灌頂巻』を引用して、「五行説、仏説などによって、歌の形に深い意味が求められた」と言われる。宗祇が、東常縁より講義を受けて記した『古今和歌集両度聞書』以前にそうした古今伝授が存在したということは、従来の三輪氏の『歌学秘伝の研究』（平成六年、風間書房刊）「灌頂伝授期における流儀と秘事」に詳しく説かれているところであり、それにより私もある程度は理解はしているところであった。

今回の氏の講演で、宗祇と兼倶によって、「八雲立つ」の歌を用いて「八雲神詠伝」が創られたとして、その内容を具体的に解説されたことは、先の著にも書かれていることではあるが、その難解な説が、氏の音声を通して直に聞くことにより、いくらかは理解が進んだことであった。そして、私はかつて五十年も前に、肥前島原松平文庫の整理に当たって、吉田神道の書に宗祇の識語だったか奥書だったかがあったことを思い出していた。その折の調査メモがいくら探してみても見つからないのは残念だが、「八雲神詠伝」が宗祇と兼倶による創作だということは非常に重要だと私には思われる。さらに、『古今和歌集両度聞書』に見られる「八雲神詠伝」と重なる記述が、宗祇による加筆だと言われることは、常縁から宗祇への古今伝授を考える場合に大きな新しい視点となる。さらに、「八雲口伝」は宗祇から三条西家を経て、幽斎へと切紙の形で伝えられたという。

歌学が神道的思考の中に組み込まれ、古今伝授が天皇が伝承すべきものとなって御所伝授が生じたこと、最後に、吉田兼雄の伝授を論じて、「天地の間のことすべて、森羅万象は和歌の姿と捉えることができ、その考えは、神道において神をみることと同じであるとした」と結ばれたのである。

私が氏の講演を聞いての関心事は、『古今和歌集両度聞書』に宗祇の加筆があることの意味、その加筆のない時点での常縁より宗祇への伝授は、いかなるものであったかということである。『古今和歌集両度聞書』の原型はもとより現存しない。現存するものは、宗祇が明応六年（一四九七）近衛尚通に伝授した折の尚通筆本を智仁親王が転写した本である。そこに宗祇の加筆があったとしても不思議ではない。問題は、それがどの程度かということである。宗祇の長歌の末尾に「我がたのむ神のみまへのさかきばのさしていたらむ道をしへよ」とあり、その長歌を添えた宗祇の書状に対する常縁の宗祇宛て書状にも、「長歌一首拝領候。氏神も照覧候へ」とある。このことから、古今伝授が常縁の氏神妙見宮（現在の明建神社）の前で行なわれたことを私は想定しているし、川平ひとし氏が紹介された正親町家本『永禄切紙』に、「東常縁相伝」の一通があることからも、常縁より宗祇への伝授は、ある程度形式が整っていたことと思う。三条西実隆への古今伝授が常縁没後の文明十九年四月のことであり、九日に実隆邸を訪れた宗祇が、故常縁の言を持ち出して、秘事や口伝、伝授への心構えなどに言及していることからも、宗祇のしたたかな計算のあることを思うのであるが、その伝授形式の精神の支柱に兼倶との協力になる神道が加えられたことは、たしかに考えられるであろうと思われる。

三輪氏の論に、異見を唱えるのではもとよりなく、私の理解を確かめておきたいと思ったに過ぎない。

講演という名の芸能

第26回国民文化祭・京都2011に「連歌の祭典」が加わり、平成二十三年十一月五日に、京都テルサホールで、入選者表彰式・選者講評に続いて講演会、交流会、翌六日には北野天満宮と教王護国寺（東寺）に分かれて、高校生の二座を含めて十座の連歌世吉の興行が行なわれた。

その講演は、光田和伸氏の「連歌と連句　表現はどこがちがうか」と、私の「連歌史と現代連歌をつなぐ糸」で、光田氏の講演は、ごくふつうの口調でたんたんと話してゆかれる中に、はっと驚くような新説がちりばめられていた。聴衆の中からはむつかしかったという声が聞こえて来たが、尾崎千佳氏とその内容の新鮮さについて話し合ったことであった。その内容については、いずれ光田氏自身によって書いてほしいと思うのでここには触れないことにする。

私の講演は、さて、文章化すれば、取り立てて新しいことはない。なかばお世辞と思われるが、たいへん分かりやすかったといってくれる人があった。たしかに、時間の配分も予定通りで、聴衆の大部分が研究者でないことは承知の上で、従来考えて来たこと、それぞれの時点では新しかったことをちりばめて筋を通し、その点では自分ながら納得している。しかし、その内容をここに要約すれば、連歌史として、小西甚一氏『日本文学史』（昭和二十八年、弘文堂刊）に、「連歌史は、紹巴において、第三の峯を通過することになる」とあったことに驚いたこと。文学史の常識が「連歌から俳諧へ」という形で捉えているのに対して、少なくとも江戸時代前期においては、「連歌と俳諧と」という形でとらえるべきこと、連歌と俳諧をはっきり詠み分けたのが、西山宗因だったこと。宗因の連歌そのものが文芸性を持っていること。江戸時代末期にも、まだ大阪天満宮神主の滋岡長松を中心に、諸国に連歌壇と称すべきものが存在していたことを述べ、それが、明治・大正・昭和には、だんだん細々となってゆき、辛うじて行橋市の今井祇園に命脈が保たれたこと。昭和五十六年十一月の「奉納連歌シンポジウム」が契機となって、現代の連歌がここまで形成されて来たこと。小西氏『宗祇』（昭和四十六年、筑摩書房刊）の中に、濱千代清氏が、小西氏とともに山田孝雄門下として連歌の実作を経験されていることを知ったこと。「故水上甲子三年譜」（『中世歌論と連歌』昭和五十二年、全通企画出版刊。遺稿集）に、昭和二十年代の終わりの頃に、小西氏の指導で、池田重氏・斎藤義光氏・水上氏らが連歌の実作をされていたと見えること。さらに、現代の連歌について、「奉納連歌シンポジウム」で、突然濱千代氏が発言されていまは世吉（四十四句）が現代連歌の主要な形態となっていること、小短冊方式と音声方式のことなどを話した。いずれも、私の著作集のどこかに書いていることばかりなのである。講演の要旨が固まったのは、レジュメの原稿を係の方に送った二か月ほど前ではあったが、この講演を引き受けたのは一年も前のことで、この講演のことを折々に気にしつつ、話したい内容を書き留めていて、それなりの準備はしたのだった。

同じことが、三重県三重郡朝日町柿の朝日町歴史博物館の平成二十三年度企画展「連歌と一揆―柿城の時代―」の関連企画として、平成二十三年十一月十二日に行なわれた私の講演「戦国武将と連歌―連歌田のことなど―」でも言える。これも、いつもより参会者が多く大盛会だったと言われる。時間の配分もうまくゆき、聴衆者の受け取り方を配慮しつつ、まず納得のゆく講演だった。しかし、内容は、この「老のくりごと」の第二回に書いたことを敷衍するにとどまったとしか言いようがない。

比較的最近の例でいえば、平成二十二年度夏季特別展覧会「華麗なる西山宗因―八代が育てた江戸時代の大スター―」（八代市立博物館未来の森ミュージアム）の特別講演「天性の詩人・西山宗因―連歌と俳諧と―」は、聴衆を考慮して宗因の全体像にわたって話したが、どうしてもこれは発表しておきたい部分があって、「宗因と正方―続貂―」を「上方文藝研究」8（平成二十三年六月）に書いたし、平成二十二年十月二十三日に、天理図書館開館八十周年記念特別展に合わせての講演「綿屋文庫と連歌」は、請われるままに「ビブリア」135（平成二十三年五月）に「綿屋文庫と連歌―『向栄庵記』のことなど―」と副題をつけて発表した。さらに、平成二十一年十月二十四日、筑波大学で行なわれた俳文学会の講演「連歌史とところどころ」は、まだ内容を吟味中に、その内容を「連歌俳諧研究」に書くように言われていたのを、いったんは固辞していた。それが書く気になったのは、その中の「ひとつの連歌論書の成立・伝来・書写の問題—肥後松井家蔵『連歌秘書』—」の部分について、考察を進めてゆくうちに長らく疑問に思っていたことが見えてきたからだった（「公開講演録　連歌史ところどころ」、「連歌俳諧研究」118、平成二十二年三月）。

講演と研究発表とは異なるし、また講演の内容を書くという行為によって改めて発表することは異なると思うのである。今度の京都での「連歌の祭典」における光田氏と私の講演を振り返ってみて、光田氏の講演こそぜひ書いてほしいと思うし、私の講演は、その場限りでのものとしてそれはそれでよいのだと思うのである。光田氏のは、新説を多く含んでいるし、私のは、その場を考えて従来の私の説のあれこれをアレンジした内容だったからである。光田氏のが学術講演なら、私のは、講演という名の芸能ともいえるのではないだろうか。

美智子皇后の歌一首

「リポート笠間」52（平成二十三年十一月）の「歌の森にようこそ」の座談会がおもしろい。松村雄二氏の司会で、島内景二・水原紫苑・武藤康史の諸氏という組み合わせが多くの話題を引き出している。読んでいて問題にしたい話題は多かったが、それには今は触れないことにする。

ただ、その中に、後鳥羽院の歌の話から、松村氏の、

天皇にしろ内親王にしろ、生まれつきどうしようもなく持っているもの、あるいは存在の中にある高貴な何かなのでしょうか。それが何なのか、まだ誰も解析できていませんし、いままでは帝王調ということでごまかしてきたんですが、何か至尊のもの、あるいは今の天皇・皇后の歌にもつながっている……。

という発言に対して、水原氏が、いかにも歌人らしく、即座に、

美智子皇后の歌は、優れた現代短歌だと思います。

という。それに、武藤氏の「でも、そもそも皇后の歌にも「帝王ぶり」というか「后ぶり」というか、そういうものはあるんでしたっけ」の発言が続き、話は永福門院や中宮定子の古典の世界に展開していった。水原氏が美智子皇后の歌のどの歌を意識されているのか知られないのが残念であるが、私には、どうしてもどこかでとりあげたい一首がある。

美智子皇后が、まだ皇太子妃であった時に、皇太子同妃両殿下御歌集『ともしび』(宮内庁東宮職編、昭和六十一年、婦人画報社刊)という一冊が刊行されている。その「昭和三十五年」の作品の中に、「浩宮誕生」として、

あづかれる宝にも似てあるときは吾子《わこ》ながらかひな畏《おそ》れつつ抱《いだ》く

を見いだした時は、はっとさせられた。五島美代子氏の指導を受けられたということは聞いていたが、これは、この人でなければよめない秀歌だと思う。民間から皇太子妃になられて、いま生まれて来られた御子が、やがては天皇となる方だという、何ともいえない心情が迸り出た歌だからである。

天皇や皇后の歌を、現代短歌の標準であれこれいうことがタブー視された時代に生まれたわれわれ世代のものに取って、何となく触れることができないで来たが、水原氏が唐突に言われた発言を読んで、私はすぐにこの歌を思い出したのである。この歌はぜひ長いわが国の和歌の歴史の中に正しく位置づけられなければならない歌だと思うからである。

『万葉集』には、いうまでもなく天智天皇や持統天皇の和歌が見え、私の京都大学在学中にも、澤瀉久孝先生の講義で、万葉初期の歌人として取り上げられたことを思い出す。『古今和歌集』以後の勅撰和歌集でも、多くの天皇の歌が見られる。崇徳天皇などはとくに和歌を好まれ、すぐれた作品の多い天皇であった。また、『新古今和歌集』には、後鳥羽院が撰集に大きく関わられていて、院自身のすぐれた作品も多く見られることはいうまでもない。『玉葉和歌集』や『風雅和歌集』にも伏見天皇や永福門院の歌が多く見られる。

『百人一首』でも、選者の藤原定家は、天智天皇・持統天皇の歌を巻頭に、巻末には、後鳥羽院・順徳院の歌を据えてひとつのアンソロジーを作っている。天智天皇の歌が、実際の作者は疑問であるということや、後鳥羽院・順徳院の歌は、定家以後の人が選んだという説もあるが、私は、選者定家が意識的にこうした配置をしていると見ている。詳しくは『新版百人一首』（角川ソフィア文庫）の解説などを見られたいが、勅撰和歌集ではなくても、昔は天皇や皇后の歌を選び入れることができたのである。それによって、多くの天皇のすぐれた歌が愛誦されることになった。

室町後期に第二十一代の勅撰和歌集『新続古今和歌集』が選ばれて以後、勅撰和歌集は絶えてしまったが、それでも、江戸時代には、とくに初期には、後水尾天皇や霊元天皇が、堂上歌壇、ひいては当時の和歌の中心であったし、類題和歌集などには、天皇の歌が勅撰和歌集の時と同じように採録されているのである。

それが今、皇室の方々の御歌は、新年の歌御会始に、一般の詠進歌の披講に先立って、披講されるほかはほとんど知る機会がなくなってしまっている。これは、明治に、御歌所が設けられて以後のことであった。『明治天皇御集―類纂謹注』（武田祐吉編、昭和十八年、明治書院刊）や『類題昭憲皇太后御集―謹解』（三室戸敬光編、大正十三年、中央歌道会刊）などとして刊行されることはあっても、現代短歌として評価を待つといったことではなくなっている。

もう一度、はじめの座談会にもどると、「「コレクション日本歌人選」刊行に寄せて」に触れ、「こんな企画もあったら」ということで、

松村―さっき天皇の歌というのがちょっと話に出ました。

武藤―皇后の歌が入ればいいなと思います。

水原―大正天皇もあったらうれしいです。あの方の和歌はシャープで好きです。

という話が出ている。こういうことがごく普通に言える世になったのだな、と感慨深い。

もし、古代から現代までのアンソロジーが編まれることがあるならば、私は美智子皇后のこの一首は、ぜひ入れてほしいと切に思う。

デザインと俳句 ―榎本バソン了壱句集『川を渡る』―

平成二十三年十一月十九日、「アート&デザイン2011岐阜　よびごえ・きずな・ささえ―美術と言葉とかたちの力―」という会が、武蔵野美術大学の主催で、郡上市総合文化センターで開催された。最初に榎本了壱氏（アートディレクター）・中島信也氏（CMディレクター）によるテーマトーク「美術の力」、続いて「言葉の力、かたちの力」というテーマで、榎本・中島両氏に、歌人の小塩卓哉氏、古今伝授の里フィールドミュージアム所長金子徳彦氏と私がパネラーの、中島氏の進行によるシンポジウムという企画である。終わって、会場を八幡から大和へ移し、フィールドミュージアム内の「ももちどり」で懇親会となったが、その席で、榎本氏から、句集『川を渡る』（平成二十二年、かいぶつ書店刊）、『少女器』（平成二十三年、かいぶつ書店刊）の二冊の句集と、「かいぶつ句集」62号をいただき、二冊の句集には、目の前でサインをされた。それがそれぞれ異なった感じで、左利きで見事にデザイン化され、サインそのものが一つの芸術ともいうべきものだった。

会の翌朝、改めてこの句集を読んで、私は「デザインと俳句」ということを考えていた。短歌雑誌は毎月多くの結社から送られて読んでいるが、私のところへ送られて来る俳句雑誌は、「晨」と「船団」で、この両者は大きく作風が異なっている。ところが、この榎本氏の句集は、そのいずれとも次元を異にしている。いまその一つの『川を渡る』を取り上げて、いささか考えてみたい。

小型横本の形式で、「かいぶつ書店」刊とあるから自費出版であろう。それだけに思い切った試みが可能なのである。扉には、いっぱいに「川を／渡る」と自筆のままに印刷され、右上に小さく句集、左下に「かいぶつ／書店」と白抜きの印の形が書かれている。さらに、次の頁には、真中に小さく「榎本バソン了壱」とあり、右肩にさらに小さく「句・書」とあって、あとは余白なのである。実は、ここにサインを書かれた。おそらくはじめからサインを予測しての空白なのだろうと思う。次の頁、見開き、右は版下を意識した文字のデザインで、最後に「芭村刻」とある。「バソン」という号は「芭村」で、芭蕉と蕪村を組み合わせた遊びなのだ。その左から、序が始まる。

二十一字十八行で十頁の長い序である。その序が実におもしろい。名文である。京都造形芸術大学教授であるが、東京住で、新幹線で東京（多くは品川乗車）—京都間を通っているという。はじめはケータイ用の小型パソコンを持ち込んでいたが、やがて車窓を眺めるだけで過ごそうとし、睡魔によりうたたねの虜となったが、しばらく経って、新幹線がずいぶん多くの川を渡っていることに気づき、五十三次の浮世絵にも川を渡る情景がいくつかあり、ネットで地図を検索して、東京駅から京都駅まで百十一の川を確認。浜名湖の鉄橋を番外に加えて、百二十句を俳句によみ、それを独特の文字で紙を埋め、展覧会をしたというのである。その序の最後を、

さてさて、長いまえがきになってしまいました。

東京発のぞみ○○○号、○○号車○列A、私はいつも海側の席に座る。発車のベルが鳴ります。それではみなさん、京都までつかの間の旅、一緒に川を渡りましょう。川は今日も、きっと流れています。

と、気が効いた言葉で読者を誘って終わる。

その句は、「首都高の影八月の古月川」で始まり、

はみ出せば閏年閏月潤井川
コロコロと秋のこころは小石川
天白川告白すれば秋白し
揖斐川のいびつに沈む夕陽影
陽は西に月はや東仲之江川（これは次に仲之江川があり、東仲之江川）

など、風景よりも川を渡る人の心をよもうとしている。その俳句が句に合わせて字体も配置も替え、デザイン化された文字で紙を埋められ、句と文字が一体となった芸術を作りあげてゆく。この部分がこの句集の主要な部分で、あと

に活字で「全句一覧」があり、「後付け」があって、さらに、そのあとに、テーマトークの映像でも見せられた文字を扱ったデザインの作品が収められている。

「芭村」という号を用いられているが、作品はどちらかといえば、貞門や談林を思わせる。私は西山宗因筆の「旅の発句色紙」を思い出していた。たとえば「遠江浜松をすぐる時／おなじくはまめ板／にしてたま／あられ／梅翁／つれの人々みなうなづきけり」といった具合である。私は、俳諧史において、貞門や談林の句は、蕉風に至る過渡期のものとは思っていない。それぞれにすぐれたものには価値があり、とくに宗因は天性の詩人であると思っている。この芭村氏の作品は、俳句としても、貞門や談林の句を現代に活かしたものとして尊重したいが、何よりも、こうした俳句をもとに文字をデザイン化して一つの現代芸術が作られていることに私は感心している。それはいかにも洗練されているからである。

榎本氏は、当日のパンフレットの紹介によれば、一九六九年（昭和四十四年）、武蔵野美術大学造形学部卒業。寺山修司監督作品「書を捨てよ町へ出よう」、天井桟敷ヨーロッパ公演美術監督もされ、寺山修司とは交友があったとのことである。

目付木(1)―『西鶴俳諧大句数』『西鶴大矢数』の用例から―

柿衞文庫の平成二十三年度の秋季特別展は、「西鶴―上方が生んだことばの魔術師」で、九月十日に中嶋隆氏の「矢数俳諧への道―西鶴とメディア」の記念講演会と、「ことばの魔術師―西鶴の俳諧と浮世草子」のシンポジウムが行なわれた。中嶋氏の講演を聞いていて、『西鶴大矢数』に「大矢数役人」として、

指合見・脇座・執筆・執筆番繰・白幣初千句・紅幣二千句・銀幣三千句・金幣四千句・懐紙番繰・目付木・線香

見・割帳付・懐紙台・懐紙掛役・御影支配・代参・医師・後座（『近世文学資料類従　古俳諧編31』所収）が見える中で、「目付木」が、大野鵠士氏に詳しい説があるが、なお意味不明であるとのことだった。

その時ふっと私の脳裏を過ったのは、かつて染田天神で見た賦竹のことであった。もう六十年も昔になるが、昭和二十四年の十二月、遠藤嘉基先生から、染田というところに中世の連歌があるということだが見に行かないかと誘っていただき、岡見正雄先生もいっしょに三人で出かけたことがあった。まだ当時は交通の便も悪く、榛原から歩いて、辛うじて夕暮れに着いた。神殿の床下のようなところに納められていた長櫃の中から取り出される連歌机や連歌懐紙や『染田天神縁起』の中に、幾本もの竹木がていねいに包まれて保管されているのを見た。その時から、これが連歌の何に用いられるのかということが、私の脳裏を掠めていたのだった。

中嶋氏の講演の中では、大野氏がどこに書かれているのか示されなかったので、シンポジウムのあとで中嶋氏に尋ねると、わざわざ抜き刷りを送って下さった。それは、『西鶴　矢数俳諧の世界』（平成十五年、和泉書院刊）の第三章「興行の様態をめぐって」の第一節に、「「目付木」小考」として書かれているものだった。

この語は、『西鶴俳諧大句数』の序文の終わりにも、

此度万事改め、番付の懐紙・文台・目付木・左右の置物、掟書等、あと望の方へ是を譲るべし。

と見え、『西鶴大矢数』の跋にも、

北は高津の宮、郭公其日名誉の声を出す。諸人目覚して聞に、南は難波の大寺晩鐘告て、十二の大蝋燭次第に立のぼれば天も酔り。四本の奉幣颯々の声をなし、八人の執筆・五人の指合見座すれば、数千人の聴衆、庫裏・方丈・客殿・廊下を轟し、三日懸て已前より花筵・毛氈、高雄を爰に移す時こそ、今、目付木三尺しさつて即座の筆句を待、吟じ明くるといなや、口びやうしたがはず、仕舞三百韻はまくりを望まれ、線香三寸より内にしてあやまたず仕すましたりと千秋楽を諷へば、座中よろこびの袖をかへす。

とあることより、諸説が試みられていたようである。大野氏は、従来の説として、

(1)野間光辰氏『定本西鶴全集　第十巻』『俳諧大句数』頭注、昭和二十九年
(2)野間光辰氏『定本西鶴全集　第十一巻　下』『西鶴大矢数』頭注、昭和五十年
(3)暉峻康隆氏『日本古典文学全集38　井原西鶴集（一）』『俳諧大句数』頭注、昭和四十六年
(4)乾裕幸氏『天理図書館善本叢書　和書之部77　矢数俳諧集』解題、昭和六十一年、後『周縁の歌学史』所収
(5)乾裕幸氏『西鶴俳諧集』頭注、昭和六十二年

をあげている。前田金五郎氏『西鶴大矢数注釈』（昭和六十二年、勉誠社刊）にも、(3)の暉峻氏の説をあげて、『西鶴俳諧大句数』の例を引かれているだけである。いずれも頭注もしくは解題であるのに対して、大野氏は詳しい考察を行なっているが、結局は、一に「目付」は目印の意、二に百韻の何番目の句であるかを知らせるもの、三に細長い形のものという程度に過ぎない。著者制作の「私案目付木」や、使用方法の写真まであるが、もとより氏の想像による域を出ない。

前述の三つの用例から知られるのは、『西鶴大矢数』によると、指合見五人、脇座十二人、執筆五人に対して、目付木は執筆番繰以下と同じく二人の役であることと、「番付の懐紙」「文台」「左右の置物」「掟書」とともに譲ることのできる物であるということである。従って、「目付木」というものがあり、それを用いる役があるということになる。『西鶴大矢数』の跋に見える「今目付木三尺しさつて」も、目付木の役が、目付木から三尺隔てて座し、の意であろう。ところで、その用途は、もっとも古い(1)の野間氏の説に未詳としながら、「五百句・千句・千五百句等に達したる時に、目付役が作者並に出座の人々に告示するために差出す標識か」というのが、大方的を射ているように思う。(4)の乾氏の説は、『矢数精義書』に「証拠木」というのが見えることなどから、「長さ三尺の句数表示板」とする見解を示されていたが、(5)では、「百韻一巻が成就するごとに立てられる標示の木札」とされ、それがもっとも真実に近いのではないかと私は思う。

何分、私の記憶は古く、改めて熟覧したいと思っていたがようやく平成二十三年十二月九日に、竹島一希氏といっ

しょに熟覧することができた。その結果は、次回に報告することにする。

目付木(2)——染田天神社の賦竹——

前回に触れた『西鶴俳諧大句数』『西鶴大矢数』に見える「目付木」が、かつて染田天神社で見た賦竹ではないかと私は思うのだが、何分、染田天神社で見た記憶は古く、今ではさだかではないので、改めて熟覧したいと思っていた。平成二十三年七月の奈良国立博物館での「天竺へ」の展覧会に「初瀬にますは与喜の神垣—與喜天満神社の秘宝と神像」が同時開催された折、面識を得た学芸部の野尻忠氏にお願いしたところ、所蔵者（奈良県宇陀市の染田自治会）の許可があれば可能ということで、さっそく染田自治会にお願いする。まもなく会長の福井政明氏より丁重なお手紙をいただいたが、文化財宝物のため、一存で許可することができないので、十二月はじめの役員会による承諾が必要とのことであった。それが、十一月末に許可の通知があって、改めて奈良国立博物館に申込みをし、十二月九日に、竹島一希氏を誘っていっしょに熟覧することができた。

ところで、染田天神社の「賦竹」というのも、最初に調査された永島福太郎氏が、「座賦に使う竹木」として「賦竹」と言われているのである（『中世文芸の源流』昭和二十三年、河原書店刊）。その後、染田天神社の連歌を詳しく調査された山内洋一郎氏の『染田天神連歌　研究と資料』（平成十三年、和泉書院刊）にも、この「賦竹」にはまったく触れられていない。「賦竹」という名称はたまたま永島氏がそう言われているだけで、本来そういう名称で伝えられていたものではない。昭和二十四年の十二月に、遠藤嘉基・岡見正雄両先生とともに染田天神を訪ねて、私が初めて見た時も長櫃に連歌机とともに納められていた。これが染田天神の連歌にあって重要なものであったことは知られるが、どのように用いられたのか、私は長らく気になっていたのである。

西鶴が「目付木」と言っているのも、西鶴以前に用例は見当たらないが、西鶴が『大句数』や『大矢数』に当たって、初めてその名称を用いたというよりも、以前からそう言われていたと考える方が自然であろう。

私の記憶では、一種類だと思っていたのに、実際は三種類あってどう考えるべきか、戸惑うことであった。

その一は、

寸法　縦約九・四cm、横〇・五cm、幅〇・五cm
色　褐色（木質に塗抹）
形状　上部は四垂形。下部は正方形。上下の区別がある。
本数　二十八本
材質　木

その二は、

寸法　縦約七・六cm、横〇・四cm、幅〇・四cm
色　材質のまま
形状　上部は四垂形。下部は正方形。上下の区別がある。
本数　四十六本
材質　竹

その三は、

寸法　縦約一一・四cm、横一・〇cm、幅〇・四cm
色　材質のまま
形状　上下の区別なし。表面に「十七」「十六」と彫り付けられている。一本は「十四」と墨書。
本数　三本

材質　竹

いずれも別々に紙に包んで保管されている。本数は、こうしたものの常として、失われている可能性もあるので、現存の本数だけであれこれ想定するのは危険であろう。このうち三の用途はこれだけではまったく不明。一、二とは別の用途であると思われ、それについては後考を俟つとして、問題は、一と二であるが、いずれも上部が四垂形になっていて、明らかに上下の区別があることから、これは灰などに立てられたのではないかと思う。そして、両者が異なる用途に用いられたのではなく、一と二は同じ用途で、年代を異にし、そのいずれかが新しく、古いものも捨てることなく残されたのではないかと考えたい。ほかでも見たように思うのだが、どこで見たのか今では思い出せないでいる。これが千句興行の時に、百韻の終わるごとに立てられたか、或いは、もっと百韻のうちでも表、裏、折の変わるごとに立てられたのではないかと思う。それが、いつの時からか、目付木とよばれるようになっていたのではなかろうか、と私は思うのである。

野尻氏は、なおほかに、よくわからないがと言われ、同じく保管されているものとして、太い筆と紙縒りで作られた環に紐のついたものを見せられた。筆は太くて執筆が懐紙に書く折のものではなかろうが、やはり染田天神の連歌興行と何らかのかかわりがあるのだろう。問題は、紙縒りで作られた環で、これは壁面に掛けて、その紐で出来上がった懐紙を綴じた水引と結ぶものと思われる。角屋保存会蔵『邸内遊楽図屛風』の「連歌会席図」(『著作集　第六巻　天満宮連歌史』参照)の中央に渡唐天神像のかかっている床の間の床に向かって右の柱に環がある。いつだったか、大阪俳文研究会の研究旅行で、滋賀県野洲市永原の永原天満宮を訪ねた折、実際にこの環によみ終わった連歌の懐紙のいくつかが掛けられているのを見た記憶がある。これは、おそらくそれだろうと、私はとっさに思ったのだった。

『翻刻　明月記』のこと

『翻刻　明月記紙背文書』(『冷泉家時雨亭叢書　別巻一』平成二十二年刊)に続いて、ようやく『翻刻　明月記』の全三巻のうち第一巻(『冷泉家時雨亭叢書　別巻二』平成二十四年刊)が刊行された。巻末に、藤本孝一・橋本正俊両氏による解題があるので、とくに私が付け加えることもないが、いささか関わったこともあり、今まで国書刊行会本を用いて『明月記』を引用していたことを振り返って自戒を兼ねて書き留めておきたい。

『明月記』は、他の公卿日記と違って、藤原定家の日記であることにより、古くから多くの国文学者からとくに注目を浴びていた。『藤原定家』(昭和十六年、創元社刊)を書いた歌人の川田順氏が、昭和十一年までの大阪住友勤務中の電車の車中で読んだという話を聞いたことがある。石田吉貞氏の『藤原定家の研究』(昭和三十二年、文雅堂書店刊)などは、『明月記』をよく読みこなして細かな論考や年譜に生かされている。ところが、それらはいずれも明治四十四年刊の国書刊行会本に拠っている。私も、大阪府立住吉高校に勤めていた昭和三十年代のはじめに、大阪府の高校の国語研究会で『明月記』を読むというので参加したことがある。まもなく私は佐賀大学に転じたので、その後どうなったか知らないが、その折熱心に調べて来られる方がいて、それが『定家歌論とその周辺』(昭和四十九年、笠間書院刊)の好著を残して逝かれた福田雄作氏だった。もとよりこれも国書刊行会本を読んだのである。

『明月記』の自筆本についての研究は、辻彦三郎氏の『藤原定家明月記の研究』(昭和五十二年、吉川弘文館刊)のほかはあまりなかった。従って、氏の校訂による『史料纂集』(昭和四十六年、続群書類従完成会刊)所収本が貴重であったが、建久八年正月までを収めた第一巻が出ただけで、そのままになっていた。これは、冷泉家時雨亭文庫の公開を知られて、それを待たれた結果ではなかったかと思う。

冷泉家時雨亭叢書の刊行の当時から、その紙背文書および本文の翻刻が予定されていて、そのための研究会が熱田公氏を中心として持たれていたようである。私は、『新古今和歌集　文永本』を赤瀬信吾氏と担当した時、その紙背文書に鎌倉時代の連歌があることより、その紙背文書が叢書に加えられることに大きな期待を抱いたのであるが、幸い『冷泉家歌書紙背文書』（上・下）として刊行されることになり、その解読が、もともと『明月記』のための研究会の人たちで進められることを聞き、あえて参加を申し出たのだった。それが、やがて『為広下向記』の解読にも加わり、さらにその後『明月記』の紙背文書や、本文の翻刻にも関わることになったのである。ただ、馬齢を重ねて諸氏の発言が聞き取りにくくなり、昨秋〔平成二十二年〕入院手術することになって休んだのをきっかけに、この研究会からは退くことにしたのであるが、この研究会や、あとの懇親の会での諸氏の言談から教わったことはきわめて大きい。『翻刻　明月記　第一巻』の凡例に「本釈文は田中倫子が草稿を作成し、赤瀬信吾・上野武・岸本香織・島津忠夫・田中・橋本正俊・藤本孝一・美川圭が、公益財団法人冷泉家時雨亭文庫において検討した」と記されている通りであるが、田中氏の原稿が実によく読まれていて、研究会ではもっぱら内容の上から句読を検討することが多かったように思う。それにしても日本史の立場からと国文学の立場からと互いに意見を交換しあったことも意義があったのではないかと思う。藤本氏の独特の書誌学もはじめて知ることが多かった。解題にも記されていることであるが、「間批《あいへ》ぎ」といった現象も知ることができた。これは紙背文書に定家・俊成・西行など当時の有名人の文書がほとんどないことが納得される。先に、辻氏『藤原定家明月記の研究』の第一編第九章「明月記自筆本並びに断簡現存目録」があり、『明月記研究提要』（平成十八年、八木書店刊）にも「『明月記』原本及び原本断簡一覧」があるが、今度の翻刻に当たっては、藤本氏の尽力でその後に知られた散佚の自筆本をも広く集めて検討した上で用いている。

冷泉家時雨亭蔵本と、散佚史料を集めて、なお、自筆本の確認できない部分は、内閣文庫蔵の慶長本によっている。この慶長本は、解題によれば、徳川家康が慶長十九年に三部書写させたうち、幕府用のものが紅葉山文庫から国立公文書館に引き継がれて現存しているのである。冷泉家の原本を書写するに当たって、すでに原本の文字が読めなかったところが見られ、どうしても意味の通じないところがあったりする。時に、田中氏が厳密な筆跡の判断から、もとはこう書かれていたのではないかなどという意見を出されて、納得したり、感心したりすることがあった。このことは、同じく『明月記』を引用するに当たっても、自筆本の存在する部分と同様に、不用意に用いることの危険性を教えてくれる。私なども論考に何度も『明月記』を引用しながら、そうした配慮はまったくしていなかったのだった。国書刊行会本の校訂はよく出来ているが、自筆本による部分と写本による部分が明記されていないので、同じように引用することの危険性を改めて思ったことだった。今回の翻刻では、末尾に「底本一覧」があり、本文の中でも、依拠本文を明記してあるので、今後の研究に及ぼす影響は大きいと思われる。なお、この翻刻を利用される場合は、ぜひ「凡例」を読んでほしいと思う。

老のくりごと―八十以後国文学談儀―(29)

無住と『沙石集』のこと

長母寺開山無住和尚七百年遠諱ということで、『無住―研究と資料』（平成二十三年十二月、あるむ刊）の浩瀚な本が送られて来た。はじめに長母寺住職川辺陽介氏の「緒言」があり、研究篇として、小島孝之氏「無住略伝」以下二十三篇、資料篇として落合博志氏「新出『沙石集』大永三年写本について」以下四篇に、土屋有里子氏による「無住道暁著作伝本一覧（奥書・識語集成）」、渡邉信和・佐々木雷太両氏編「無住関係文献目録」があり、そのあとに、小島氏の「監修を終えて」、川辺氏の「後書」があって、七一八頁から成っている。さらに付録として道木本『沙石集』のCD－ROMまで添えられている。まさに現代の無住研究の水準を示し、今後の研究の指針となるものと思う。

かつて私も四十年ほど前には名古屋に住んでいて、何度も長母寺を訪ねたことがあった。安藤直太朗氏と懇意にしていて、何度か無住に関する研究発表を聞いたことがある。昭和五十三年の十一月に説話文学会の地方例会が南山大学で開催され、『沙石集』についてのシンポジウムがあった。たまたま私は当時「朝日新聞」の名古屋版の夕刊に、

「五話」と題して随想を書いていたので、そのシンポジウムの時の感想をその中の一回に取り上げたのであった。それは「国文学への提言」と題を改めて、『中世文学史論』の中に加え、そのまま『著作集　第一巻　文学史』にも収めている。その時、私の抱いたのは、『聖財集』の異本の生じる過程と、『沙石集』の異本の問題とは質的に異なっていて、『沙石集』の場合は、その多くの異本がどうして生じたのか、その異本の研究が、単に諸本を広く調査して、分類するにとどまらず、その異同を通して、『沙石集』がどう享受されていったかが顧みられなければならないということであった。その折、この著では監修をされている小島孝之氏の発表を聞き、いささか質問をしたりしたことがあった。もう遠い昔のことになってしまったが、私の疑問は、やはり『聖財集』の異本の問題と『沙石集』の異本の問題は質が違っている、それは、言い換えれば、無住がどういう人に対して書いているかということだったように思う。

『聖財集』の異本の研究は、この書の研究のためには当然重要なことで、その数少ない異本が無住のこの書を執筆した過程を辿ることになるということは指摘されている通りだが、『沙石集』の場合は、広い読者を予想して書かれ、その読者の中で異本が作られてゆく過程を想定しなければ理解の得られない点が多いのである。その質的な相違を考えてみることは、気にはなりながらもっぱら日本古典文学大系の『沙石集』を用いて、連歌に関する項目などを何度も引用しながら、深く考えることはしないままに今日に至ってしまった。

ただ、かつて木藤才蔵氏が「『ささめごと』に及ぼした『沙石集』の影響」（「仏教文学研究」5、昭和四十二年五月）の論考を書かれた時は、私もとくに興味を持って読んだ。先年、私の家での「連歌を読む会」で、『連歌貴重文献集成　第四集』（昭和五十五年、勉誠社刊）所収の『ささめごと』（尊経閣文庫蔵）を読んでいて、まさしく氏の指摘される通りだと思った。ところが、こと細かく出典を記している『ささめごと』の下巻にも、『沙石集』からの引用であることはまったく記されていないのはどうしたことであろうか。このことについては『沙石集』という書の性格によることであろうし、著者無住にとっても、『沙石集』の読者にとっても、それこそ『聖財集』などの著述とは質をことにするものであったと考えなければならないであろう。この点については、中世説話の研究が、飛躍的に進展している今日において、ぜひ説き明かしてほしいと思うのである。

何となく思うことは、かつて『無名野草』という江戸初期の歌論書を調べた折、出典をことごとしいまでに明記しているにもかかわらず、明らかに『題林愚草』から取ったと思われることは明白であるのに、その出典を明記していないことがあって、安易にこの書によったことを言いたくなかったのではないかと思ったことがある。十住心院権大僧都というれっきとした仏者であった心敬が、経典ではなく、『沙石集』によったと明記することを憚るものがあったのではないかと私は思うのであるが、どうだろう。

無住が『沙石集』を記した意図、また当時の読者が『沙石集』をいかなる書物と考えていたのかを知りたいものである。

この『無住　研究と資料』に寄せられた多くの論考の中で、私はとりあえず興味のある加美甲多氏の「無住と梵舜本『沙石集』の位置」を読んでみた。

『沙石集』伝本を位置づけるにあたり、現存する『沙石集』伝本が全て無住の手によるものなのか、という点についてはほとんど論じられて来なかったと言える。

という。はたしてそうなのか。まだそうなのかとも思う。そこにこそ『沙石集』の、『聖財集』などと異なる性格があるのではないか、と私などは思うのである。資料篇の、落合氏「新出『沙石集』大永三年写本について」にも、「大永本第六については、無住以後の人物による後次的な編集本である」と言う見解が見えている。そうした面の研究が進められてゆくことを切に期待する。

ばさら連歌 ―丸谷才一氏の指摘―

丸谷才一氏『樹液そして果実』（平成二十三年、集英社刊）の中に、「ばさら連歌」という一章がある。もとは「プリスマ」平成三年十月号（小沢書店刊）に書かれたものとのことである。それは、

佐々木道誉の連歌は評判が悪いらしい。

で始まる。岩波日本古典文学大系の『連歌集』（伊地知鐵男氏校注、昭和三十五年、岩波書店刊）は、作者別に編成されているのに道誉は取り上げられず、伊地知氏の『連歌の世界』（昭和四十二年、吉川弘文館刊）では一度出るだけ、私の『連歌の研究』（昭和四十八年、角川書店刊）でも、木藤才蔵氏の『連歌史論考』（昭和四十六年、明治書院刊）でも扱いは極めて小さいというのである。そして、

これは不思議なことである。といふのは、『菟玖波集』で句数の多い作者の第四位は七十三句の道誉だからで、それに、良基の『十問最秘抄』によると、彼の作風が一世を風靡したことがあつたといふからである。つまり数多く入集してゐるのは、何も権勢にものを言はせたわけではなく、実力を認められたわけだ。それなのに軽んじられるのは、ひよつとすると、『菟玖波集』時代のそれではなく、『新撰菟玖波集』時代の趣味が当今の学者を支配してゐるわけか。すなはち彼らは例の『水無瀬三吟』の宗祇、肖柏、宗長によつて決定的に影響を受け、従つて道誉の作風を嫌ふのかもしれない。

と言い、道誉の句をいくつか取り出して、「彼の句がわたしにはおもしろいからである」というのである。

言われて見ればその通りである。私の著作集の索引を繰ってみたが、ほとんど表立って取り上げていない。だからといって道誉の作風を嫌ったわけでもない。実は『菟玖波集』は、金子金治郎氏の『菟玖波集の研究』（昭和四十年、風間書房刊）があって、そこには、「菟玖波集の新風連歌」の一章があり、その中の「道誉風と良基風」で取り上げら

れていて、『菟玖波集』の句の吟味だけでは、それ以上に言及するのもどうかと思ったからであった。

道誉の付句の、

浮雲にこそ風は見えけれ
空は月山本はなほゆふべにて

が、『水無瀬三吟』の、

雪ながら山本かすむ夕べかな　宗祇
行く水とほく梅にほふさと　肖柏

にくらべてはるかに清新だと言われるのは、評論家的インパクトを求めたものともいえるが、以下の作風の分析は、丸谷氏の感性はさすがに鋭い。

いま、『菟玖波集』の道誉の句を改めて読み返してみたが、それをあれこれ述べてみたところで、丸谷氏が指摘されたことの二番煎じにならざるを得ない。私としては、『十問最秘抄』にいう「道誉など好みし比は、其の風情を皆せしなり」とある実体がもう少し明らかにならないかと思っていたのである。『菟玖波集』の研究は、金子氏の大著以後あまり進んでいないようである。ここに採られた各作者の句は、良基の連歌史観によって選ばれていて、そのまま作者の句風を示しているというわけにもゆかない。道誉の場合にも採られなかった作品にいっそうその特色があらわれているといったことがありはしないか、ということも考えてみるべきかと思う。

『新撰菟玖波集』といえば、奥田勲・岸田依子・廣木一人・宮脇真彦の諸氏による『新撰菟玖波集全釈』（平成十一年〜二十一年、三弥井書店刊）が完成した。その別巻の「あとがき」に、奥田氏が、「連歌の注釈は果たして可能かという問いかけは常に意識してきた」として、

この注釈で我々が目指したものはたくさんあるが、根幹は隠れている（はずの）付合の深層の掘り起こしにあった。この前句になぜこの句が付けられたのか、作者の作意は何か、なぜそれが評価されて『新撰菟玖波集』に採

録されたのか。それが詠まれた座ではさまざまな意見の交換があったかもしれない、作者の披露や解説があったかもしれない、見事に付けた句に連衆は感嘆久しかったかもしれない、付けようのおもしろさに座が哄笑に湧いたかもしれない。しかし、眼前の付合自体はほとんどなにも語ってくれない。

と言われることは、一度でも連歌の注釈を試みたものにはすこぶるよく理解できる。『菟玖波集』にはまだ、戦前の福井久蔵氏の『校本菟玖波集新釈』（昭和十七年、早稲田大学出版部刊）や、それに基づいた同じく福井氏による『日本古典全書』（昭和二十六年、朝日新聞社刊）の校注しか備わっていないのである。私ももう四十年ほど前に、非常勤で名古屋から通った奈良女子大学での講読に『日本古典全書』をテキストに『菟玖波集』を読んだことがあるが、『菟玖波集』の解読はなかなか容易ではないと思ったままで今日に至っている。『菟玖波集』の作風を論じるのは、その上のことであり、今後の研究に大いに期待したいと思うのである。

『菟玖波集』以前の連歌の研究はまだまだ緒についたばかりである。丸谷氏の「ばさら連歌」は、いかにも丸谷氏らしい読者の目を引くネーミングの妙があるばかりでなく、作品を当時の評価で見直すべきだという国文学研究の常道を指摘されたものとして、われわれとしては大いに肝に銘ずべき指針だと思う。

片岡秀太郎の芸談書

二月二十五日（平成二十四年）の朝日新聞の芸能欄に片岡秀太郎が、昨年古稀を迎えたことを記念して『上方のをんな　女方の歌舞伎譚』という芸談書を出した記事を読んで、子役の時から見ているこの人がもう古稀かと思った。早速注文して一気に読んだ。私は、歌舞伎は長年見続けて来たが、直接役者との関わりは持たないようにして来た。ただ、『戦後の関西歌舞伎　私の劇評ノートから』（平成九年、和泉書院刊）を書いた時、この人にだけは読んでほしいと思って一本を献呈したところ、思いがけなくお礼の葉書が来た。
彦人《よしひと》の本名で出ていた、この人の子役は実にすばらしかった。とくに『盛綱陣屋』の小四郎などは今もありありと思い出すことが出来る。名子役として当時から評判であった。昭和二十五年の顔見世に、吉右衛門劇団に混じって、関西からただ一人出演した時のことが書かれている。その『実録先代萩』の亀千代で出演していたことは私も見ている。実はあまりの緊張で芝居の途中でもどしてしまったのを取り繕った逸話などは、当事者が書き残してくれていないとわからない。

その名子役もだんだん成長して当然声変わりをする頃が来る。昭和三十年八月の大阪歌舞伎座での『伊勢音頭恋寝刃』のお岸に出た折のことは、私の劇評にも書いておいたが、本人も声変わりで苦しんでいたことが知られる。そうした観客の立場と演者の立場を重ね合わせて読むおもしろさがある。

私は昭和三十三年から佐賀に移って、その間の芝居を見ていないのだが、実はその間は関西歌舞伎が危機に瀕していて、十二月の南座の顔見世以外に関西で歌舞伎のない時代が続いた。その折に仁左衛門（十三代目）が一門で自主興行として「仁左衛門歌舞伎」を起こしたことも感慨深く語られているが、これは私は残念ながら話に聞くのみである。その後改めて大阪に戻って再び歌舞伎を見るようになった頃には、秀太郎は上方歌舞伎に欠かせない女形になっていた。とりわけ近年はまさに充実した芸を見せ、かつて私が描いていた「上方のをんな」を演じてくれていることは嬉しいかぎりだが、その役々を細かく演者の立場から語ってくれている。

たとえば同じ年増役でも、『恋飛脚大和往来』の「おえん」と『廓文章』「吉田屋」の「おきさ」では、格が違い、その違いを表現しなければ駄目なんだという。そういえば、昭和五十五年の顔見世における仁左衛門がわざわざ夕霧役に我童（十四代目仁左衛門）を迎えて一世一代で演じた「吉田屋」に、まだ若かった秀太郎が「おきさ」に起用されてよかったことも思い出される。『義経千本桜』の「小せん」の役、「木の実」（椎の木）から出れば、しどころがあるが、「すし屋」だけだと、ただ若狭内侍の見代わりとなって善太郎とともに縄に縛られ出てくるだけに見える。それ

を、

本物の若葉の内侍に見えないよう、足を少し上げて歩きます。摺り足だと御台様になってしまいますのでね。ただ、役の気持ちとしては、おどおどしながらも一生懸命、御台様らしく歩きます。その出が難しいんですよ。

とあるのを読んでなるほどと思った。それが平成十五年七月松竹座での公演のすばらしさだったのだと改めて思う。「すし屋」だけだと、「小せん」は格の低い役者が勤め、「木の実」から出ても、「すし屋」では役者が代わっていることがあるが、この場合は、秀太郎が代わらずに勤めていたのだった。『仮名手本忠臣蔵』九段目の「お石」について、平成十一年三月松竹座で見た秀太郎の「お石」には感心したが、それは初役だったとのこと。本行の文楽に近いとのことであり、嵐徳三郎の「お石」（これもたしかに良かった）なども参考にしたとのことなど語られていて興味深い。

同じ上方でも、成駒屋（中村鴈治郎家）と河内屋（実川延若家）では演出が違うが、松島屋型というのはなく、東西の折衷型が多いのだそうだ。そういえば河内屋型が絶えたのが惜しまれる。

松島屋三兄弟のうち、秀公が我當になり、孝夫が十五代目仁左衛門を継いで、秀太郎も我童を継いだらという声も聞く。松島屋は、我當から仁左衛門へ、芦燕から我童を経て仁左衛門を継ぐ家柄があって、仁左衛門は交互に継いでいて、我童に十四代目を追贈して、孝夫が十五代目となっている。私はそのあたりの事情があるのかと思っていたのだが、松竹の永山武臣会長から「秀太郎は子どもの名前だから、片岡我童を継いだらどうか」と言われたのを断ったのだそうだ。そんなこともこの書は教えてくれる。

女形は何時までも若々しくありたい、色気と古風さのある可愛い「をんな」であり続けたい。もう無理だと思ったら、潔く「をんな」を引退して、老け役や立役で、生涯現役でありたいという。これも立派だと思う。名人と言われた女形のみじめな晩年の舞台をいくらも見ているからである。

最後の「上方歌舞伎への思い」の章に、

上方生まれの芝居を上演すれば、それがそのまま上方歌舞伎かといえば、少し違う気がします。上方の匂いのする役者が、上方の言葉で、上方風に演じる。それが上方歌舞伎だと、私は解釈しております。
といっている。まさにその通りであって、私が長年望んで来たのもその上方歌舞伎なのである。

老のくりごと—八十以後国文学談儀—（32）

和歌と短歌はどう違う？

三枝昂之氏編著『今さら聞けない短歌のツボ一〇〇』（平成二十四年、角川学芸出版刊）が送られてきた。その最初が「短歌と和歌はどう違う？」で、これは三枝氏が執筆している。古典から現代までを論じた島津忠夫著作集の第七巻八巻が「和歌史」、九巻が「近代短歌史」となっていることをあげて、「和歌と短歌の呼称の境界線が明治にあることが分かる」と言われている。

実は、私は「和歌から短歌へ」ということを考えていて、「和歌文学史」という呼称を用いていた。著作集に収めた『和歌文学史の研究　和歌編』『和歌文学史の研究　短歌編』（平成九年、角川書店刊）は、ほんとうは一冊にしたかったのだが、出版社の意向で二冊にしたのである。したがって、「和歌編」のはじめには、序章として「和歌史の構想」「和歌から短歌へ」（(1)和歌と連歌　(2)和歌から連歌へ　(3)和歌から連俳へ　(4)和歌から短歌へ　(5)再び和歌から短歌へ）と執拗に論じていて、和歌から短歌へという形で和歌文学史を考えていたのである。著作集に収めるに当たっては、分量の関係で和歌編を上下に分けたので、九巻は「近代短歌史」としたまでである。その前に、共著で出した『和歌文学選—歌人とその作品—』（昭和五十九年、和泉書院刊）は、古代から現代までの作品を選んで「和歌文学」という呼称を用い、姉妹編としての『和歌史—万葉から現代短歌まで—』（昭和六十年、和泉書院刊）では、現代短歌まで含むということを示すためにわざわざ副題を付したのであった。

しかし、いま考えてみると、和歌と短歌とは、形態は同じでも異なるとみてもよいのではないかと思うようになっている。連歌も、もとは勅撰和歌集の『拾遺和歌集』の中に見え、『金葉和歌集』では「連歌」の部立のもとに集められている。それがやがて『菟玖波集』のような連歌の撰集が選ばれ和歌から独立してゆく。また狂歌ももとは和歌の一種であったが、江戸時代には形態は同じでも、和歌とは別のものとなってゆく。近来、安田純生氏が江戸時代の狂歌の中に現代短歌に見る口語表現の萌芽を探ろうとされている（たとえば、「狂歌を視野に入れるならば」〈「現代歌人集会会報」42、平成二十三年五月〉）。だからと言っていま口語を用いた短歌を詠んでいる人が狂歌とは思っていまい。狂歌は、明治期の阪井久良伎以後はいちおう終焉を見たといえる。

　和歌に対する新派の和歌がやがて短歌となって、和歌史の流れに取って代わったように考えていたが、和歌はなお今日も詠まれている。新年の宮中の歌御会始は、戦前までは和歌であったが、昭和二十二年に民間歌人が選者に任じられるようになってくると、だんだん和歌ではなく短歌になって来る。それでも行事としてはもとのままであり、とくに披講が和歌のままなので、かつて召人として参列された冷泉貴実子氏から披講がやりにくそうだと聞いたことがある。冷泉家時雨亭文庫が財団法人になったことには、御文庫の公開、公卿屋敷の保存とともに連綿と続けられてきた歌会の保存もあった。その冷泉流歌壇は、まさしく和歌の披講もさながらに現在も続けられ、その詠草は「志くれてい」に掲載されている。最近の「志くれてい」119（平成二十四年一月）には、「時雨」の題で、

　　もみぢ葉の上に落ち来る初時雨人なき里にも冬は訪ひ来る　（福島県）馬目成子

といった短歌とは違った形で、やはり「今」が詠まれているのである。

　これも最近、長福香菜氏より「歌人税所敦子の形成」（「国文学攷」212、平成二十三年十二月）の詳しい研究を送られ、明治の旧派歌人の研究がようやく緒についたことを思わせる。名古屋市蓬左文庫の雑賀《さいか》旧蔵書には多くの近代短歌の歌集の初版本や珍しい歌誌が多く、私もその恩恵に与かっているのであるが、ここにも、和歌（今は旧派と言われる）の歌集や歌誌が多く残っている。こうした資料をもとに、従来なおざりにされてきた明治の旧派歌人の研究が進められ、それが、現在の冷泉家歌壇につながってゆくならば、それこそ「和歌史」であり、短歌は、明治の新派短歌の時

代に「短歌」という呼称を用いた時をもって、新しく「短歌史」を考えればよいのではないかと思うのである。それでも、「和歌から短歌へ」ということを常に意識に持つことは重要であり、切り離して考えてはならないことはいうまでもない。ただ呼称としては「和歌」と「短歌」とはすでに異なるものとしてもよいのではないか。

一時ほとんど絶えていた連歌が昨今かなりあちこちで行なわれるようになって来た。「連句」と「連歌」は違うのであるということもかえりみてもよい。そういえば、目を芸能に転じてみれば、中世に盛んだった能や狂言も、江戸時代に栄えた歌舞伎や人形浄瑠璃も、明治時代に生まれた新派劇までも、今日行なわれていることと同じ現象と見てもよいのではないだろうか。詩歌においても、和歌・短歌・連歌・連句・川柳・詩・童謡・歌謡などが、それぞれ派生した形で、今日に行なわれていると今は考えたいのである。川柳も新聞に見える諷刺をもっぱらとするもののほかに新しい文芸性ゆたかなものもあり、短歌から派生した五行歌というものもかなり市民権を持ってきたことを付記しておく。

床屋からヘアーサロンへ

左眼の白内障の手術はすんでいるが、右眼の白内障が進んで来ているので、前と同様に上京して手術することにして、十日ばかりは洗髪ができないから、いつもの散髪屋に行こうと思い、日曜だったので、時間の予約をしようと思って、電話帳に、その店の名前を探すが出て来ない。仕方無く猪名川町の電話番号をはじめから繰って行くと、「ヘアーサロン・ジョイ」として出ていた。そういえば、近くに美容院があるのに、女性の客が多いと思っていた。

子供の頃は「床屋」と言っていたことを思い出し、長年関わって来た『角川古語大辞典』を調べてみた。「床屋」といえば、式亭三馬の『浮世床』（初編文化十年刊）がすぐ思い出されるが、『角川古語大辞典』の「床屋」を引いて見

ると、「髪結床《かみゆひどこ》」に同じとして、用例には、

はふり子は床や也けり里神楽（『河鵆』）

という句が上がっていた。『日本国語大辞典』を見たが、やはり同じ用例が出ている。『河鵆《かわちどり》』は文化十四年の俳書。この用例はなかなか見つからず、やむを得ず『日本国語大辞典』の用例を確かめたに過ぎなかったようだ。ところが、「髪結床」の方は、男の髪を結い、髭、月代《さかやき》を剃る営業をした場所で、町内で家を構えている「内床《うちどこ》」と、橋詰や空き地などで営む「出床《でどこ》」があるとして、

かゝる所へ西橋詰の髪結床より、さばきかみのわかい者やうじくはへて来りしが（『堀川波鼓』下）

という近松の用例を引いている。『岩波古語辞典』にも、『珍重集』の「髪結床の山の端の色」という西鶴の付句を引いている。その頃からごくふつうに使われた言葉だったと思われる。

『日本国語大辞典』の「床屋」は、①に「髪結床」として前述の『河鵆』の用例を上げ、②に「理髪店」として、

僕は理髪舗（トコヤ）に行って其れから湯に入った（『思出の記』）

函館の床屋（トコヤ）の弟子をおもひ出でぬ耳剃らせるがこころよかりし（『一握の砂』）

と、徳冨蘆花や石川啄木の明治期の用例を上げている。

その「理髪店《りはつてん》」は、「理髪を職業とする店。理髪所。理髪床。床屋」として、

汚い理髪店、だるまでも居さうな料理店（『田舎教師』）

を上げ、「理髪床《りはつどこ》」には、「理髪店に同じ」として、

彼が馴染の理髪床にある西洋画（『多情多恨』）

を上げている。『多情多恨』は、尾崎紅葉が、明治二十九年二月から十二月にかけて「読売新聞」に連載した長編小説であり、『田舎教師』は、明治四十二年に書き下ろされた田山花袋の長編小説で、「床屋」→「理髪床」→「理髪店」の展開が考えられよう。「理髪」というのは、平安時代から見られる元服や裳着《もぎ》の時の童髪《わらわがみ》を成人の髪に結う式

に用いられた古語であり、それが、江戸時代には、

　柳にも理髪やしるきこみ鋏（『唐人躍』二）

など、単に調髪、整髪の意味に用いられていたのだった。

　それでは、「散髪屋」はどうか。昔の侍は元結を結んだ髪型だったが、在俗の出家や、山伏・行者・学者・医者などは、月代を剃らず、髪を後ろへなでつけ、すそを切り揃えた髪型にしていた。それを「ざんぎり」といっていた。『角川古語大辞典』には、

　其の身は遠所《えんじょ》の山里にひつそくして、名を本立《ほんりう》と替へて、かしらも散切《ざんぎり》に成り、医道を心がけ（『武家義理物語』二・二）

の西鶴の用例を上げている、それをまた「散髪」ともいったのである。同じく『角川古語大辞典』には、

　むかふより富士五郎（＝浜倉玄達）さんぱつ、ほうけん袴、広袖羽織、いしやの形《な》りにて家来つれ出る（『傾城正月《むつき》の陣立《じんだて》』口明《くちあき》）

を用例としている。明治四年に断髪令が出て、散切頭の人間が目立つ世相を描いた作品に、歌舞伎の散切物《ざんぎりもの》などがあった。遠い昔のことになってしまったが、昭和二十八年三月の大阪の歌舞伎座で、寿海の明石屋島蔵と勘三郎（先代）の松島千太による『島鵆月白浪《しまちどりつきのしらなみ》』を観たことなどを思い出している。その散切頭を整えることを職業とする店が「散髪屋」なのである。『日本国語大辞典』には、

　お清さんが露月町の方にそれはそれはいい男の散髪屋さんが居るつていふのよ（『暗夜行路』一・一〇）

の志賀直哉の長編小説の用例が上がっている。その業そのものは、

　今と同じやうに、散髪を渡世としてゐる事が解つた（『硝子戸の中』）

の夏目漱石の用例があるから、「散髪屋」ももう少し前から見られるのだろうと思う。「斬髪店《ざんぱつてん》」という言い方もあって、

此顚末を斬髪店の腰掛で見てゐた節蔵の顔には、さげすむやうな微笑が浮かんだ（『灰燼』）
と、森鷗外が「三田文学」の明治四十四年から大正元年にかけて書いた小説が用例にあがっているが、その後はあまり用いられることなく「散髪屋」になっていったものと思う。
その「散髪屋」が今では「ヘアーサロン」などと言われているのである。

老のくりごと―八十以後国文学談儀―(34)

「日本現代詩歌研究」という研究雑誌

日本現代詩歌文学館が岩手県北上市にあって、その機関紙として出ている「日本現代詩歌研究」（平成二十四年三月刊）が十号を迎える。第一号は平成六年三月に出ていて、はじめに、二代目館長扇畑忠雄氏が「刊行に寄せて」として、
わが日本現代詩歌文学館は、現代詩・短歌・俳句・川柳の短詩型ジャンルすべてにわたる本邦唯一の公開施設であり、「詩の殿堂」とも名づけられている。
と記されている。そして、常設展示・特別展示の催し、詩歌文学館賞の表彰・講演会などの行事に加えて、
詩歌に関する研究論文を紀要として発行し、その成果を公表しようとするのが、本書出版の目的である。
と明言されている。
私も、一度訪ねたいと思いながら、まだよう出かけていない。ただ、その第一号に依頼されて「明治三十五年の歌壇―「明星」所載の鉄幹の見解を中心に―」を寄せている。中世和歌や連歌とは違って、近代短歌の論文を依頼されたのは初めてのことだったので、今は亡き家森長治郎先生を訪ねて『叙景詩』を見せてもらったりしたことなど思い出が深い。おそらくは、短歌部門の刊行委員の一人であった故本林勝夫氏の推薦だったのだろうと思う。そんなこともあって、この雑誌には、とくに関心を持っていたのだが、総じて、詩の研究が、近現代研究の中に占めている位置に比して、

短歌や俳句の研究を専攻されている人が少なく、本格的な研究に乏しいと思っていたが、この第十号の品田悦一氏「異化の技法としての写生―ファン・ゴッホ、ヤスパース、斎藤茂吉―」を読んで、現代短歌の研究が、まさしく本格的な現代文学研究となったことを痛感した。

この人には、すでに『斎藤茂吉　あかあかと一本の道とほりたり』（平成二十二年、ミネルヴァ書房刊）の著があり、その折、問題点を指摘しておきながら、素通りしたところをこの論考では立ち入って考えたいとして、

画家が絵筆で行なう行為をことばに置き換えた行為、それが、茂吉の念頭にあった「写生」の基本的イメージだったと仮定してみよう。この場合、絵画に関する茂吉の思索を追跡することが、目下の問題に接近するための有効な道筋となりえるだろう。

として、論を進めてゆく。いまここでその内容を追って紹介することはしないが、ヤスパースやゴッホの文章を実に的確に慎重に扱いながら、

「写生」は「字面にあらはれただけのもの」などではない。現実の事物・事象を見慣れないものに変えてしまう技法――少なくともそういう可能性を潜在的に有した技法なのだ。「写生を突きすめて行けば象徴の域に到達する」とは、現実を直写したはずの表現がもう一つの現実を作り上げてしまう関係、つまり写生が異化を成立させる関係を、茂吉の手持ちの語彙で言い表わしたものにほかならない。

という結論に導いてゆく。

この論考を読んでいて、私は以前に現代歌人集会での講演を聞いたこと、またその懇親会で隣席であったので、少しばかり話したことなども思いおこしたが、それが、ここに見事に結実されている。氏も注に、

茂吉の画業に対する絵画の影響を扱った先行研究に、片野達郎『斎藤茂吉のヴァン・ゴッホ―歌人と西洋絵画との邂逅』（一九八六、講談社）がある。

と記されている。その片野氏の本は私も読んでいて、その当時を思い浮かべているのであるが、二十六年経ったいま

まさしく次元を画する新しい研究が生まれているのである。

こうした論考が次々に生まれてゆけば、短歌や俳句の研究も詩の研究に伍して近現代文学研究の分野として認められてゆくことと思う。

短歌の場合は和歌文学会、俳句の場合は俳文学会があり、いずれも短歌・俳句をも含めているが、和歌文学会では近世以前の和歌、俳文学会では連歌・俳諧が中心になっているのが現実である。もう三十年も以前のこと、私が俳文学会の機関紙「連歌俳諧研究」の編集委員をしていた頃、近代俳句の研究を投稿して来る方があって、何度か意見を付して返しても、また同じような形で戻ってくるので、とうとうお知り合いの俳句雑誌に掲載されたら、といって返したことがあった。それが、近年は、俳句の研究には青木亮人氏らのすぐれた若い研究者が出現しているのをうれしく思っている。

「日本現代詩歌研究」には、この品田氏のこうした論考こそがふさわしい。紀要とはいっても、歌人・俳人の読者を引き留める必要があるのならやむを得ないが、たとえば、この第十号でも、「現代詩歌における愛唱性とは」といった特集などは、たしかに読んでいておもしろいのだが、こうしたものは、「短歌」「俳句」（いずれも角川書店刊）などにいくらも見られるのだから、それぞれの商業雑誌にまかせるべきではないかと私は思う。

この雑誌の場合、投稿ではなく、依頼原稿を建前とされるのはかまわないが、それならば、刊行委員会は、それぞれのすぐれた研究者に眼を配っていただきたいと思う。

老のくりごと—八十以後国文学談儀—(35)

宝塚歌劇と近松の世界

私の著作集第十一巻『芸能史』に宝塚歌劇の感想を書きつけているが、それは平成十三年九月の稔幸《みのるこう》のオスカルによる「ベルサイユのばら」で終わっている。その後、だんだん宝塚から遠ざかって、今ではほとんど出演者に馴染みが無くなってしまった。

ところが、ずっと今も見続けている大村敦子氏より、「近松・恋の道行」の散らしを見せられて、若い二人の主役がすっかりさまになっているので、かつて同じくバウホールで見た「心中・恋の大和路」（昭和五十四年十一月）と比較したくなって、大村氏が座席券を取り寄せてくれるままに、いっしょに見にゆくことになった（平成二十四年五月十日）。それに植田景子の初めての日本物の脚本演出ということにも関心があった。実はこの人のデビュー作「ルートヴィヒⅡ世」（平成十二年十一月）を見ていて、ただ美を追求するだけに終わらせなかった才に感心したので、いかに近松の世界を宝塚歌劇に活かすかという点にも興味があったからである。

第一幕ははじめに序があって十場、第二幕も十場より成る。正徳五年という年に設定するが、それは近松作の『生玉心中』が大阪竹本座で初演された年である。それより十二年前に空前の評判を生んだ『曾根崎心中』を背景にして、『生玉心中』にかなり忠実に構成している。第一幕の序に、『曾根崎心中』の徳兵衛とお初を人形ぶりで登場させて、そのイメージを揺曳させて進行する点など気が効いている。舞台の繋ぎ役に、近松門左衛門や竹田出雲を登場させているのも一つの工夫であり、近松の次男で、父と同じ道を志すが到底及ばない自分に嫌気がさして遊び呆けている杉森鯉助を創出して変化をもたせている。正徳五年がまた赤穂浪士の切腹から十二年経っているということもふまえて、忠臣蔵の世界をない交ぜにしているのも、よく考えられている。早水清吉（忠清）〈小間物の行商人。赤穂四十七士の一人、原惣右衛門に仕えた足軽の息子〉、小弁（喜世）〈さがの妹女郎。赤穂四十七士の一人、原惣右衛門の妾の娘〉、寺坂吉右衛門〈赤穂浪士の生き残り、国内を旅し、遺族の援助に尽くしている〉といった人物を創出し、清吉と小弁の恋物語を、嘉平次とさがの恋物語に絡ませる。ただそれだけに第一幕は、私がキャストに馴染みがないせいか、テンポの早さについてゆけなかったが、第二幕を見ると、いかにもと納得させられる。フィナーレを、嘉平次とさがの人形ぶりにしたのも成功していた。

『生玉心中』の主役の茶碗屋五兵衛の悴嘉平次、柏屋の遊女さが、嘉平次の姉のふさ、弟の幾松、許嫁の従妹おきは、嘉平次の幼馴染で嘉平次より金をだまし取ろうとする悪役の長作まで、そのままに登場し、原作を忠実に脚色している。特に第六場の、大和橋「ひとつ屋」の出店で、五兵衛が親心に瓢箪より慈悲の酒と称して一歩金を与える件などは原作をよく活かしている。

『曾根崎心中』に比して、『生玉心中』はあまり上演されていないのではないかと思い、著作集の『芸能史』を繰って見ると、昭和二十八年四月の中座の歌舞伎で観ていた。鴈治郎（二世）の嘉平次、富十郎（四世）のおさがで、「たしかに今月の収穫の一つ。鴈治郎の一ツ屋嘉平次がさすがに上方の味である」と書きつけていて、おぼろげながらその昔の舞台が蘇ってくる。

今回の舞台では、愛音羽麗《あいねはれい》の一つ屋嘉平次、実咲凜音《みさきりおん》の柏屋さがが、懸命に近松の世界に近づこうと演技している姿が清々しいが、たったひとり私のかつて見ていて馴染みのある専科の汝鳥伶《なとりれい》の一つ屋五兵衛が抜群の出来である。この人が出てくるだけで舞台が引き締まるし、とくに第六場の山場の盛り上げ方はすばらしい。それに、やはり専科の光《こう》あけみのお香〈「柏屋」の遣り手。かつては「天満屋」の遊女であった〉の巧さも光った。かつて天満屋の遊女であったという設定ももとより『曾根崎心中』を重ねている。

ところで、「心中・恋の大和路」は、菅沼潤脚色・演出で、これは近松の『冥途の飛脚』に拠っている。これも、私の著作集の『芸能史』の記述を引用すれば、「前半は簡略な舞台装置で、提灯を次々に取り替えるだけで、場面展開をはかり、うまくスピーディーに動かして、もっぱら原作の筋を忠実に追い、後半をすべて道行にするという手法により、みごとに一つの歌劇に仕立てあげている」ということに私は感心したのだった。不思議に江戸の男が似合う瀬戸内美八《せとうちみや》の忠兵衛と宝塚離れした演技力を持つ遥《はるか》くらら扮する梅川という配役によるところも大きかった。それに対して、今度の「近松・恋の道行」はずっと複雑な意図と構成を示している。プログラムに書かれた植田景子の「近松と日本人の美学」の文章にいう「徳川幕府になって百年余り、天下泰平の世でありながら、元禄バブルがはじけ、長引く不況の中、なんとなく先行きの見えない不安感を抱え、厳しい封建制と家長制度に縛られて自らの想いのままに生きることが難しかった時代」を、現代と重ねながら、近松の世界を歌劇という形で作り上げようとした作と言えよう。

初めて手掛けられた日本物だけに、意欲がうかがわれ、それだけに手の込み過ぎたきらいはあるが、今後の作にはもっと削ぎ落とされた洗練さが見られることを期待しよう。

『今昔物語集』—荒木浩氏『説話集の構想と意匠』を読みての回想—

ある時期、私は『今昔物語集』に関心を持っていた。日本文学史を書きたいという構想が、結局は『日本文学史を読む—万葉から現代小説まで—』(平成四年、世界思想社刊)という形になって実現することになったのだが、この書の成立には紆余曲折があり、長い年月を経ていた。はじめに私が考えていたのは、『源氏物語』と『新古今和歌集』の間に、『今昔物語集』を取り上げることであった。院政期という時代性を、この大きな説話集をとりあげることによって、私の文学史の中に位置づけようとしていたのである。それが手に負えないままに、『今昔物語集』との関係で「宇治大納言物語」についての諸説を検証している矢先に読んだ中村幸彦氏の「擬作論」(『今井源衛教授退官記念文学論叢』昭和五十七年、同刊行会刊)に触発されて、思いついて書いた『宇治拾遺物語』の序文の考察を中心に、『宇治拾遺物語』を取り上げ、「洗練された説話物語」という副題を付けて、『新古今和歌集』と『平家物語』の間に置いたのである。

いま、荒木浩氏から『説話集の構想と意匠 今昔物語集の成立と前後』(平成二十四年五月、勉誠出版刊)という大著が送られて来て読んでゆくうちに、かつてたしかに読んだ記憶のあるいくつかの論考や、まったく考えてもいなかった論考がちりばめられていて、鮮やかな論の展開を示されている。氏がかつて発表された論考も、ただ集成されるのではなく、改めて大きな構想の中に位置づけられている。

昭和五十七年六月十九日に花園大学で行なわれた仏教文学会大会のシンポジウムは、何度か触れられているが、それは黒部通善氏の司会で、小峯和明・森正人・出雲路修の三氏が問題提起者だった。その前に、出雲路氏が『今昔物語集』を巻二十五まででひとまず区切った上で、源隆国作者説を出されて間もなくのことだったので、その説がどう扱われるかが知りたくて、私も出席したのだった。質問してみたが、事前の打合せで、そのことは問題にしないことにしようということだったとのことである。もし出雲路氏のように巻二十五までが隆国の作であったとすれば、従来考えられている『今昔物語集』の成立の年代より大きくさかのぼることになってしまうので、その成立説を押さえなければ、私の文学史の中に定着できないと思ったからだった。ひとつひとつの物語のおもしろさだけではなく、「今ハ昔」で起筆され、「トナム語リ伝ヘタルトヤ」で結ぶ物語が、天竺・震旦・本朝に分類されて集められているところに、一人の選者が考えられようという点に興味を持っていた。それに、『今昔物語集』の語彙や語法が『源氏物語』などとは大きく異なって、かえって平安初期の訓点語と一致することを遠藤嘉基先生の講義で聞かされていたことも、この作品を取り上げたい一つだった。しかし、結局無理だと知って、代わりに『梁塵秘抄』や『堤中納言物語』をとも思ったが、いずれにもふさわしくない点があって、結局、私の文学史に院政期の作品が落ちてしまうことになったのである。

やがて、『角川古語大辞典』の編集に当たって用例の点検のために部分的に読むことはあっても、私の関心事から次第に遠ざかっていった。『新潮日本古典文学集成』は「本朝世俗部」だけであり、底本が丹鶴叢書本だったので、その当時は、もっぱら『日本古典文学大系』の山田孝雄氏一家の校注で読んでいたが、新潮の本田義憲氏による解説や、各巻末付録の「説話的世界のひろがり」に大きく影響を受け、それらをふまえて書こうと思っていたのであった。

その後、折々に森氏や小峯氏による著書や論考に接する機会はあったが、もはや私は『今昔物語集』という作品を考えようとはしていなかった。『新日本古典文学大系』は全巻購入してはいたが、その『今昔物語集』五冊も、ほとんど見ていなかった。このたび、荒木氏の大著を読んで、改めて取り出して見ると、今野達（一）・小峯和明（二・四）・池上洵一（三）・森正人（五）各氏の校注でそれぞれの巻に解説が記されている。とくに今野氏の解説は、「一　今昔物語集読解の原点」「二　書名について」「三　撰者と成立事情」「四　表記法と文体」「五　構成」「六　構想と内容」「七　素材について」「八　流布と享受」の全般にわたって、基本的な問題について述べられていて、『今昔物語集』研究のいちおうの現段階を知ることができた。そのうち、私のとくに関心のあった選者とその成立の時代については、依拠文献から、成立の上限を一一二〇年代を目安とされている。一一二〇年は、鳥羽天皇の保安二年で、まさしく院政期ということになる。選者については、「筆者はこれまで大寺僧に重点を置いて撰者を模索してきたが、今回の天竺部の読み直しを通して、大寺僧に限定しなければならない必然性を読み取れなくなった。僧俗いずれかは知らず、少なくとも大寺僧一辺倒の呪縛から解放されて、もう一度考え直すべき必要を感じている」という指摘は私には新鮮だった。

荒木氏の大著は、これらの『今昔物語集』研究史を周到に踏まえた上で、自説を展開されているのであるが、それにしても、国文学の周辺の論考にまで広く目配りをされていることに瞠目する。とくに、仏教文学研究の進展には隔世の感を抱かせられた。

『袋草紙注釈』の思い出　付、梅谷繁樹氏による訂正

思いがけなく梅谷繁樹氏より手紙が来て、『袋草紙注釈』の誤りを訂正していただいた。そういえば、小沢正夫氏・後藤重郎氏・樋口芳麻呂氏との協同研究のこの著も、昨年〔平成二十三年〕樋口氏が亡くなられ、私だけが生きていることになる。

梅谷氏の訂正は、上巻の一一五項（四五九頁）に「希代歌」の中の慈覚大師の歌、

オホカタニスグル月日ヲナガムレバ、我身ニトシノ積ルナリケリ

のあとに「日没偈之意也」とあるところ、語釈に、

日没偈　ニチモツノゲ。観無量寿経の日想観（日没の荘厳を見て、西方極楽浄土を想像する）を指すか。

とあるのは、実は、この歌は、浄土門の『六時礼讃』の「日没無常偈」を下敷きにしているのだとして、

人間怱々営衆務　不覚年命日夜去　如灯風中滅難期　忙々六道無定趣
未得解脱出苦海　云何安然不驚懼　各聞強健有力時　自策自励求常住

の偈をあげられ、時宗では今も声明で唱えるとのことである。この語釈には謡の〈弱法師〉などを思いうかべていたことをおぼろげながら思い出す。決定できないままに疑問符を付したのであった。続いてまた葉書が来て、一二二項（四八七頁）の堀川院の歌の「イツ、ノヤド」も、五濁ではなく五道（天・人・餓鬼・畜生・地獄）だと指摘され、善導の『日中礼讃』の「一切五道内身中」を指摘された。この『袋草紙注釈』は何度か版を重ねたが、もう改めて訂正する機会はないと思われるので、ここに掲げて梅谷氏のご好意に答えるとともに、この注釈を書いた折のいきさつを書いておきたい。

昭和四十年十月、佐賀大学から愛知県立大学（当時はまだ女子大学）に移った時、かねて和歌史研究会で懇意だった後藤・樋口両氏が歓迎会を開いて下さった。とある飲み屋で、その頃はけっこうお酒は飲めた方なので、悦んで出かけた。ところが、二人はまったくの下戸で、どうぞどうぞと進められるだけで困ってしまった。その終わりがけになって、何か三人でいっしょに読みましょうということになり、まだ注釈のない『袋草紙』ということに決まった。実はほとんど同じ頃に神戸大学でも藤岡忠美氏を中心に若い人達と読んでおられ、私達の注釈が出たあとに、その成果が刊行されるのであるが、その折はまったく知らなかった。この話をなんとはなしに、同僚だった小沢氏に話すと、ぜひ参加したいと言われる。後藤・樋口両氏ともに私より年上であるが、ほぼ戦後に研究を始めた同世代ということ

で気安い仲だった。それに比べて小沢氏は、すでに戦前に業績のある一世代上の方だった。ところが、場所は自宅を提供するからと熱心に言われ、後藤・樋口両氏とも相談し、毎月一回、四人の都合の付く日曜日を選んで小沢氏宅に集まることとなった。

はじめ『日本歌学大系』をテキストとし、後藤・樋口両氏と私が代わる代わる担当し、小沢氏は専ら聞き役で、質問をされるという形だった。毎回ケーキとコーヒーが出て、そのことを帰って家内に話すと、羨ましがってケーキの会だと言っていた。それがほぼ読み終わる頃になって、小沢氏より成果を刊行しようと言われ、塙書房に交渉されてそれも決まって、三人が担当した部分を成文化し、それに小沢氏が通釈を付ける形で統一をはかるということになる。したがって、全体を三分して素稿を書いたのではなく、輪番に担当した形が素稿になっているのである。三人の素稿はやはり個性があり、研究方法の上でも異なっていたので、小沢氏が通釈を付けながら質問をされる形でまとめていったのであるが、書き上げたものをもって討論し、それを統一するために何度も会合をもって議論した。もはやどの部分を誰が素稿を作ったかはわからなくなっている。ほぼ出来上がった原稿を持ち寄って、上巻は恵那で、下巻は赤目で三日間の合宿をした時のことも今から思えば思い出が深い。赤目の時など夕食は大広間で、若い女子学生たちの小グループが一杯機嫌をあげている横で、大の男四人が、酒抜きの夕食をすませ、終わるやいなやすぐまた仕事にかかるというありさまだった。

結局、昭和四十九年三月に上巻が完成し、昭和五十一年三月に下巻が完成した。はじめから注釈部分は協同研究とし、最後の解題は、それぞれの執筆とすることにする。これも小沢氏の案だったと思う。その内容については、いささか話し合った末、「組織と内容」「著者清輔」が小沢氏、「成立」が樋口氏、「諸本」が後藤氏、「影響と研究史」が私とすんなりと決まった。「はしがき」と「あとがき」の文章は、それぞれ「著者しるす」「著者一同」とあるが、これはまぎれもなく小沢氏の文体である。その「あとがき」の中に、

本書は最初の輪講の段階から出版の完成に至るまで、四人が同等に仕事を分担してことを運んだ。ここに奏でら

れたのは、指導者の統率が物をいう交響曲ではなく、全体の調和を重んじながら各自の個性を発揮する四重奏曲である。誰に頼まれたのでもなく、完全な自由意思による研究会がまったく同じメンバーで、本を一冊読み終わるまで続いたことも、やはり運がよかったことの一つであろう。

とあるのは、まさしく四人の思いであった。

老のくりごと―八十以後国文学談儀―(38)

『徒然草』の本文―稲田利徳氏「『掲鳴暁筆』の『徒然草』享受」の論考を読んで―

私が京都大学に入った昭和二十二年四月には、すでに潁原退蔵先生のお宅で『徒然草』の輪読会が開かれていた。入学早々その会に参加するようになったのだが、その夏には、この研究会で、潁原先生の『徒然草』(新制高等国文叢書。昭和二十三年九月、臼井書房刊)のお手伝いをすることになった。その折、先生は『徒然草』は本文は問題がないからと言われたことが、耳に残っている。江戸時代には、いわゆる烏丸本で読まれていたからである。先に、川瀬一馬氏により、『つれ〳〵種　正徹本』(昭和六年、文学社刊)が出ていたにもかかわらず、ほとんど注目されていない状態であった。『徒然草』の本文が問題になるのは、古典文庫に吉田幸一氏が『つれ〳〵草　常縁本』(昭和三十四年刊)を収められ、それは下巻だけだったが、やがて村井順氏によってその連れの上巻が見いだされて、やはり古典文庫に『つれ〳〵草　常縁本　上巻』(昭和三十八年刊)として収められるあたりからではなかったろうか。一六七段の「心さし常にみたらすしてつゐにものにほこることなし」を、常縁本によって考えてみた考察を「国文学　教材と解釈の研究」に投稿して、昭和三十九年六月号に掲載されたのだが、その中に、

『徒然草』の本文を考える場合、少なくとも、常縁本・正徹本・幽斎本・烏丸本の四系統の異同は看過できないものと思う。

という、今からすれば、至極当然の提案が新鮮だったのである。とうぜん『徒然草』の注釈は、烏丸本を底本にして行なわれて来たのである。ところが、新日本古典文学大系の『方丈記　徒然草』（平成元年、岩波書店刊）に至って、校注者の久保田淳氏は、「底本には、現存最古の写本である、永享三年書写本（正徹本、二冊）を用いた」とある。このことは、それより前に久保田氏より折々に聞いていたので、その成果を期待していた。折しもその頃、私は大阪の朝日カルチャーセンターで、『徒然草』を読んでいたので、久保田氏の校訂をその都度参照したのであったが、久保田氏はしばしば烏丸本などにより校訂本文を作られている。これは、この大系の性質上、書店の要望もあったことと思われるが、少なくとも原型を考えるには、正徹本より出発しなければならないことを私は考えていた。もうかなり前のことで、そのことは研究論文としてまとめることもせず、その折のノートも残っていないので、今となっては細かな調査はおぼつかない。もともと正徹本は欠陥のある本文であるが、常縁本や幽斎本から原型が見えてくることはほとんどなく、ましてや烏丸本からは、原型を考えることは不可能であるといってもよい。それにしても、烏丸本の本文は洗練されていて、江戸時代にこの本により読まれたことは納得がゆくのである。ある意味では、烏丸本の文学性といったことが考えられるのである。

『徒然草』の成立論は、一時は烏丸本を読み込むことによって論じられることが多かった。いまさら兼好没後、その弟子の命松丸と今川了俊が草稿の反故を集めて編集したという伝説ではないが、兼好が『徒然草』を書いてから、正徹本が書かれるまでのこと、正徹本が不完全な本文であることの意味を、問うてみる必要を私は感じているのである。

その後、『徒然草』の本文研究もおそらく進んでいることと思うが、私はもはやまったく気にしなくなっていた。ところが、ぐうぜん目に触れた稲田利徳氏の「『搨鴫暁筆』の『徒然草』享受」（「汲古」61、平成二十四年六月）を読んで、改めて、いくつも教えられるところがあった。稲田氏の論考は、

『暁筆』〔『搨鴫暁筆』〕の編者は、自分が編纂する著作との関わりもあろうが、『徒然草』の説話的章段、特に異

名や渾名の逸話に関心を示し、その話をわざわざ伝承説話の叙述形式に仕立てて摂取しているところに特徴があった。さらには『徒然草』の家居と人間性との関連に言及している幾つかの章段の思念にも共鳴、それを自身の「居所」観の随所に組み込んでいるさまは、深い読み込みを示唆していて看過できない。

という指摘は、『徒然草』の享受として実に重要なことであるが、さらに、その本文は、『搨鴫暁筆』の引用が、原本文をそのままでなく類似の他の表現に換えたり、原本文にない文言を追補したりする部分があることを考慮して慎重に検討された結果、

正徹本系統、それも正徹奥書本に極めて近い伝本だったのではないかと想定されてくる。

と言われ、室町中期の大永、享禄頃成立の『搨鴫暁筆』が正徹本系統の本に拠っていることを明らかにされていることは、きわめて重要である。「編集後記」に、八嶌正治氏が、

稲田利徳氏の「『搨鴫暁筆』の『徒然草』享受」は勝れた御論考である。新しい事を唱えながら、それが妥当なものである事の説得性を実証して行く手順が見事であり、ここでその論理を追う迄もなく一読瞭然である。論理的な漏れがないように段取りをきちんときめて追いつめて行くストーリーの運びは綿密でスリルに富んでいる。

と言われている。まったく同感である。小論ながらこの論考は『徒然草』研究の珠玉といってよい。

能〈歌占〉私見

「上方文藝研究」9（平成二十四年六月）の合評会が、七月二十九日にあり、私も出席して、その幾つかの論考に私見を述べ、特に、藤崎裕子氏の「能《歌占》考―その構造を中心に―」には興味があったので、いくつかの問題提起をした。

この論考は、「はじめに」として、「蘇生や父子再会、地獄の曲舞などの構成要素に着目し、作品の構造を考察し、

そこから元雅の意図するところに迫りたい」とし、

一、《歌占》の構造

二、地名の意味（1）―二見―

三、地名の意味（2）―白山―

四、「ほととぎす」をめぐって

五、地獄の曲舞摂取について

という形で、よく調べられている。その折、発言したことが気になって、少し調べてみた。まず、私は、昔習ったことを思い出しながら、この一曲を謡ってみた。宝生流だが、たしかに「次第」で登場してくるのは、ワキではなくツレである。『謡曲集　上』（日本古典文学大系）には、人物のところに、

ワキ（又はツレ）所の男　素袍上下出立

とある。底本の鴻山文庫本の「無署名三番綴古写本」は、天文三年奥書という。『鴻山文庫蔵能楽資料解題（上）』（平成二年、法政大学能楽研究所刊）によると、〈求塚〉〈木賊〉〈歌占〉の三番綴の、綴帖装中本で、「天文三年五月写」の転写本かも知れないとある。「三曲とも遠い曲ばかり」と記されていることも注意したい。私は、この本を見ていないので、この本にワキとあるのかどうか確かめていないのだが、一曲から見て、これはワキよりツレの方がふさわしいように思う。

次に、道行がないので、はっきりしないが、「加賀の国白山の麓」は、美濃側ではないか、その方が長良川を下れば、伊勢に道が通じるのでふさわしい、と言ったが、やはりこれは無理だと思う。「加賀の国白山の麓」とあることと、「次第」が「雪三越路の白山は」とあることより、やはり、この曲は、所は「加賀の国白山の麓」としか考えようがない。しかし、白山信仰を考える場合、藤崎氏も注に引かれている小林一蓁氏「白山修験道組織―白山美濃馬場を中心に―」（『民衆宗教史叢書　第十八巻　白山信仰』昭和六十一年、雄山閣出版刊）のように、美濃側も含めて考察する必要が

あると思う。

この曲は、五段までの歌占と六段の地獄の曲舞から成る。地獄の曲舞がもと〈百万〉の中に取り入れられていたもので、それが新しい曲舞に作り替えられ、その曲舞が〈歌占〉に取り込まれることは、『五音』に見える「地獄節曲舞」についての『世阿弥　禅竹』（日本思想大系、昭和四十九年、岩波書店刊）の表章氏の補注に詳しい。それを取り入れながら、歌占によって父子再会がかなったことから、「また承り候へば、地獄の有様を曲舞に作りおん謡ひあるよしを承り及びて候、お謡ひあつておん聞かせ候へ」とごく自然に地獄の曲舞に流れて行くことや、また、この曲舞が「中ノリ地」でうまく収められてゆくことから、一曲の構成に矛盾がない。

歌占に用いられた歌は、

北は黄に南は青く東白西ぐれなゐの染色の山

鶯のかひごのうちの時鳥しやが父に似てしやが父に似ず

の二首で、後者は、『万葉集』の長歌に見られるが、その一節を短歌の形にして流布していたことが知られ、前者は出典未詳とされるが、『謡曲拾葉抄』の〈羽衣〉の「蘇迷盧の山をうつして」の中に、この歌が見え、『草根集』に「そめ色の山の四おもてめぐりこし心のはても明ぬ夜の空」を引用している。この歌はたしかに『草根集』の巻十二に見え、康正二年正月十八日、隆宗法印勧進の続歌五十首の中の、「寝覚遠情」の題でよまれた歌だが、これは、この「北は黄に」の俗歌をもとに読まれていて、この歌がよく知られた歌であったことを示している。この歌占は世間でよく知られた歌をもとにしているのである。

この曲の趣向は、「見申せば若き人にてわたり候ふが、なにとて白髪とはなり給ひて候ふぞ」と問い、その由来を聞いているように、その故に子方の幸菊丸が現実の父に会いながら父と悟らない設定としていることにあるのだが、このシテの渡会某は、直面《ひためん》に白髪を付けて登場するという珍しい出立である。私はかつて宝生九郎がまだ重英《しげふさ》時代に見たことがあるが、直面で若いという条件が演者に求められることからもあまり出ない曲といえよう。この曲を作った元雅は、藤崎氏もはじめに「応永三十四年演能記録」により、その頃の作とし、香西精氏の「元雅行年考―新・三郎元重養嗣子説―」(『続世阿弥新考』昭和四十五年、わんや書店刊所収)を引用して元雅二十七歳前後の作とされる。私は、この曲は、若い元雅自身が直面で白髪を付けて出演したのではないかと想像してみたくなるのである。世阿弥が、もと〈百万〉に用いられていた地獄の曲舞を新しく作り変えたので、元雅にこれを用いて一曲を作ることを試みさせたのではないだろうか。世阿弥と元雅との意見の交換は、『申楽談儀』に見える著名な〈隅田川〉の子方を出す、出さぬの論議以外にはあまり知られていないが、元雅作の曲には常に相応の世阿弥の助言があったものと考えられてよかろう。とすれば、私の突拍子もない思いつきに拠る想像もいささか意味もあろうかと思うのである。

老のくりごと―八十以後国文学談儀―(40)

「うきす」―和歌の表現と謡曲の表現と―

伊藤正義氏の『中世文華論集　第一巻』がようやく(平成二十四年七月)出た(和泉書院刊)。故伊藤氏の論考が六巻にまとめて刊行されることは、ただに能楽研究ばかりでなく中世文学研究全体にとっても極めて有意義なことだ。さっそく最初の「謡曲と中世文学」を読み返していると、謡曲の〈鵜〉と〈藤戸〉に見える「うきす」のことが出ている。「うきす」は、辞書では、「水面に浮いているように見える洲」として、〈藤戸〉の「あれに見えたる浮洲の岩の」の例が引かれている。ところが、この「うきす」は、世阿弥作の〈鵜〉に見え、それには「鵜殿も同じ蘆の屋の、浦曲の浮洲に流れ留まつて」により、その〈鵜〉の場合は、蘆の葉を集めて作った水鳥の浮巣に、海辺の洲をもいい掛けて用いた文飾語として機能し、実体を意味する語ではなかったのを、〈藤戸〉では「浮洲の岩」と具体性を持たせていて、「浮洲」は、〈鵜〉から生じたいわば一種の謡曲語と言えるのではないかということである。これは、最初「かんのう」267(昭和六十一年十月)に書かれ、『謡曲雑記』(平成元年、和泉書院刊)に「鵜―浦曲の浮洲に流れ留まって―」として収められたが、私は「かんのう」に書かれた当時より、いかにもと感心し何度も引用して来たのだった。たとえば、「謡曲の表現」（もとは、大東急記念文庫開催第二十六回公開講座の講演録、平成四年刊。『著作集　第十一巻　芸能史』所収）に、世阿弥作の〈老松〉と禅竹作の〈芭蕉〉を具体的に取り上げ、「和歌の表現から連歌の表現へ」、「連歌の表現から謡曲の表現へ」ということを考えたのであるが、最後に伊藤氏のこの「うき洲」の論を引用して、謡曲の表現から謡曲の表現への考察の必要性を説いたのであった。

ところが、現在、拙宅での「連歌を読む会」で、武庫川女子大学の在職当時から演習で『連歌貴重文献集成』を始めから読み、退職の後も自宅で続け、メンバーは大きく入れ替わったが、『心敬十体和歌』を読み終わったところで、ほぼメンバーが固定した段階でもあり、このあたりで、その成果を問うてみたいという声が誰れからともなく起こり、和泉書院より『心敬十体和歌―評釈と研究―』という形で刊行する運びとなっていて、目下〔平成二十四年八月〕は特に大村敦子・押川かおり・竹島一希の諸氏が何度も拙宅に集まって、詰めの段階に入っているのである〔平成二十七年刊行〕。

その注釈を試みているうち、大村敦子氏の担当のところで、

　鶴立洲

ひたぶるにわが身うきすのあしたづもよるとや老のなみに鳴らん

という歌に遭遇した。これは、わが身の「憂き」と「浮き洲」の掛け詞としてではあるが、「鶴立洲」という題からして、これは「浮き洲」の用例として考えられるのである。しかも、大村氏は、『為忠初度百首』の、

雲の上に心ばかりはあくがれて浮洲に迷ふ鶴のみなし子

の用例も指摘した。『為忠初度百首』の場合は、「浮き巣」との関係を考えなければならないが、文永九年頃の藤原基家の『和漢名所詩歌合』に、「梁園」の題で、「霜冷鶴洲松泊夜」とあることなどから、これも「浮き洲」ではないかとのことである。

〈藤戸〉の「浮き洲」が直接これらの和歌とかかわるものではない。伊藤氏の見解のように、〈鵜〉から導き出された表現であることは動かないのだが、私も関係した『角川古語大辞典』の「浮き洲」の用例には、『心敬十体和歌』の例もあげて考慮すべきだったたと思う。

このことは、『為忠初度百首』から『心敬十体和歌』に至る和歌の世界で、「浮き洲」が、「浮き巣」との関わりから生じてくる過程と、能の〈鵜〉のまだ掛け詞としての実体のない言葉から、〈藤戸〉のはっきり「浮き洲」としての表現が導き出されてゆく過程が、ある意味では中世における雅語の成立の一つの秘密を説き明かしているように思うのである。そういった意味でも謡曲の表現は、和歌の表現、連歌の表現と深く交わっていることを知るのである。伊藤氏も、「浮洲」について、〈鵜〉から〈藤戸〉が導き出されて来たことを指摘するが、他の場合の例については、発言されていないように私は思う。これはぜひ若い能の研究者に課題として引き継いで解明していただきたいと思う。

かつて、『角川古語大辞典』の編集をしていた折、中村幸彦先生が、近松の浄瑠璃には近松の造語がある。古語辞典類に近松の用例が載っていることが多いが、これは樋口慶千代氏の『近松語彙』（昭和五年、冨山房刊）があるからで、当時普通に用いられていた語彙と考えてはいけない。ただ、後の浄瑠璃作者は、近松の作品に基づいて使うことがある、言わば近松語なのだと言われた。このことはおもしろい問題だと思って気にはなりながらも、私にはどうすることも出来ずに今に至っているのであるが、能の場合も、世阿弥独自の用語、言うならば世阿弥語があって、それが、後の能作者に用いられてゆくことがあるのだと思う。たとえば、元雅の〈歌占〉に、「また蘇命路に却来して」の「却来」などがそれであるが、これはぜひ具体的に検証してほしいと思っているのである。

盲僧琵琶と平家琵琶

このほど〔平成二十四年八月〕「藝能史研究」196〔平成二十四年一月〕が送られて来て、すぐに巻頭論文の薦田治子氏「盲僧琵琶の誕生について―北九州に伝存する楽器資料の調査から―」が目に入った。これは私には長らく待ち望んでいたありがたい論考だった。末尾に記されている「引用文献」を見ると、氏は、平成十五年に『平家の音楽―当道の伝承』〔第一書房刊〕、「琵琶の部」〔高桑いづみ氏『古楽器の形態と音色に関する総合研究』科研・研究成果報告書〕、平成十九年に「薩摩盲僧琵琶の誕生と展開」〔「お茶の水音楽論集」特別号〕を書かれているのだが、いずれも私の目には触れていなかった。

氏は、『日本音楽大事典』などを通じて通説となっている田辺尚雄氏の説を批判した平野健次氏の説を敷衍して、当道座と盲僧との軋轢から九州地方で平家琵琶が改造されて盲僧琵琶が誕生したのではないかという仮説を提示し、それを実証的に裏付けてゆく。平成十三年から九州各地の盲僧琵琶を五十面あまり調査し、平家琵琶に似た盲僧琵琶を見出だし、

起源伝承を持つ北九州の古い盲僧琵琶は、平家琵琶に似た特徴を示した。先に報告した南九州の盲僧琵琶についても同じ結論を得ている〔前記「薩摩盲僧琵琶の誕生と展開」〕。盲僧の起源伝承と関わる鹿児島、宮崎、熊本、松浦の四面の古盲僧琵琶が、分布する地域が離れているにもかかわらず、どれも平家琵琶風の特徴をそなえることは、それらがすべて平家琵琶から誕生したことを物語っている。

誕生の時期は、柱が高くなるという変化の内容が、琵琶で三味線用の音楽を弾こうとしたためだと考えると、よく説明できることから、三味線禁令の出た延宝二年〔一六七四〕以後であり、『菊池風土記』〔一七九四〕が書かれた時にはすでに古びていたことから十八世紀の半ば以前と考える。

という結論を導き出されている。これはきわめて重要な事実であった。楽器に詳しい氏が細かく琵琶の形態を調査された結果の仮説だけに意義が大きいのである。

京都大学を卒業して大阪の市岡高校に勤めていた昭和二十七年だったと思う。週一日の研究日を利用して、非常勤講師として講義を持たれた岡見正雄氏の「民俗説話とかたりもの」を聞いて多くの感銘を受けた。この講義は当時の若い研究者には大きな影響を残していることは、佐竹昭広氏の『下剋上の文学』〈昭和四十二年、筑摩書房刊〉所収の狂言の諸論考などに鮮やかに見られる。私などは、その後も岡見氏の称名寺での中世研究会に出席して影響を受け、折しも刊行を見た『折口信夫全集』などは、配本を待ちかねて読んだのだった。昭和三十三年九月に佐賀大学講師となって大阪から佐賀に赴任するに際して、はじめは従来の文献中心の研究を続けてゆくことは無理だろうと思い、佐賀では民俗学の研究も視野に入れていたのだった。実際は、島原の松平文庫の出現などもあって、かえって文献に追われる結果となるのだが、やはり心の片隅には民俗学のことがあった。いろいろのことがあった末にようやく佐賀大学に入った小城鍋島文庫の中に、小城本『平家物語』があって、その調査研究を進めてゆく一方で、『平家物語』の有力な諸本の多くが、どうして九州の地に伝存するのかという疑問に端を発して、伝本の調査と平行して、土地に伝わる伝承や文献をひろく調査し、「筑紫路の平曲―『平家物語』生成の論のために―」と題して「文学」〈昭和三十七年八月〉を書いたのである。名古屋で行なわれた中世文学会に、小城鍋島文庫本『平家物語』の研究発表をした折、最後に、どうしてこうした本が九州に多いのかは、すぐ一か月後の佐賀大学の国語国文学会で講演すると口を滑らしたことを聞きつけて、永積安明氏から、そちらの方をと要請されたのだった。私は、講演のあとも各地を廻ってようやく書き上げたものである。その調査の基礎になったのは、花山院親忠氏の「琵琶に流れる文学」〈「郷土研究」6〈佐賀〉昭和三十年九月〉の論考で、広く地神経を語る盲僧の地盤に触れて考察を加え、肥前の地が盲僧の拠点であり、『平家物語』を語る琵琶法師の地盤が、かつては重なりあっていたのであろうと想定されたものであった。昭和三十年代後半に、まだ若かった私は、盲僧とか琵琶法師とかを追って佐賀県各地やその周辺の地域を学生たちといっしょにあちこち廻ったのである。

私の論考は、『平家物語試論』（平成九年、汲古書院刊）に収め、さらに補訂して『著作集　第十巻　物語』に収めているので、ここではその内容について詳しく触れることはしないが、これは私が佐賀在住だった地の利を活かして、いわゆる足で書いたものとして、調査の折々のことが思い出され、私にはなつかしい論考である。その「付記」にも触れているように、兵藤裕己氏に注目されて、同氏編の『平家物語　語りと原態』（日本文学研究資料新集、昭和六十二年、有精堂刊）に収められたが、平家琵琶を弾かれる麻岡修一氏が「ミニ平曲」を私家版で継続して出し、盲僧琵琶と平家琵琶の楽器が相違することを、繰り返し繰り返し力説されていることが長らく気になっていたのである。私には、楽器としての琵琶に知識がなく、何とも答えようがなかった。ところが、この薦田氏の論考で、この気がかりは一気に払拭されることとなったのである。

老のくりごと―八十以後国文学談儀―(42)

「夕焼け」という言葉

「夕焼け小焼けの赤とんぼ」の三木露風の童謡は、私の郷里に近い龍野に行くと今も流れているし、この歌をとくに好んだ角川源義氏の本葬に流れたことは、私は何かにつけて、つい思い出してしまう。ところが、この言葉は意外にもずいぶん新しいのである。「小焼け」は語調を整えるために作られ、添えられた言葉であるが、「夕焼け」自体が古い用例を見ないのである。

「りとむ」という短歌雑誌の創刊二十周年記念号（平成二十四年七月）に、今野寿美氏が、斎藤茂吉の第一歌集『赤光』七六〇首に詠み込まれた全単語を「赤光語彙」として掲げ、「赤光語彙覚え書き」を記されている。

涅槃会をまかりて来れば雪つめる山の彼方に夕焼のすも

ともに、

　あしびきの山のはざまの西開き遠くれなゐに夕焼くる見ゆ

の「夕焼く」という動詞形をあげ、

　夕焼けを動詞化してしまった例であろう。現代の詩歌に「夕焼けて」などは見掛けるように思うが、『新編国歌大観』に「ゆふやけて」も「ゆふやくる」もなく「ゆふやけ」すら見られない。「夕焼け」の語自体が新しく、和歌には詠み入れられなかったようだ。それを文語の動詞として活用までさせてしまうところには、やや無理を感じる。

と記されている。言われるようにたしかに『新編国歌大観』に見えない。『角川古語大辞典』を引いてみると、

　おめへさん。夕やけが仕《し》やしたぜエ。夕やけだか朝やけだか、やけ酒をかつくらつてゐたら

という『船頭深話』の洒落本の用例と、

　夕やけや唐紅の初氷

の『文政句帖・文政二年』の発句の例があがっている。『日本国語大辞典』には、文化八年閏二月の『七番日記』の、

　夕やけや夕山雉赤鳥居

の句が上がっている。どうやら江戸後期にできた言葉のようだ。しかし、『角川古語大辞典』には、「古くは、夕《ゆふ》日《ひ》焼《やけ》といった」とあり、「ゆふひやけ」を見ると、

　村上〔天皇〕を、さめたてまつりけるみさゝぎは、にしのかたときくほどに、六月にゆふ日やけのして侍けるを見やりて

という書陵部本『中務集』の詞書が用例に見え、さらに、

　あかき雲の夕ぐれに立をば雲のはたてと云なり。旗の手の様におびたゞしくひろごりて、夕日の空にまがひて夕日やけする也。

という『顕注密勘』の注釈の中の言葉があがっている。これから見ても「ゆふひやけ」の方も歌語ではなかったようだ。『日本国語大辞典』には、「夕日焼け」の語そのものが上がっていない。今野氏が『新編国歌大観』になく、と言われていることは、おそらくそうなのだろうが、これはどこまでも『新編国歌大観』による限り、ということである。江戸時代の和歌は実に無数にあり、『新編国歌大観』に収められているのは、まさに九牛の一毛に過ぎないからだ。

最近、松尾和義氏が佐賀の鹿島鍋島家の『鹿陽和歌集』という撰集を翻刻し、それを刊行したい（『鹿島鍋島家鹿陽和歌集　翻刻と解題』平成二十五年、和泉書院刊）というので、私に相談された。私もその翻刻の点検のためにざっと読んだのだが、その中に、「あまてらす神」という語を見出してびっくりした。「あまてらすおおみかみ」というのは、「天照大御神」を本居宣長が『古事記伝』で、『万葉集』巻四の、「安麻泥良須神の御代より」とあることを根拠に、こう読んだ後、一般化したものであって、中世には「あまてるおほんがみ」「あまてるおんかみ」「てんしょうだいじん」と読まれていたのである。謡曲や『平家物語』などいくらも用例をあげることができる。それが当時の読み方であって、戦中派の、「あまてらすおほみかみ」という言葉を何度も何度も聞かされ思いこんでいたものにとっては、この事実は新鮮で、私は「あまてらすおほみかみ」は、『古事記伝』以後なのだということを何度も説いた記憶がある。しかし、同じく江戸中期の例とはいえ、まったく宣長とかかわりのないところで、この用例を見出したのは、用例とは「ある」とは言えても、「ない」とは言えない怖さをつくづくと思い知らされた気がする。

『新編国歌大観』の場合も、どこまでも『新編国歌大観』による限りという、ということなのである。ただ、時代がさかのぼるほど作品は網羅されていて、江戸初期までは、『新編国歌大観』によると何々が初出だとか言うこともかなり意味があることはいうまでもない。それでも、今日まったく知られていない歌集が存在していたこともあろうと思う。謡曲などには、『新編国歌大観』にも見えず、出典未詳の歌がいくつもあることからは、当時よく知られていた歌でわからなくなっている歌も多いのである。

「夕焼け」という語から離れてしまったが、『新編国歌大観』の編集に名を連ねているものにとっては、この書の利用のされ方が気になるのである。まずはコンピューターによって、用例の有無を知るよりも、多くの和歌を読み込んだ上で、その語の新古を感じ取ることの重要性を思うからである。

鶴﨑裕雄氏編『地域文化の歴史を往く』—学際的ということ—

宅急便が来て、受け取ったのは、鶴﨑裕雄氏編『地域文化の歴史を往く—古代・中世から近世へ—』(平成二十四年、和泉書院刊)の一冊であった。鶴﨑氏の喜寿を記念しての論文集という。ああ喜寿だったのかと、わが身の齢も忘れて感慨深かった。氏は、私よりちょうど一廻り若いはずである。今も毎月杭全神社法楽連歌で顔を合わせる仲だが、岡見正雄先生から当時名古屋にいた私に急に電話があって、関西大学に非常勤で通うことになったことや、ちょうどその頃から『大阪府史　第四巻　中世編二』(昭和五十六年、大阪府刊)の「文芸」を担当して、何度も実地調査にいっしょに出かけたことなどを思い出していた。私が愛知県立大学から大阪大学に転じて、久しぶりに大阪に帰って来た頃、大阪国文談話会の中世部会で、宗牧の『東国紀行』をみんなで読んだ折、担当した氏は、毎回のように現地に赴いて実地調査をし、地方史研究の人とあって、その知識を報告してくれたのには目を見張ったものだった。関西大学の「国文学」はずっと送られて来て読んでいるのだが、論文集の「柴田真一記」とある「はじめに」の中に触れられている、氏の『戦国の権力と寄合の文芸』(昭和六十三年、和泉書院刊)に対する両角倉一氏の書評(「国文学」平成元年一月)は、なぜかあまり読んだ記憶にないのだが、「学問の対象は多岐にわたるが、歴史学と国文学の両領域が主であり、しばしばその二つの領域が交錯して学際的な研究となる。本書はその典型的な業績である」とあるのは、まさにその通りだと思う。

当然、この書の執筆者は、国文学と日本史学にわたっている。氏のよい意味での学際的な研究はよく承知しているつもりであったが、この記念論文集を見て、氏を中心に同心円が二つ交わっていて、右側に国文学の円があり、左側に日本史学の円があり、右側の円内の人々は周知の人が多く、その論考もほぼ私の視野の中での論考が多いが、私にとっては、もう一つの日本史学の側の円が実に新鮮だった。日本史学の方でも、氏を通じて何度も会って、その論考に馴染みのある人もあるが、はじめて論考を読む人も多い。そこに私の知らない氏の人脈が広がっていることを改めて知ったのである。

とくに、大塚勲氏「『西郡千句』連衆の家―鵜殿一族と深溝・竹谷・五井松平氏―」や、瀬戸祐規氏「根来法師から根来氏、根来組へ―近世軍記・由緒書の検討を通して―」などは、私にも関心の深い作品が扱われているのだが、とうてい国文学の世界だけからは行きつけないところまで進んでいることが有益だった。

大塚氏の論考は、宗牧の『東国紀行』に見える、天文十三年十一月、西郡（愛知県蒲郡市）に城を構える鵜殿三郎長持のもとに逗留した記事の中の「廿五日、千句始行」とある連歌の作品が、天理図書館綿屋文庫にあり、それを取り上げて、その連衆を詳しく考証してゆくのであるが、私も当然『東国紀行』には関心があり、この資料も知ってはいるし、この連衆についても相応の知識はあったが、それをもとに鵜殿氏と深溝松平氏の深い家系にまでひろげての詳しい考察は、思い及ばなかったのである。そういえば、和歌の奥書や連歌の連衆が日本史学の資料として位置づけられるについては、米原正義氏や川添昭二氏らの先達があったが、鶴崎氏もその分野を開拓した功績は大きかったと言ってよい。

瀬戸祐規氏の論考は、『紀州根来由緒書』（『根来合戦記』）などといった雑史が検討されて、中世文学にもかかわりの深い根来寺の中世から近世への変遷が考察されている。これも、『平家物語』の延慶本の伝来の背景を知るのにありがたい論考だった。

こうした私たち国文学の側からの目とは逆に、日本史専攻の方には、福島理子氏の「「大塩」後の大坂―『梅墩詩鈔』三編の広瀬旭荘―」に取り上げられた『梅墩詩鈔』は、すでに新日本古典文学大系の『蘐園録稿　如亭山人遺藁　梅墩詩鈔』（平成九年、岩波書店刊）に収録されてはいるが、大塩の乱を扱うのに、おそらく圏外の資料だったのではないかと思われる。

波々伯部守氏の「近世・近代にみえる帝塚山古墳―「大帝塚」「小帝塚」をめぐって」の、帝塚山古墳の話、昔から気にはなっていたのでおもしろく、梅原末治氏の論考がもとになっているのを、なつかしく思ったことだった。二回ほど京都大学で、氏の考古学の講義を聞いたのだが、当時の京都大学では多くの講義が五月開講なのに、この人は、四月早々から講義されるので覗いてみたに過ぎない。今から思えばいかにも大学らしいよき時代だったと思う。実は、私も旧制の住吉中学に通うのに、毎日、南海電車の上町線で、帝塚山三丁目を通り、時には下車して、その停留所のいわれとなっている帝塚山古墳の前までは何度も行ってみたことがあったが、それ以上に詳しいことは考えていたわけではなかった。この論考を読んで、こういうことだったのかと納得したのだった。

鶴﨑氏は、関西大学の日本史を修士課程まで終えて、博士課程は岡見先生に師事して国文学（中世文学）を専攻している。私は、最近はやりの日本文化とか国際文化というような学科にあまり興味がない。一つの専門をもってそれに満足せず、他の分野を広く学習すべきだと思っているのだが、氏は、日本史と国文学をともに正式に学んでいて、まさにいまいう学際的であるところに特色があると思う。

老のくりごと―八十以後国文学談儀―(44)

『新編国歌大観』の功罪―編集委員の一人の立場から―

平成二十四年十月六日、七日に、山口大学で俳文学会が行なわれた。尾崎千佳氏が獅子奮迅の奮闘をしているので、私ははじめから老軀を駆って出席することに決めていた。しかし、もう若い人の研究発表に質問することは考えていなかった。短い時間に意を尽くすことができないし、若い人のせっかくの意欲を阻害してはいけないと思うからだった。それなのに、村田俊人氏の「秋成『吉野山の詞』発句考」を聞いていて、質問してしまった。もとより私は秋成の専門でもないいし、それほどていねいに秋成の作品を読んでいるわけではなく、ただ、秋成のセンスに惚れているに過ぎない。

氏の発表は、ていねいにこの「吉野山の詞」を注釈することに多くの時間を割いていた。決して、氏にだけ言うつもりではなく、どうしても言わねばならないという気にさせたのは、『新編国歌大観』の利用の仕方であった。これは、私の家での「連歌を読む会」でも常々言っていることであるが、索引は使うものであって、索引の便利さに使われてしまってはいけないということだった。『新編国歌大観』の編集委員は、年齢順に、谷山茂・田中裕・後藤重郎・樋口芳麻呂・橋本不美男・藤平春男・島津忠夫・井上宗雄・有吉保・片桐洋一・福田秀一・久保田淳の十二人であるが、すでに谷山・後藤・樋口・橋本・藤平・井上・福田の七人が故人となっている。残されたものには責務があると思うのである。

私が村田氏の発表を聞いていて一番気になったことは、

正夢や見し夜の花のよし野やま

の句に見える、「正夢」という語が、俳諧の用例（『古典俳文学大系』CD-ROMに拠る）は無く、和歌の用例（『新編国歌大観』CD-ROMに拠る）は一例ということであった。俳諧の場合も、『新編国歌大観』ほどに網羅されているとは思われないが、それは今はおく。『新編国歌大観』の場合、古代・中世に比して、近世は、ほんの代表的なものが収められているに過ぎないということを言っておきたいのである。したがって中世以前においても、常に『新編国歌大観』に拠る限りという限定が必要であるが、近世和歌の場合は、索引によって、用例が有るとか無いとか言うことは所詮無理なのである。

同じことが、

朝北よさくら心を吹とづる

の場合、「朝北」の語は、氏が引用されているように、『土佐日記』を踏まえているのであって、『新編国歌大観』に拠って、『柿園集』や『草径集』にあるということは、無用のことであり、「さくら心」も、『蕉門むかし語』に「名月や桜ごころの肌寒き」という例のあることは、『古典俳文学大系』の索引から知られる効果だが、それをも考慮して、秋成の句の場合と比較してみるところから、この句の文芸性が開けて来よう。『新編国歌大観』からあげられている例は、「さくら心」の例ではなく、その相違に、和歌と俳諧の表現が問題になる。

ついでに言えば、

みよしのや桜道じやは伊勢かけて

の句について、西行の和歌が引用されているのはよい。道者という言葉があって、それを「桜道者」と言ったところが、秋成の詞のセンスなのである。

私は、発句の前の文章も、秋成が、さまざまの古典を散りばめて、俳文を構成しており、それをそれぞれ指摘するのは必要であるが、それがどういう効果を持って引用されているのかが、重要であると思う。秋成は、この一文を、

去年の栞の道かへて、言葉のたねを植つけよとてこそ、めせ〳〵桜苗めせと里のわらはゝいふ也けり

と収めているのであるが、氏の指摘にもある通り、「去年の栞の道かへて」はもとより西行をふまえている。さらに、「めせ〳〵桜苗めせ」は、氏の発表を聞いていて、すぐに「昆布売り」の狂言小唄を思い浮かべた。帰宅後、改めて、調べてみたが、やはり、

こぶめせ、〳〵　おこぶめせ、わかさのおばまのめしのこぶ

とあり、これは、平家節、躍り節、浄瑠璃節で歌うところである。秋成は、この売り声をふまえてこの一文を締めているのだと私は思う。本文は虎明本によったが、それはどうでもよい。秋成は耳から記憶していたのだから。

氏のもっとも言いたいところは、「秋成の晩年の自作自選句集である『俳調義論』中の、「吉野山の詞」の異文と比較し、秋成俳諧の特色について明らかにしたい」というにあり、それはその筋の専攻の人の評価に委ねるほかはない

が、私の言いたかったことは、『新編国歌大観』の索引の便利さに溺れてほしくないというにあった。

索引は必要な用例も不必要な用例も出てくる。まずは作品を読み込んで、索引が無くても、おそらくこの詞は中世和歌ならどこかに有るはずだとか、これは無いのではないかという疑問点を思いうかべ、それを確かめるべく索引を利用すべきなのである。従来はこの詞はどこに有るとは言えても無いとは言えなかったのが、少なくとも『新編国歌大観』に拠る限り、有るとか無いとかということが、古代・中世和歌には言えることになったのである。

老のくりごと―八十以後国文学談儀―㈣

丸谷才一氏を偲ぶ

平成二十四年十月十四日の朝日新聞を見て驚いた。一面に「丸谷才一さん死去 小説「女ざかり」・評論多彩」という記事があったからだった。一面の記事のほかに、三十九面の社会欄にも「吉村千彰」の署名入り記事があり、十六日にも作家池澤夏樹氏の追悼の文が、二十一日にも菅野昭正氏の「丸谷才一の世界」が載った。いずれも面影を偲ばせる文面だった。今年の四月に心臓を手術されたとのこと、享年八十七歳。ああ私より一年の年長だったのか。

私がはじめて丸谷才一の名前を知ったのは筑摩書房から出ていた「日本詩人選」の『後鳥羽院』を読んだ時からである。氏が東京大学の英文科を出て、国学院大学助教授として、英語を教えながら、図書館に籠もっては国文学の本を読んで書き上げたという。この『後鳥羽院』は一評論家が一気に書いたものではなく、それだけの年季が入っていて、このシリーズの中でも特に異色の出来栄えだったのである。

私が愛知県立大学に勤めていた頃、近代劇が専門の永平和雄氏が、岐阜大学から非常勤講師で見えていて、たまたまの雑談の中で、いま有吉佐和子の『恍惚の人』がベストセラーになっているが、識者の間では、丸谷才一の『たった一人の叛乱』が静かなブームを呼んでいると聞いた。それは昭和四十七年のことだった。

それより前、まだまったく未知の間柄だったのに、書評欄で、私の角川文庫の『百人一首』（昭和四十四年刊）を、藤原定家撰という立場から、現代語訳も鑑賞も施したことを評価してくれているのを読んでいた。それがきっかけで、「定家から芭蕉へ」（「俳句」昭和四十九年十一月号）で対談したことがある。その折に感じたことは、自由に発言させ、巧みに予期された筋にひきもどされてゆく対談のうまさだった。それに、実によく読まれていて、愛知県立大学の卒業論文の優秀なのを集めて小沢正夫氏との共編で出した『古今新古今とその周辺』（昭和四十七年、大学堂書店刊）の中の山下（現、稲田）三十鈴さんの「新勅撰和歌集の構成」を誉められ、驚いたのだった。対談のあとの談笑の中で、あの卒業論文をそのままにしたくないためもあって編んだのだというと、それでは名前を出しましょうと言って、実際に掲載されているのをみると名前が出ていたことも、昨日のことのように思い出される。

それ以来、次々に出される小説、エッセイ集を贈って来られるようになった。私もさかのぼって『笹まくら』『たった一人の叛乱』を購入して読み、贈られてくるままに、『横しぐれ』『裏声で歌へ君が代』『女ざかり』『輝く日の宮』と読んでゆく。私は、早くから日本文学史を書きたいという野望を持っていて、それが結局は『日本文学史を読む―万葉から現代小説まで―』（平成四年、世界思想社刊）という形で、ようやく実現するのだが、この書は、「あとがき」にも記したように、出版に紆余曲折があって長い年月を要した。ただ、最後は丸谷才一の小説で収める意図は変わらなかった。それが、はじめは『横しぐれ』のつもりだったのが、『裏声で歌へ君が代』になっただけである。他の作家と異なり、多くのエッセイを書きながら、小説はほぼ十年ごとに書き上げてゆくというところに、私は、最後の章を「現代の読本（よみほん）―裏声で歌へ君が代―」として位置づけたのである。

『輝く日の宮』は、作中の女性研究者を通して、大胆に『源氏物語』の成立論に迫っている。私は四十年来、名古屋の「源氏の会」という女性のグループで、『源氏物語』を読み、とくに近年は成立の問題に触れて放談しているが、著作集完成以後、『宗祇の顔　画像の種類と変遷』（平成二十三年、和泉書院刊）を書き、『若山牧水ところどころ　近代短歌史の視点から』をすでに脱稿し（平成二十五年、同刊）、つぎは、この『源氏物語』の放談をぜひ書き上げて、丸谷氏の意見を聞きたいと思っていたのに、それも叶わぬこととなってしまった。

氏の多くのエッセイ集の中に、新潟高校から東京大学に進んだ親しい友人として、美術史家中山公男氏の名があった。中山氏は私の住吉中学（旧制）時代の友人で、私の文学への眼を開いてくれた早熟の文学青年であった。当時住吉中学の国語の教員であった伊東静雄を、著名な詩人なのだと教えてくれたのも、彼だった。戦争末期のこととて、学年のすべてが理科に進学するのに、彼はあえて新潟高校の文科に進んだのである。理科は徴兵延期があり、文科は学徒出陣が目に見えている時である。私は文科系で唯一延期のあった師範系に進んだが、結局途中で入隊する羽目となる。『笹まくら』以来、丸谷氏の小説にしばしば徴兵忌避の青年が出てくるのも、同世代の私には非常によく理解がゆく。中山氏とは、彼が東大に進んでまもなく大阪の路上で偶然逢って、近くの喫茶店でひととき話しただけであった。丸谷氏とも、「俳句」の対談以後は逢っていない。一度中山氏をまじえて話をしたいと思っていたが、中山氏が亡くなり、今また丸谷氏が亡くなって、ついに果たせぬ夢となってしまった。

最後に丸谷氏から電話のあったのは、「この人・3冊　島津忠夫選　弁慶」（平成十八年「毎日新聞」九月二十四日）の依頼だった。その前の「定家」の時も「小島吉雄」の時も、突然に「丸谷です」といって電話が掛かって来るのだった。その声が懐かしく耳元に残っている。

老のくりごと―八十以後国文学談儀―(46)

俳優の朗読による『曾根崎心中』

柿衞文庫では、俳人宇多喜代子氏の企画で、「俳句朗読会」を続けている。芭蕉・蕪村・夏目漱石・芥川龍之介などがあったとのことであるが、私は聞いていない。このたび、十月二十日（平成二十四年）は、「近松門左衛門の世界」ということで、俳優の清水紘治氏が、『曾根崎心中』を朗読する。

文楽や歌舞伎で上演される近松門左衛門の戯曲「曾根崎心中」。現実の事件を題材に、その時代をけんめいに生きた人々の想いを伝えているのですが、「ことばがむずかしくて、言っていることがわからない」という声をよく聞きます。そこで柿衞文庫ではまったく新しい試みとして、俳優の清水紘治さんに、近松作品を脚本としてひとりで朗読していただきます。人形も役者も登場しませんが、清水さんのすてきな声と、近松の七五調のリズムにのって、男も女も語り手も躍動します。また気鋭の近松研究者である井上勝志さんの明快なお話も加わって、近松作品がとても身近に感じられることでしょう。さらに近松の句も紹介されます。お楽しみに。

と「散らし」にある。この企画に興味はあったが、老齢の身に十月、十一月の日程があまりにも詰んでいるので、どうしようかと迷っていた。それを、意を決して出席することにしたのは、昭和四十年代にＮＨＫの教育放送の「市民大学講座」で、信多純一氏が担当し、片岡秀太郎が朗読したのが、耳に残っていたので、比較してみたいと思ったからだ。

会場は、いつもの講座室だが、正面に小さな壇を設け、右には大きく三枚の紙に、右から一枚目には、「曾根崎の／森の下風／音にきこえ」、二枚目には「恋の手本と／なりにけり」と、『曾根崎心中』のキリの文句が墨書され、さらに三枚目には、「情」の一字が大きく書かれ、墨汁が下に滴り流れ落ちている形でこれが何とも風情がある。それにその左にはおそらくこれで書かれたと思われる大筆が吊るされている。事務局長より、これは俳人の木割大雄氏が書かれたのだと聞く。会が終わってから木割氏に初めて挨拶をして聞くと、下で書いてすぐに縦にし、垂れるようにしたのだそうだ。これは私の発案だと言われる。

正面には椅子と小さな机が置かれているだけ。館長の今井美紀氏の挨拶の後、左の室（これは講座室に通じている）から、それがいかにも舞台の袖から出るように清水紘治氏が登場して、まず木割氏の字を眺めて称揚し、おもむろに椅子に座って朗読にかかる。『曾根崎心中』の現行の本文を紙に書かれているのを捲りながら、「観音めぐり」からキリまで、途中で休憩を挟んで一気に読むというより語ってゆく。地の文は、たしかに浄瑠璃の節がなく朗読だが、コトバになると感情移入して役を語り分け、左手が微妙に動いて、表情もゆたかに、セリフになってゆく。たしかに熱演ではあるが、私などは、この部分は、浄瑠璃の大夫の語りに及ばないと思いながら聞いた。そこがやはり朗読というものの限界ということを考えてしまう。これは清水氏の要望で、目で文章を追うのではなく耳から聞いてほしいとのことであった。わかりにくいところもあるが、大方は、歌舞伎の舞台を思い浮かべながら聞いていたのである。

かつての秀太郎の朗読は、たんたんと読んでしかも聞かせた。もちろん講義の合間合間に、信多氏が「それでは読んで下さい」といって、ほんのサワリサワリを読むのだが、何とも味があり、それはまさしく朗読だった。あとで信多氏に聞くと、あれは別々に収録し、ディレクターが編集したのだそうだ。とてもそうは思えないほどしっくり合っていた。秀太郎は今は円熟して、上方歌舞伎の女形には欠かせない名優であるが、その頃は、名子役だった彦人《よしひと》から秀太郎を襲名して女形になり、長い間、若女形としては花がないと思っていた頃なので、この朗読のおもしろさに立役になってもと思ったくらいであった。

清水氏の朗読の熱演の雰囲気のすぐあとで、朗読の気分の覚めやらぬうちに始めた園田学園女子大学近松研究所所長井上勝志氏の、「近松の句と戯曲」と題する「お話」が、まさにこれも芸能そのものだったのには驚く。井上氏は、聴衆の多くが俳人であることを考慮されたのであろう、はじめに近松の発句を取り上げて語り、そのあとで、『曾根崎心中』について話されたが、その中に、『曾根崎心中』は、最初の上演以後、昭和二十八年八月に歌舞伎で復活興行するまで上演の形跡がなく、その成功で以後文楽でも歌舞伎でも何度も上演されるようになったと言われる。

その歌舞伎の上演が成功したのは、まだ若かった扇雀〔今の藤十郎〕のお初と、二世鴈治郎の徳兵衛の、親子による舞台と縁の下との演技が受けたのであって、鴈治郎が病気休演して、徳兵衛を代役で智太郎〔四世中村鴈治郎〕が勤めたあたりから、おもしろさは半減してしまったといってよい。同じ近松の作品でも『心中天網島』や『冥途の飛脚』にくらべてやはり長い間、上演されていなかったことによる違いが歴然としているのだ。何度も見るたびに新劇じみてくるように私には見える。かえって郡上大和の明建神社の拝殿で行なわれた『曾根崎心中』天神の森の段は、笹で作った花道を作って、幻想的な舞台を現出していて、まだ元気だった蓑助が楽しんで演じていたのが印象的である。

老のくりごと―八十以後国文学談義―（47）

「八代城主・加藤正方」展と「やつしろ連歌会」

八代市立博物館未来の森ミュージアムで、加藤正方の八代入城四百年を記念し、平成二十四年度の秋季特別展覧会「八代城主・加藤正方の遺産」が十月二十六日から十二月二日の期間で行なわれた。この博物館は、平成二十二年の「華麗なる西山宗因」が、八代中心に新資料を集めての立派な展覧会であったが、今度も加藤正方という人物を、新資料をいくつも展示して明らかにしようとするすばらしい展覧会となっている。ポスターの「城下町八代を創った男は只者ではなかった！／今明かされるその真の実力を見よ！」のキャッチフレーズが示すように、正方（加藤清正の重臣の可重の子）という人物の全容を鮮やかに示している。詳しくは図録に「総論　加藤正方の生涯と実像」と題して、学芸員鳥津亮二氏が記されているのによられたいが、「正方自筆書状」「加藤家家臣団陣立書」「加藤正方遺品覚」など、新しく広島加藤家から当館に入った資料が中心を占め充実した内容になっている。そればかりか、遠くから相良家旧蔵の宗祇画像（私は最古と考えている）およびそれにかかわる宗祇書状、宗因や行生（加藤忠広の御供衆）も執筆している『源氏物語』五十四帖揃いも借りて出品されている。中でも、新出の『加藤正方広島下向記』は、宗因の「正方送別の歌文」（野間光辰氏蔵）と表裏をなすもので、正保元年八月、正方が広島の浅野家お預けの身となり、大坂から広島に下る折の道中記で、宗因の送別の歌文をふまえ、おそらくは正方が宗因に送ったものの、あまり時を隔てない時期の写本（あるいは正方の手控え本）かと思われ、宗因と正方の関係を知る上にすこぶる貴重である。

展示は、「1　父・加藤可重と加藤清正」「2　加藤正方、八代麦島城へ」「3　正方、八代松江城を新築」「4　加藤家改易！　正方は京都へ」「5　加藤正方（風庵）、広島での晩年」「6　加藤正方の交友と遺品」「7　肥後の連歌史と加藤家」「8　正方から宗因・芭蕉へ」に見事に順序立てて展示され、それぞれ正確な解説が施されているのであるが、とくに気を引いたのが加藤正方自身の立場で見学者を誘導するコメントで、実に巧みでおもしろかった。私はかつて林屋辰三郎氏が京都国立博物館の館長を経て、「展示の芸能」ということをしきりに言われていたことを思い出した。

その正方が玄仲門で連歌に精進し、宗因も正方のもとで連歌を学び、正方の推薦で昌琢に入門し、やがて大坂天満宮連歌所の宗匠になるのであるが、そうしたことから、この展覧会のイベントとして「やつしろ連歌会」が十二月一日に博物館講堂で行なわれた。当初から鳥津氏より尾崎千佳氏とともに相談に預かったのであるが、なにしろ八代に連歌の座がないことから危惧していた。しかし、当日は会場が一杯になり、思わぬ盛会になって驚いたのである。前回の「華麗なる西山宗因」の折も痛切に感じたが、博物館を支える「友の会」が実に充実し、さらに、この八代という町が文化に深い関心を寄せられていることを改めて知ったのである。

会場には、正面やや左に天神画像（江戸初期。正教寺蔵）を掲げ、その左に生花を活けるという連歌本来の室礼とともに、正面右手のスクリーンにコンピューターで句を即座に映し出し、打越・前句と付句を示すことにした。それに、能筆の学芸員西山由美子氏が毛筆で書いて後方側面に掲示して行様《ゆきよう》をも見てもらうという方針を取った。宗匠は、私が勤め、執筆は熊本県玉名市出身の竹島一希氏を煩わした。連衆には、大阪からの藤江正謹・鶴崎裕雄両氏、山口からの尾崎氏、福岡からの有川宜博氏、それに地元の松井葵之・鳥津亮二・船間和子（はじめは加藤みゆき氏の予定）の諸氏で構成する。一般の見学者のために句ごとに付合の解説を尾崎氏にしてもらった。

司会（鳥津氏）の開会の辞、館長（松井氏）の挨拶の後に、私が連歌の解説を簡単にし、藤江氏に従って天神画像に全員で拝礼をして、あらかじめ前日までに作られていた句を順次執筆が披講し、尾崎氏が解説してゆくという形を取る。発句・脇・第三をあげておく。

冴えまさる八千代の松のみどりかな　　正謹

末《うら》にまばゆき久方の雪　　葵之
遠近の山の端しるく日に映えて　　千佳

発句と脇は挨拶の句になっている。発句には「八代」と館長の松井氏（八代城主を代々つとめた後裔）の「松」が隠され、脇句には二人がかつて学友であったことが「久方の」に秘められているのである。第三からは転じてゆくのが連歌である。はじめはあらかじめ一順だけをよんでいたが、それではとても時間の内に収まらないということで、前日に会場の予行も兼ねて、連衆で初折裏十二句目まで用意したのである。当日は、初折裏十三句目の花の句から会場で連衆が付けてゆく。名残裏三句目からは自由に会場からも付けてもらったが、次々に句が出るようになり、会場が一つの連歌の座になってゆく。名残の裏は急いだが、何とか四時半に世吉（四十四句）をよみ上げ、満尾となる。最後に友の会会長村山忍氏の挨拶でめでたく解散となる。翌日、帰宅後、鳥津氏より電話があって、次回はいつかということを何人もから聞かれたとのことである。この企画もこの展覧会の余興としては成功であったようである（その後、毎年の行事となっている）。

老のくりごと――八十以後国文学談儀――（48）

能登の段駄羅

九月二十八日（平成二十四年）の杭全神社法楽連歌の折、高柳みのり氏より、夢岡樽蔵氏著『段駄羅作品鑑賞1　時の流れの巻』（平成二十四年、踏青社刊）を渡され、高柳氏は、この特異な詩形式に早速挑戦しての試作まで示されていた。私は、帰宅後、「はじめに」を読み、段駄羅は五七五の句の中七が同音意義語で二様に取れる形式で、それが能登の輪島塗職人の仕事場を中心に流行したのだということで、その由来をもっと詳しく知りたいと思っていた。

十月六日、七日に山口大学で俳文学会が行なわれ、それに出席し、七日にバスで山口市歴史民俗資料館に移動して、

「山口の連歌と俳諧―宗祇から菊舎まで―」の展覧会を見学し、まさに帰途の新山口へのバスの中で、たまたま隣り合わせた冨田和子氏（名古屋の狂句を専攻）に「段駄羅」のことを聞いて見た。さすがに知っていて、堀切実氏に考察のあることも教えてくれた。その後、しばらくして堀切氏の「詠み捨てられた文芸―肥後狂句・能登輪島段駄羅・越後豆川柳―」（『近世文芸　研究と評論』66、平成十六年六月）、木村功氏『不思議な日本語　段駄羅―言葉を変身させる楽しさ』（平成十五年、踏青社刊）の、それぞれ必要部分のコピーを送って来て、木村氏は段駄羅研究家で堺市在住ということであった。堀切氏の論考を読むと、少し気になることもあり、木村氏が実は夢岡樽蔵氏だとわかったので、高栁氏に、木村氏に会いたいと頼んだのである。それが、十一月二十八日の杭全神社法楽連歌に先立って会うことになった。氏は『不思議な日本語　段駄羅』や、いろいろの資料を持参され、この詩型について熱情をもって語り続けられ、その後もいろいろ資料を送って来られた。

私が、堀切氏の論考を読んで気がかりに思ったのは、江戸方面に注文取りに出ていた輪島塗の塗師屋の行商が輪島に持ち込んだということであった。「段駄羅」の名称が、「段々付」の「段」とこの地方の方言「だら」（馬鹿阿呆）の意から来たというならば、これは上方からのルートを考えるべきだと思ったからである。「だら」は、「阿呆陀羅経」→「阿呆陀羅」→「あほんだら」→「だら」という経路が辿られる語で、江戸なら「馬鹿たれ」で「だら」とはならないのである。『俳文学大辞典』の「段々付」の項（宮田正信氏執筆）には、

雑俳種目。「笠段々付」「段々」「笠段々継句」「段々笠」とも。笠付の連綿体。付句の座五を尻取り風に次の題として詠み継ぐもの。元禄末期から大阪に起った。付句の七字を二義にはたらかせるものを「笠付もぢり段々」と呼ぶ。

と書かれており、その「笠付もぢり段々」が「段駄羅」になったのであろうと予測が付いた。それも「段駄羅」というのは、「段々付」の「段」に、この地方の方言「だら」が付いたというだけではなく、必ずや「段だら模様」の「段だら」を洒落て言い掛けているのだろうと思った。宮田氏の『雑俳史の研究　付合文藝史序説』（昭和四十七年、赤尾

照文堂刊）をぜひ調べて見たいと思ったが、すでにこの書は郡上市大和町の島津忠夫文庫に送っていたので、十一月十日に郡上に行く機会があった折、早々の間の調査だったが、それを読んで、やはり上方から入ったことはほぼ推察がついた。

ところが、木村氏に会ってみると、氏はすでにそのことは承知の上で、「能登輪島の漆職文芸「段駄羅」」（「古川柳」135、平成十九年九月）に、宮田氏の著や、鈴木勝忠氏の『川柳と雑俳』（昭和五十四年、千人社刊）を引いて、的確にその由来を説いている。段駄羅の由来を考える時、この説はぜひ尊重すべきだと思う。

しかし、氏の興味は、「段駄羅」の歴史よりは、現代の「段駄羅」作品の創作にある。この珍しい詩形式を何とか流行させたいと情熱を燃やしている。それは先日会った折の熱っぽい語り口からも如実に伝わってくる。その作品は、たとえば、『段駄羅作品鑑賞1』の中から、氏の作を抜けば、

太閤が　醍醐の花見
　　隊伍の花見　造幣局

といった作品がある。これは「花見」が言い換えられていないとすれば、

伊豆沼は　雁、越冬地
　　関越、当時　猛吹雪

といった具合である。

これが、尻取り式に続いてゆくのが、本来の「段駄羅」である。それも花市紋女と両吟の十句続きのものや、輪島塗文芸保存会連句という坂本信夫ら十四人による「能登地震」に始まる二十八句続きのものなどを送って来られた。これらはよほど熟練していなければむつかしいだろうと思う。

送られて来たコピーの中に、阿刀田高氏の「言葉遊びが好き」（「図書」平成十七年一月号）もあった。「図書」の巻頭言はいつも読んでいるのであるが、これは読み過ごしていた。どうして阿刀田氏が、氏の著を読まれたのかと聞い

てみると、言葉遊びが好きだと聞いたので贈ったのだとのこと。『おとこ坂おんな坂』の第九話に「段駄羅」が出て来るのも、頼んで書いてもらったとのことである。その熱意やすさまじいと思った。さて試作をひとつ。

勘三郎　死んでしまって
新手、終って　やれ組まむ

老のくりごと―八十以後国文学談儀―(49)

丸谷才一氏遺稿「茶色い戦争ありました」

丸谷才一氏が、倒れる直前まで書いていたという遺稿が「文芸春秋」（平成二十四年十二月号）に掲載されるというので、待ちかねて購入して早速読んでみた。近頃こうした雑誌を読むのは珍しいことだった。その小説は、湯川豊氏の解説に、長男根村亮氏の話として記されているところによると、メモ書きがあって、

思へば遠く来たもんだ
1　越中ふんどしの話
「わたし」による一人称
2　酒の特配と兄弟喧嘩
「彼」による三人称
3　明日の新聞を売る女
「きみ」による二人称での綺譚
4　叔父の生涯と歴史論
「おれ」による一人称

という、四つの短編を連作の形で繫いで、昭和二十年八月十五日をテーマにしたものらしいという。ここに遺稿として残されているものが、3に相当することは読めば明らかである。「文芸春秋」の掲載の扉の頁には、右端に「遺稿独占掲載」、その横に小さく「日本文学史を変えた作家が、／旅立つ前、机の上に／遺していった珠玉の一篇」と記され、その下に近影の写真があり、中央に「茶色い戦争ありました」と大きく題名を、その脇に「思へば遠く来たもんだ3」とし、左下に「丸谷才一」とある。その扉の頁の文字の下に、模様のように、手書きのメモと原稿の一部の写真が見えるのだが、文字に妨げられて見えない部分が多い。しかし、この大筋のほかに構想の一部の断片が見られる。「思へば遠く来たもんだ」は全体の題名のようだ。原稿の始めは、文字に隠れてよく見えないのだが「茶色い戦争ありました」は、この篇の題名なのだろうか。遺稿は、

君は走る。汗まみれになつて駆ける。走ると言つても前後左右にぎつしりゐる連中も懸命に駆けてゐる。大人も子供も老人も何か叫びながら、君は彼らの動きに邪魔され、それでも必死になつて、駅の構内をゆく。汗がしたたる。何しろ八月十五日だから、朝と言つても残暑がきびしい。

という書き出しである。この文章からしていかにもこの人の洗練された文体である。そして、「君」は、列車に乗り、社内の光景が描写されてゆく。それが、実にリアルなのである。これは、当時を実体験していないと書けないし、当時を知っているものからすれば、実に目に浮かんでくる光景なのである。戦争に負けたニュースが記されている新聞を売る「女」が登場し、ストーリーが展開してゆく。それが突然数十年たっての話となり、「君はデスクに向ひ、書きかけの原稿を書きつづける。君と君の亡霊の合作の小説ができあがる」として、以下はその原稿の形で進められる。「了」とあるのは、作者なのか、編集者なのだろうか。

また、他の三編はまったく残されていない。しかし、丸谷才一氏がこの小説を書きかけたということは、すでにはっきりとした構想が成っていたということを想像することができる。これまでの場合に徴しても、いくつもの随筆を書きながら、いざ小説を書こうとする時は、それに没頭していると思われるからである。その内容が、昭和二十年

八月十五日という敗戦の日に焦点を当てていることにも、その意図するものがわかるような気がする。『笹まくら』以来念頭にあったテーマを、やはり最後に掘り起こしておきたいと思ったのではなかろうか。

丸谷才一氏の文学は、主人公が作者と重なる面を持っている場合があっても、決して私小説ではない。しかし、まったくあり得べからざる物語ではなく、あり得る世界が描かれているのである。その点では『源氏物語』と共通する。

ある日、たまたま予定の時刻に余裕があって、書店に立ち寄ったところ、「文学界」（平成二十四年十二月）に、「追悼丸谷才一」とあったので、これも購入した。そこには、池澤夏樹・辻原登・湯川豊の三氏による鼎談と、三浦雅士・清水徹・山崎正和の諸氏の追悼の文章が掲載されていた。私はこの鼎談を読み、とうぜん私の理解が一面的なものであることは十分弁えた上でのことだが、私の理解していた国文学の作品をよく読んでいるといった面と、イギリス文学者としての私のよく知らない面とのうち、知らない面についてもっぱら語られていることが有益だった。丸谷才一氏の文学は、この両面が一体となっているところに特色があり、一介の小説家や評論家以上に国文学の世界の中に分け入っていて、それが、国文学者の方法批判にもなっている。しかも、『横しぐれ』や『輝く日の宮』といった小説の形で書かれている点で、真っ正面から取り上げれば小説の世界のこととはぐらかされそうであるが、批判は注目に値することが多いのである。丸谷氏の世界が、この鼎談のような形で理解され、その特質が文壇で異彩を放っていたのかと改めて知ることができた。死ぬまで書き続けたということは、作家冥利に尽きる人生だったといえようが、何としてもこの小説が未完成に終わったことは残念でならない。

老のくりごと―八十以後国文学談儀―(50)

季語のこと―連歌と俳句―

「マグマ」の新年歌会（平成二十五年一月二十日）に出席するために、前日の十九日に新大阪駅より新幹線に乗った。

自由席はかなり混んでいて、京都駅で、軽く会釈をして隣席に相応に年輩の女性が腰を掛けた。その女性はおもむろにキャリーバックから一冊の雑誌を取り出して読み始めた。どうやら俳句の雑誌らしい。その様子がどうもただの俳句作者ではなく、何か批評をでも頼まれていると見えて、大胆に句に傍線を引いている。何となく気になって横目に折々眺めていると、その雑誌は「俳壇」だった。その中に、ふっと目にとまったのが、

やうかんの端はざらざら開戦日

という一句だった。誰の句かわからない。私は、この「開戦日」という季語と、「やうかんの端はざらざら」が実によく照応していて、なかなかいい句だと思った。

私は何となく気になっていて、数日後に「俳壇」二月号を購入すると、「リレー競詠33句」として、「冬帽子」という題で詠まれた中の一句で、作者は勝又民樹とあり、「新樹」とある。私は短歌はごく最近の作品まで注意し、また多くの結社雑誌や歌集も贈られて来て見ているのだが、俳句の方は、今では主として「晨」と「船団」が送られて来るだけでよく知らないのだが、同じ号の「俳壇」にある「新樹」の広告欄を見ると、その主宰で、おそらく俳句の世界ではよく知られた人なのだと思う。

私の関心は、この句が「開戦日」を季語としているということにある。「開戦日」とあれば、われわれ年輩のものには、すぐに、当時の言葉で言えば「大東亜戦争」の日米開戦の日の記憶が生々しい。それは十二月八日だから、冬の季語になるのだろう。この句の「開戦日」も、それをふまえて「やうかんの端はざらざら」という感覚と「開戦日」の取り合わせが、いかにもと思うのである。作者の年齢が私にはわからないのだが、この句の「開戦日」という季語は、その人その人の年齢によってかなり変わってくるのではないか。それとともにこの句に対する感慨も異なるのではないかなどと思ってみたりする。

大阪市平野区の杭全神社では、毎月法楽連歌会があり、その折にしばしば季語のことが問題になる。私たちがふつうに雑の句だと思っているのに、新しい「歳時記」を見て、季語だと言われることがある。俳句では、かつて新興俳

杭全神社花下連歌会（平成17年４月２日、杭全神社瑞鳳殿。山村規子氏撮影）左から杭全神社宮司・藤江正謹氏、一人おいて執筆・鶴﨑裕雄氏、宗匠・本人、光田和伸氏。

句で問題にされた無季の句を除くと、かならず季語が必要であることは今さら言うまでもない。そのためには、次々と新しい季語が作られてゆくのである。

もともと俳句は、俳諧の発句が独立した詩型だから、季語が必要なのは当然である。連歌も、もとより発句は当季の句でなければならないから季語が必要である。しかし、連句もそうであるが、連歌は詠み続けてゆくうちに、季のある句と季のない雑の句が、式目に従って必要なのである。どうしても雑の句でなければならないところに、意外な新しい季語があっては困るのである。せっかく前句によく付いたと思われる句が出て、宗匠に取り上げられた時に、連衆の中から俳句の「歳時記」を見ていて、たとえばそれは秋の季語だと言われると、そこは、秋の句がよめないところであったりするのである。連歌では、『連歌新式』から、せいぜい『産衣《うぶぎぬ》』あたりまでを規範として季語を考え、新しい季語はその場の宗匠と執筆の判断に任せることにしている。

俳句に対して、短歌においても季節の感覚は重要で、勅撰和歌集では、『古今和歌集』以来、はじめに四季の部があり、恋や雑の部よりも、四季の部が重んじられた。しかし、一首に季語を求めることなどはもとよりない。それに対して俳句は、それがもともと連歌や連句の発句から生じたというだけでなく、独立した詩型を確立してからも、依然として季語を必要とすることには、多くの見解がある。五七五という短詩型の中に、季語の持つ作者と読者の共通理解を媒介として、それを俳句は有効に活用して来たといってよい。

それにもう一つ俳句には、現代にあって同じ五七五の詩型で川柳というジャンルが存在する。川柳は季語を必ずしも必要としない。それと区別する必要からも季語は必要なのである。川柳もいわゆる新聞の川柳壇に見える諷刺的な作品のほかに、最近では、非常に文芸的な一群がある。

　剝製のけものを飾る現状維持
　たましいに鯛焼きの餡付着する
　自己否定沖に鯨がいるようで
　隊列は夢の中にて死に向かう

いずれも樋口由紀子『容顔《ようげん》』（平成十一年、詩遊社刊）から引いたのだが、俳句との相違は季語の有無ということも一つだとも言えるからだ。

　妖怪がするりと逃げて春の雪

といったような句もあるが、必ずしも季語に束縛されていない。序も跋もないこの句集には、歌人の長岡千尋が帯文の一部に「川柳といふこの短かい詩は、書き終へた時からすべてが始まると言つても過言ではなからう」という。
こうした川柳の存在を考える時、やはり俳句には季語の必要性を思うのである。ただ、新しい季語とともに、すっかり季節感の異なって来た古い季語の存在や、地域によって異なる季節感の問題も生じて来る。

村上春樹の最初の作品 ―「風の歌を聴け」―

ふとしたことがきっかけだった。尾崎千佳氏より電話があって、山口大学の同僚の平野芳信氏が、もしかして私が村上千秋のことを知っていたら教えてほしいとのこと。村上春樹の父親の千秋が京都大学の国文の出身で、私と近い年代だからというのである。村上千秋という名前はたしかに記憶にあるがよく知らない。名簿を調べてみると、実は私の入学と入替えに卒業されている。ただ、より近い年次に土田衞氏の名があり、折よく角川古語大辞典編集委員会の同窓会のような催しがあったので、土田氏に聞いてみると、よく知っているが春樹の父親とは知らなかったとのことである。たまたまその数日後、山口大学で俳文学会があり、平野氏にも会ったので、その旨を伝えると喜ばれ、その後、土田氏とも電話で話されたそうだ。

それより幾日か経って平野氏から『村上春樹　人と文学』(平成二十三年、勉誠出版刊)の韓国版の本が出たのでといって、もとの日本版の本といっしょに送って来られた。韓国版はハングルがまったく読めないので、村上春樹が韓国で広く知られていることを思うのみであったが、例の尖閣諸島の国有化の問題で、中国との状態が急激に険悪となった折に、朝日新聞に寄稿の春樹の文章を読み、春樹のことをもっと知りたく思っていた矢先でもあったので、『村上春樹　人と文学』の方は、その前半の評伝を一気に読んだ。

村上春樹は、しばしばノーベル賞候補に上がっているのだが、まったく読んでいなかったので、どうしてなのだろうといつも思っていた。その評伝を読んで、春樹の活躍した時代が、もはや私が現代小説をリアルタイムで読むことから遠ざかっていた時代であったことを思い知った。私も戦中・戦後の頃から昭和三十年前後にかけては、かなり広くいろいろなものに興味をもって読んでいたが、だんだん古典研究の世界にのめりこむようになり、それでも短歌だけは最先端に注目して辛うじて現代に触れる生活を送って来た。ただ常に文学史を考えていたので、「文芸年鑑」には一応目を通していた。小説は、私の理解が近代小説で止まっていたのが、この書を読んで、ようやく現代小説の世界の一端に触れた気がした。「群像新人文学賞」のところを読むと、丸谷才一が審査委員の一人で、「新しいアメリカ小説の影響」ということを選評に言っていることが記されていて、これは、丸谷の随想を読んでいるとアメリカの現代小説のことがよく出てくるので、春樹に丸谷の影響があるのかと思い、平野氏に聞くと、「春樹は丸谷才一の影響はそれほど受けていないと思われます。ただ蓮実重彦氏が「丸谷の『裏声で歌へ君が代』と春樹の『羊をめぐる冒険』が同じ物語類型（話型）を採用している」と言っております」とあった。私は実際に作品を読んでみたくなり、まず講談社文庫で『風の歌を聴け』を読んだ。さらに当時の背景が知りたくて「群像」の昭和五十四年六月号を読むために大阪大学の図書館に出向いたが、この号だけが欠けていた。石原深予氏に近辺で見られる図書館を検索してもらって、過日大阪市立中央図書館で、ようやく見ることができた。この号は、「群像新人文学賞」のための特大号で、はじめに、「小説当選作」として、春樹の「風の歌を聴け」と、評論優秀作としての、宇野邦一「文学の終末について」、富岡幸一郎「意識の暗室」があり、佐々木基一・佐多稲子・島尾敏雄・丸谷才一・吉行淳之介の五人の選者の選評がある。その選評や、春樹の「受賞のことば」は平野氏の著に引用されていたが、改めて読むと、この作を強く推したのが丸谷才一であったことがわかる。丸谷が選者であったことが春樹の出発に幸運であったように私は思った。

「群像」の五月号に、「第二十二回群像新人文学賞　予選通過作品発表」の記事があり、「応募総数一二六三篇（小説一一四八篇、評論一一五篇）のなかから第一次・第二次予選通過作品」として、第二次の通過には○印がついている。そのうち私の知っている名前は笹倉明しかなかった。春樹も「村上春紀」と誤られていて、まだ名の知られた存在でなかったことを示している。

「群像」七月特大号には、上田三四二・三木卓・菅野昭正の合評があり、「風の歌を聴け」を取り上げている。実にていねいに読んで論じ合っている。この作品が「群像新人文学賞」に選ばれた直後の雰囲気の中で、当時の時代や、評者との年齢差などをふまえての合評であることがおもしろかった。その中で、上田三四二が、

鼠とこの主人公の「僕」がほとんど同じで、「僕」の分身が鼠じゃないかということを、「選評」で吉行さんがいっておられるんですが、確かにぼくもそう思った。二人は、陰影がちょっと違うだけで、非常によく似た人物、重なる人物ですね。ですから、対立的なドラマはないわけです。同じ人物が二つ、ちょっと影をずらして映っている。

と言っているが、私も、はじめて講談社文庫で読んだ時に、そう思った。この点では、今の研究者の間ではどう言われているのか、聞いてみたい気がする。その続きのところで、菅野昭正が、

読者をひっかけたり楽しませたり、ひっかけることで作者自身も楽しんだり、複雑な仕掛けがあるようですね。

とあるのも、私には丸谷才一の小説を思い出させるところがあった。

老のくりごと―八十以後国文学談儀―(52)

再び「風の歌を聴け」について

前稿を書いてしばらくして、平野芳信氏より『村上春樹と《最初の夫の死ぬ物語》』（平成十三年、翰林書房刊、平成二十三年二版）が送られて来た。私はさっそく第二章「凪の風景、あるいはもう一つの物語―『風の歌を聴け』論」を読んだ。「群像」の講評で吉行淳之介のいった、「僕」の分身が鼠ではないかということが定説化しているのに対して、この作品を熟読、分析して自論を展開されている。それは、まず、「この話は１９７０年の8月8日に始まり、18日後、つまり同じ年の8月26日に終る」と作中に記された「作品内現在」において、この小説に登場する「僕」と「鼠」と「小指の欠けた女の子」の主要な三人が、同一の時間と場所に出て来ないということから、作品に語られていない空白の部分を読み取り、「小指の欠けた女の子」が、実は「鼠」の恋人であったということを推理する。そして、「もうひとつの物語」の小見出しのもとに、その空白を埋めた上での梗概が示されている。その展開の過程は、私は一読した時はまったく考えてもいなかったが、そう言われて見ると筋が通っているように思われる。この指摘は、『風の歌を聴け』という作品は、「鼠」と「小指の欠けた女の子」のいわば現在完了形の恋を描くことで、「僕」の過去完了形の恋愛が透かし彫りにされるという二重構造が明確になるはずである。そのときこれまでこの作品を評していた、「洒落た会話と雰囲気をもつ都会的小説」というレッテルは、過去のものとなるに違いない。

という結論に導く。

それは、この論考の最後に、「凪の風景」という小見出しのもとに書かれているのを読めば、『ノルウェイの森』までを見通した上で処女作の『風の歌を聴け』が書かれており、単なる「しゃれた都会的作風」だけではなく、『風の歌を聴け』は、『ノルウェイの森』に至る長い道程の最初の一歩であったように思える。

と言われることにつながる。私はまだ村上春樹の作品は『風の歌を聴け』を読み始めたに過ぎないので、何とも言えないが、村上春樹というノーベル賞候補にもあがる作家の一面に触れることができたことは喜ばしいことであった。

これは、もと「日本文芸論集」（山梨英和短期大学日本文学会、23・24合併号、平成三年十二月）に書かれた論考に「構造と語り―村上春樹『納屋を焼く』をめぐる試論―」（『日本文芸の系譜』平成八年、笠間書院刊）の一部を吸収されたとのことで、「春樹の作家的始発」以下十一の小見出しのもとに成っていて、この著は、刊行されてより十年後に、「ユリイカ」で「村上春樹研究書ベスト四」にランキングされたとのことである。一つの作品を実に細かく考察されている。改めて、第一章の「彼らが死んだ理由」を読み返して見ると、「構造／話型／引用」の小見出しのもとに、そこには、島内景二氏や高橋亨氏の論考が引かれているように物語研究の方法を踏まえていると思われる。この章の終りに、

春樹の処女作『風の歌を聴け』における、《構造》と〈語り〉の乖離について述べておきたい。

とあることが、第二章を読む上に重要であったと思う。私は近代文学研究の方法論に疎いのだが、おそらくこうした方法が中心を占めているのではないかということは察せられる。私などは、作品研究には、それを記した作者、さらに作者を取り巻く時代や環境を考えて、作品に及び、文学史的位置付けをするということに関心がある。

この小説が、「群像新人文学賞」に選ばれたことについては、もう一度選者の講評を読んでみると、やはり佐々木基一のいう「軽くて軽薄ならず」ということにあり、丸谷才一がアメリカの現代小説の強い影響下にあることを指摘した上で、「たとへ外国のお手本があるとはいへ、これだけ自在にそして巧妙にリアリズムから離れたのは、注目すべき成果と言っていいでせう」と言っていることに因があるということができるように思う。平野氏の『村上春樹』

所収の年譜によれば、受賞のすぐ二年後の昭和五十六年に、『マイ・ロストシティー　フィッツジェラルド作品集』を中央公論社より刊行している。これもいまは中公文庫に入っているので、読んでみると、このアメリカ現代作家を深く愛情をもって読みこなしていることが知られる。「あとがき」によれば、

これまでに読んできたフィッツジェラルドの作品の中から現在翻訳が発表されていないもの、ということで五篇の短編小説と一篇のエッセイを選んで訳した。ひとつひとつが僕の愛好する作品であり、もし気に入って頂けたとすれば、そしてフィッツジェラルドの人と作品に興味を持って預けたとすれば、これに勝る喜びはない。

とあり、処女作『風の歌を聴け』がこうした影響の中から生まれたこともまた事実であろう。

平野氏の論考に引用されているだけでも、『風の歌を聴け』に触れた多くの論考があり、現代も創作を続けている現代作家が、すでに研究の対象になっている。その中に、近世から近代にわたって研究をされていた故前田愛氏の名前を見いだしたのもなつかしいことであった。

老のくりごと——八十以後国文学談儀——(53)

柿衞文庫新春特別展「寄贈コレクションによる俳句のあゆみⅡ」

平成二十五年二月二十日、柿衞文庫に行くついでがあって、この展覧会を見た。一月十二日より三月三日まで開催ということは知っていたが、なかなか出かけられなかった。それがようやく見ることができ、思った以上に感動した。さきに「ホトトギス」系の展示があったので、Ⅱとあるが、私には、こちらの方が興味が深い。「山頭火・碧梧桐・秋桜子・誓子・草田男」とあるが、それに繋がる多くの俳人の筆跡、句集、俳句雑誌が実によく系統立てて並べられている。

柿衞文庫は、岡田利兵衞氏の収集された資料を中心に発足し、近世俳諧の研究のためには全国有数の文庫であるが、

近年桂信子をはじめ多くの俳人からの寄贈があって、館蔵だけでこれだけの展覧会ができるまでになったことは喜ばしい。

私は短歌の方は、近現代もいちおう新しいところまで歌人の系統を辿ることはできるが、俳句となると、『俳文学大辞典』（平成七年、角川書店刊）以後のことは、この俳人がどういう俳系なのかよくわからないことが多かった。それが、この展覧会は、それぞれ実に適切な解説を施して並べられていてたいへんありがたかった。

柿衞文庫において（平成元年９月24日）

その名をよく知っていたり、かつて実際に会ったりしたことのある俳人が、筆跡とともに目に浮かんでくる。それがすでに世を去った人であった場合などはいっそう思い出が深い。俳文学会の初期のころは俳人も多く参加していて、顔を合わせることもあったし、名古屋の「さるみの会」では、当初から研究者と俳人との相互の交わりが結成の意図だっただけにここで会った俳人も多い。大野林火や沢木欣一の講演を聞いたこともあったし、沢木欣一などは互いに話を交わしたことが思い出される。角川書店主でもあり国文学の研究者でもあって、何度も会ったことのある角川源義、『俳文学大辞典』の編集委員会で親しく付き合った草間時彦、ＮＨＫの教養番組でいっしょに熱っぽく山頭火を語った金子兜太、歌人でもあって「日本歌人」の会で何度か同席した堀内薫など、このうちで健在なのは金子兜太だけだなと思う。こちらから話を交わしたことはなくても印象に残っているのは、山崎喜好氏の追悼の会に楚々として壇上にあがって献句した橋本多佳子の姿や、俳文学会のシンポジウムで俳人側から出席して、研究者の勝手な見解に、自らの句作を顧みながら真剣に応答していた波止影夫の姿も目にちらつく。そういった断片的に思い出す俳人が実に「俳句のあゆみ」に相応しい形で配置され、解説され、その俳系が明らかにされているのである。

山口誓子については、俳文学会で講演を聞いたこともあり、『凍港』を私の『日本文学史を読む―万葉から現代小説まで―』（平成四年、世界思想社刊）の一章に取り上げ、神戸大学で「山口誓子と『凍港』」の講演をしたこともあって、その俳系の俳人や、同時代の水原秋桜子や日野草城などについても関心を持っていたので、今回多く展示されているのを興味をもって眺めた。

桂信子のコレクションが一括寄贈されたことは記憶に新しい。今も柿衞文庫の催しに積極的に関わっておられ、この展覧会に関して「俳句・若い力、老の力」の記念講演をされている宇多喜代子が、桂信子門であることは知っていたが、柿衞文庫でしばしば顔を合わせる坪内稔典が、伊丹三樹彦門だということを改めて知った。現在私のところに毎号送られてくる俳句雑誌は、大峯あきらの「晨」と、坪内稔典の「船団」が主要なもので、「晨」がホトトギス系であるのに対して、「船団」の新しさにはいつも目を見張らせられるものがある。この人が伊丹三樹彦の俳系に繋がるとすればいかにもと思われるし、早くから柿衞文庫に深く関わって貢献されていることも納得がゆく。いずれにしてもそのもとを辿ってゆけば日野草城に至り着くということを知ることができた。そういえば、草城のかの有名な「ミヤコホテル」の連作俳句の掲載された「俳句研究」が、そのページを開けて展示されているのも嬉しかった。長らくＡＢＣラジオの早朝の番組を担当していた毛利千代子が木割大雄門で、この人の話がよく出て親しみを持っていて、先日柿衞文庫で偶然会って初めて話をしたのだが、この人が、正岡子規―岡本圭岳―赤尾兜子と続く俳系ということも初めて知った。

こうした近現代俳句の展覧会では、多くは筆跡だけで、せいぜいその俳人の句集が並べられるだけの場合が多いが、この展覧会では、関係の俳句雑誌が並べられていることの意義が大きい。従来から学術的な意味も大きい展覧会を開催している柿衞文庫だけのことはあると思う。展覧会としては決して見栄えのするものではないのだが、ようやく緒に就き出した近現代俳句の研究のためには極めて重要な資料だからである。「層雲」「渋柿」「土上」「馬酔木」「句と評論」「京大俳句」（復刻版）「旗艦」「鶴」「広場」「俳句研究」「天香」「寒雷」「琥珀」「春燈」「太陽系」「萬緑」「まるめろ」「天狼」「七曜」「激浪」「青玄」「青芝」「俳句女園」「草苑」の、多くは創刊号が展示されている。バックナンバーがどれだけあるかわからないが、この展覧会が柿衞文庫に寄贈されたものに拠っているだけに、柿衞文庫にあることが知られる。これは、今後近現代俳句の研究のためには、大きな役割を果たすことであろうと思われる。

芥川賞と直木賞

老のくりごと―八十以後国文学談儀―（54）

戦前は純文学と大衆文学の区別がはっきりしていた。それが戦後になるとその区別があいまいになって来る。「文芸春秋」昭和十年一月号で、故芥川龍之介の名を記念して贈られたのが芥川賞、故直木三十五の名を記念して贈られたのが直木賞で、前者が純文学に、後者が大衆文学・通俗文学に与えられた。第一回の芥川賞は、石川達三の「蒼氓」であり、第一回の直木賞が川口松太郎の「鶴八鶴次郎」で、それが延々と今日まで年二回授与され、その都度話題になって来た。

私も何となく折々の興味はあったものの、もはやその受賞作品を読むこともなく長らく過ぎていた。たまたま百四十七回（平成二十四年上半期）の受賞がきまった頃、阪大住吉会という集まりがあって、その日はSF作家の眉村卓氏の講演があり、久しぶりに会って話をした。このごろの芥川賞受賞作家が受賞後どういう活躍をしているのかを聞いてみると、直木賞の方は、すでにある程度名のある人に与えられるので作家として続くが、芥川賞の方は多くは消えてゆくということであった。

それからいつのまにか半年が経って、芥川賞に黒田夏子の「ａｂさんご」が選ばれ、史上最年長の受賞ということが話題となり、それからしばらくして「朝日新聞」朝刊の「著者に会いたい」のコーナーに川口則弘氏の『芥川賞物語』(平成二十五年、バジリコ刊)が、「文・加来田由子、写真・西田裕樹」の署名原稿で、著者の写真入りで記されていた。急に興味が湧き、取り寄せて読んでみた。この人は昭和四十七年生まれで、実は「直木賞のすべて」のホームページを作っている直木賞の愛好家だが、「芥川賞」のことを書くことを依頼されて迷ったものの引き受けたのだという。

第一回から第百四十七回まで、選考委員、受賞作、候補作を明記し、雑誌や新聞など、当時の記録をふまえて淡々と記している。「あとがき」には、

本書が、文芸読物、文学研究、文学史、文壇ゴシップ集、その他いかなるジャンルに属するかわからないが、書いた当人は、ひとつの文学賞史、または芥川賞史を目指したつもりだった。

とあり、芥川賞の歴史であるとともに、それをめぐっての文壇の流れを知る上に重要な資料を提供している。

私としては、第二十二回(昭和二十四年下半期)の「闘牛」(井上靖)、第二十六回(昭和二十六年下半期)の「広場の孤独」(堀田善衞)、第三十四回(昭和三十年下半期)の「太陽の季節」(石原慎太郎)などのことは、その作品とともに当時のことが思い出されてくる。とくに井上靖の場合、芸術性と通俗性が対立概念として議論されたとあるが、それも記憶に甦ってくる。堀田善衞の場合、「第三の新人」ということが、その後の文学史に定着してゆくようになったこともなつかしいし、石原慎太郎の場合、「太陽族」という流行語を生んだこともなまなましく脳裏に浮かぶのである。それは、まさに戦後文学の一時期でもあった。

その第二十二回、第二十六回の頃の選考委員が、川口氏の著により、石川達三・宇野浩二・川端康成・岸田國士・坂口安吾・佐藤春夫・瀧井孝作・丹羽文雄・舟橋聖一であることも改めて知る。このうち、宇野・川端・岸田・佐藤・瀧井が戦前からの委員であり、石川・坂口・丹羽・舟橋が昭和二十四年に復活されて以後に加わった委員である。石川は第一回の受賞者であり、坂口・舟橋は戦後の文壇を賑わした作家だった。委員の人選について「展望」昭和二十四年十月号の臼井吉見氏の「芥川賞の抱きあはせについて」の文章が引用されているのも懐かしい。第三十四回の

時は、このほかに評論家の中村光夫が加わっている。

第三十八回（昭和三十二年下半期）の開高健、第三十九回（昭和三十三年上半期）の大江健三郎の受賞などは、いちおう記憶に残っているが、以後はそれほど関心を持たずに来た。当時はまったく気づかずにいたことで、第五十七回（昭和四十二年上半期）に、丸谷才一が「にぎやかな街で」で初の候補作になり、すでに『笹まくら』（昭和四十一年）などの長篇小説が上梓済みだということで、選考委員の大岡昇平から資格の上での疑義が出たり、瀧井孝作から「こんなわけのわからない作り物の空々しい小説」と非難されたというのもおもしろい。次回の第五十八回（昭和四十二年下半期）でも「秘密」で候補作になり、その次の第五十九回（昭和四十三年上半期）では「年の残り」で受賞している。第七十九回（昭和五十三年上半期）から第九十三回（昭和六十年上半期）までと第百三回（平成二年上半期）から第百十八回（平成九年下半期）までは選考委員となっている。

第八十一回（昭和五十四年上半期）に村上春樹の「風の歌を聴け」が候補作になり、受賞作にならなかった。すぐその前に群像新人文学賞を受けているのだが、その折の選考委員の一人丸谷才一も加わり好意的な批評をしているものの、少数意見に過ぎなかったようだ。平野芳信氏『村上春樹　人と文学』（平成二十三年、勉誠出版刊）にその折の委員の選評が引用されているのを読むと、やはり群像新人文学賞と芥川賞の選考委員の差としか言いようがないように思う。

そういえば、受賞者がやがて選考委員になっていくことが知られるのも、芥川賞が長く続いたことを示している。

三世中村梅玉のこと

送られて来た「図書」四月号（平成二十五年）を何気なしに見ていて、岩佐美代子氏の「じわが湧く」という文章に惹かれた。岩佐氏と言えば、『玉葉和歌集』『風雅和歌集』を中心とする中世和歌の専攻で、多くの著述のある方であるが、これはまったく分野の異なる歌舞伎の話なのである。「じわが湧く」とは、「名演に感銘した客席全体から、一種のざわめきがおのずから波のように湧き起る状態」と言われる。たしかにほんの稀にしか起こらないが、言われて見ればよくわかる気がする。岩佐氏が、普通の国文学者とは異なる経歴の持ち主であることはよく承知しているし、私と同年代のいまや数少ない活躍されている方だが、昭和十年代の歌舞伎をこれだけ見られていたことは初耳だった。

五代目中村歌右衛門・七代目松本幸四郎・十五代目市村羽左衛門・二代目市川左団次・六代目尾上菊五郎・初代中村吉右衛門などの名優を見られている。父君が芝居好きだったとのことである。私は母が芝居好きで、その影響で戦中から大阪の中座や大阪歌舞伎座の歌舞伎を見た。中座が空襲で焼け落ちた日の入場券を長らく後生大事に持っていたが、いつしか無くしてしまった。ここにあげられている名優は、東京の役者なので、戦後の関西にも出演した七代目松本幸四郎・六代目尾上菊五郎・初代中村吉右衛門しか見ていない。それも幸四郎は、南座の顔見世で、『仮名手本忠臣蔵』の由良之助を見ただけだし、菊五郎も晩年で、あまりよい舞台を見ていない。吉右衛門は何度も関西に来たので、その役々をいくつも思い出すことが出来る。ここには名が上がっていないが、七代目坂東三津五郎の踊にも私は見ほれた。

羽左衛門は京都の顔見世までは来ていて、私と同世代の関西の歌舞伎好きでも見ている人があって、何度もその話を聞かされて残念に思ったり、羽左衛門の役どころを十四代目守田勘彌が演じているのを、横に座っている年輩の芝居好きの人が、俤を想像しているだけだと呟いていたのを聞いたりした。当時の私には大阪から京都まで出かけることがまだ無理だった。二代目市川左団次は、その一座にいた寿美蔵（寿海）が関西に来て、かつての左団次の演し物を何度も見た。左団次とは違うのだろうが、寿海のそうした役どころはよかったと思う。ただ、関西歌舞伎に来て、上方の芝居の二枚目の役までも一人占めしてしまうことに困ったのである。

母の話はきまって初代中村鴈治郎なのだが、昭和十年に亡くなっているのだからもとより見ていない。私が見たのは、二代目実川延若、三代目中村梅玉、三代目坂東寿三郎からである。なぜか中村魁車を見た記憶がない。

岩佐氏の文章を読んでいて、『妹背山婦女庭訓』の「山の段」のことが書かれている。大判事清澄が幸四郎、久我之助が羽左衛門、太宰後室定高が梅玉、雛鳥が十二代目仁左衛門だったとのこと、さぞやすばらしかったと思われる。私がこの芝居を見たのは、昭和二十六年で、大判事が寿三郎、定高が三代目時蔵だった。梅玉亡きあと、その穴を埋めるべく時蔵がしばしば関西に来ていたのである。両花道の間の客席が川に見立てられている趣向にも感激したし、大判事と定高はよかったが、こういう芝居は、どの役もすぐれていないとおもしろくない。私の見たのは、雛鳥に失望したように思う。折しも贈られて来た岩佐氏の『和泉式部日記注釈』(平成二十五年、笠間書院刊)へのお礼の端に、この文章のことを書き添えると、さっそくていねいな返事をいただき、それには、「梅玉を御存じの方はきっと先生ぐらいしかいらっしゃらないだろうと思っておりました。い、役者でございましたね。羽左衛門と二人のお俊伝兵衛、まだ目先に残っております」と書かれていた。

いつぞや芸能史研究会の懇親会で、宗政五十緒氏が寄って来て、側におられた権藤芳一氏と私を指し、梅玉を知っているのはこの三人しかいないと言っていたが、その宗政氏が亡くなってからでもかなり経ってしまった。梅玉は初代中村鴈治郎の立女形だったが、鴈治郎没後はもっぱら二代目延若の相手役を勤めていた。延若が濃厚な上方色だったのに対して、梅玉は上方色は持ちながら端正な役ぶりであり、すでに足に不安があった延若に比して、まだ元気だっただけに、東京の役者にも請われて、戦後は東京の芝居に出ることも多かったようである。

私は、『妹背山婦女庭訓』の「道行恋の苧環」で、かなりな年齢だったとは思うが、お三輪の役で、苧環を持っての花道の出からも、深い感動を覚えたことをはっきりと思い出す。私の観劇ノートが昭和二十四年五月の「中座」以前が残っておらず、梅玉は昭和二十三年に亡くなっているので、その記録がないのが残念である。梅玉の子は高砂屋福助で、これは立役だったし、関西歌舞伎では跡を継ぐ役者が遂に出なかったといってよい。私は魁車の子の成太郎に期待していたが、役に恵まれないままに衰えてしまった。
この四月〔平成二十五年〕は、新しい東京の歌舞伎座が建立されて、話題となっている。当然ここで活躍を期待されていた十八代目勘三郎や十二代目団十郎が相次いで亡くなったことも報道されることが多かった。テレビを観ていると、いま長老の役者といえば、扇雀の時から見続けている四世藤十郎のようである。すっかり時代が変わってしまった感がする。思えば、長らく歌舞伎を観てきたことだとつくづく思う。

老のくりごと―八十以後国文学談儀―(56)

平家伝説(1) ―彦島西楽寺―

平成二十五年度の「源氏の会」（名古屋で『源氏物語』を読んでいる会）の春季旅行は、関門の『平家物語』関係の遺跡を探る旅となった。ごく普通の赤間神宮などのほかに、到津《いとうづ》八幡神社（北九州市小倉北区上到津一丁目）と御所神社（北九州市門司区大里戸ノ上一丁目）を加えてもらった。私は前から、白石一美氏が「平家物語宇佐行幸小考」（「宮崎大学教育学部紀要」58、昭和六十年九月）に、実は宇佐本宮ではなく別宮の小倉の到津八幡神社のことだとされていることが気になっていた。ここは宇佐宮領で、宇佐大宮司家の支族が神主を勤めたという。神社は板櫃川を渡って高台にあり、かなりの境内を持っていた。また、御所神社は、『平家物語』巻八に、山鹿から「夜もすがら豊前国柳が浦へぞわたり給ふ」とある安徳天皇柳御所跡といわれ、大里（内裏）の名が残り、今川了俊の『道ゆきぶり』や、宗祇の『筑紫道記』にも記されている。その御所神社は、ここが柳の御所跡だというに過ぎなかった。

私が今回のバス旅行で深く印象に残ったのは、彦島の西楽寺と今は下関市になっている豊田町地吉王居止《じよしおういし》の安徳天皇西市陵墓参考地だった。

『平家物語』に描かれる平家滅亡を描いた壇ノ浦合戦は、安徳天皇の入水を中心とする物語であるが、一の谷の合戦や屋島の合戦に比較して、生け捕りにされた人々が多く帰京しているだけに、京都に於いても資料が多く、大筋において史実に近いとされている。それでも多くの異本のある『平家物語』は、やはりひとつの物語をもとに形成されているといってよい。

今日の流布本となっている覚一本には、「平家は長門国ひく島にぞつきにける」（巻十一）とあり、それは、源氏が「おひ津」（満珠島）に着いたということとの文飾だが、その「ひく島」が彦島だという。古来、引島とも彦島ともいわれていたのである。このあたりの『吾妻鏡』は必ずしも史実とはいえないのであるが、元暦二年二月十六日の条に、平知盛が、九国（九州）の官兵を具して、門司関を固め、彦島を兵営としていたことが記されている。彦島は、関門海峡の西口に位置する島で、知盛は、屋島の主力とは別に彦島を拠点に長門・九州での勢力挽回を計っていたと考えられる。壇の浦の合戦に当たっても、平家が彦島を最後の砦としていたらしい。今度はじめて彦島を訪れて、すっかり下関市の一部となっているのに驚いた。今は、彦島大橋・関彦橋・漁港閘門で本州と結ばれ、工業地、住宅地となっており、思ったより広い。その彦島の東部の彦島江の浦町に、今は住宅地となっている小山の上に清盛塚がある。苦労して登りはしたが、いかにもここの地形が平家の砦だと伝えるだけのものに過ぎなかった。ところが、彦島のほぼ中央部に位置する彦島本村町《ほんむら》五丁目にあって、平家ゆかりの寺と伝える西楽寺《さいらく》は、今も時宗で、一遍上人の従者で平忠政の孫と伝える西楽法師によって再建され、平重盛の本尊だった阿弥陀如来像を伝える。雲山春信住職が丁寧に道路まで出迎えて案内され、寺のゆかりの講話をされる。『西楽寺縁起』の小冊子をもらったが、とくに典拠などは記されていない。先代から聞き伝えたものだとのことだった。その縁起の内容は、簡潔に『角川日本地名大辞典』が要約しているので、それをここに記しておく。

本尊は阿弥陀如来。寺伝によると平氏一門が壇ノ浦で滅亡した際、平重盛の守本尊の阿弥陀仏と観音・薬師の三尊像が海中に沈むのを悲しみ、上田治部之進・岡野将監・百合野民部の三人がこれを護持して彦島にわたり、堂宇を建てたのにはじまるという。一遍の弟子西楽（平忠政の孫）が正応元年当地に立ち寄り、本尊が非凡の作なので、これに仕えることとし、寺院を再建し西楽寺と号した。

市文化財となっているこの仏像は、美術史の専門家の鑑定の結果を待ちたいが、私の素人眼には、鎌倉期のものに思える。それはともかく重盛の伝承を持っていることに私は興味を持った。実はもう五十年も昔のことになるが、当時佐賀大学にいた私は九州一円の平家伝説を足まめに訪ねて「筑紫路の平曲」(「文学」昭和三十七年八月)という論考を書いたことがある。その中に、医王寺(佐賀県武雄市芦原)や、同地の熊野神社に、重盛伝説が残っていて、熊野神社の縁起には、重盛が熊野権現に祈って死んだと世間には言い触らし、所領の西国に行き出家して肥前に着き、医王寺の住侶静覚法師に会ったというのである。医王山歓喜寺の薬師如来の背銘(石井良一氏『武雄史』昭和三十一年、武雄市刊による)に、

永島庄医王寺
藤原宗明並藤原氏
橘宗友並平氏
承安弐年十月
勧進僧静覚

とあり、静覚法師が実在の人であることが知られるのである。承安二年は、重盛が生存していた頃の年号であり、そのままには信じがたいが、重盛の伝承を持って勧進していた僧がいたことを示している。西楽寺の縁起からも私はやはり重盛の伝承を持ち歩いて勧進していた僧の存在に繋がるものを感じた。

平家伝説(2) ―西市安徳天皇陵墓参考地―

安徳天皇の御陵に、下関市阿弥陀寺町、赤間神宮の西に境を接した阿弥陀寺御陵がある。赤間神宮はもと阿弥陀寺で、ここには、戦災で四辺を焦がした長門本平家物語が現存する。私は、長門本平家物語の成立は、この写本をあまり遡らない頃のものと見ている。古くは安徳天皇の木像を安置した御影堂、平家一門の像もあって、絵解きが行なわれていた。宗祇の『筑紫道記』は、直接『平家物語』に拠ったのではなく、絵解きをもとに書かれているのである。

今回の「源氏の会」の旅行の企画をされた高山孝子氏は、阿弥陀寺御陵とは別に、少し遠いが安徳天皇陵墓参考地というのが今は下関市になっている豊田町にあるそうなので、それも加えました、と言われていた。下関インターから高速に乗り、小月インターで降りて、ようやく豊田町に入ってからでもなかなか着かない。さらに峠越えをして、ようやく豊田町地吉王居止《じよしおういし》の安徳天皇陵墓参考地に到着する。そこは豊田町の北東部、もうすぐ先は長門市である。そういえば、今は下関市となっているが、豊浦郡の菊川、豊田から、長門市仙崎に抜ける重要な道に当たっていた。かつて大正七年から昭和三十一年まで、小月から豊田町の西市まで長門鉄道が通っていて、俵山温泉を経由して仙崎までの計画もあったらしい。細川幽斎の『九州道の記』は、瀬戸崎（仙崎）から長門市深川《ふかわ》湯本の大寧寺の大内義隆の墓所に立ち寄ったあと、深山を分け越えて、豊田町楢原《ならわら》の妙栄寺で一泊して、豊浦宮へ出ている。「源氏の会」の旅の栞に、「安徳天皇陵墓のこと」という『ふるさとのこぼれ話』の一部がコピーで収められていた。高山氏に尋ねると、直接下関市豊田総合支所地域政策課の地域振興係の藤永氏より関係部分のコピーを送ってもらったとのことである。『ふるさとのこぼれ話』は、平成二年四月三十日、同編集委員会刊で、昭和三十七年から平成元年（昭和六十

安徳天皇陵墓参考地にて（平成25年4月18日）

四年）まで「豊田町広報」に掲載されていたのを刊行されたものである。郷土史家の藤井善門《ふじいよしと》氏（明治三十三年～昭和五十年）、安村石郵《やすむらせきそん》氏（明治四十二年～平成元年）による執筆（「安徳天皇御陵墓のこと」は安村氏）で、わかりやすく砕いて書かれているものの、史料にもとづききわめて穏当な見解を示されているので、藤永氏に電話して購入を希望すると、すでに品切れとのことであった。その記述によると、大正十五年十月二十一日に宮内省より「安徳天皇陵墓参考地」と指定され、昭和二年十一月三十日に「安徳天皇西市陵墓参考地」と命名された。他に宮内庁所管参考地が四か所あり、伝承地として宮内庁に文献類が保存されているところが六か所あるが、ここのは、壇の浦で入水、遺骸が葬られたとする点で、他の参考地や伝説地が、実際は入水されず、それぞれの地で崩御されたとすることと異なる。この指摘は重要であると思う。この御陵墓の形態が「御陵墓の全景」「安徳天皇西市御陵墓」の図で示され、「上円下方墳」で、江戸時代に書き記された文書（『地下上申書』）に「丸尾山へ尊体ヲ葬リ、陵ヲ築奉ル」とあるように、前方（尾）後円（丸）の形をした丸尾山に御遺骸を埋葬して、上円下方墳の天皇の御陵を築いた、と伝えられている、とある。『地下上申書』『防長風土注進案』などの史料を引き、『地下上申書』（山口県文書館蔵）の中から、天文三年十一月二十九日、地吉村の庄屋の上申した由来書を原文で引用している。この書には指摘するに留められているが、『防長風土注進案』の「前大津宰判」の「地吉村」の条に「王居止御陵記」の詳しい記事がある。潮早き海のため、北の浦浦まで捜索を命じて、御遺骸が流れ流れて大津郡沢江（長門市三隅下沢江）の浦で網に掛かり、それを豊浦へ運ぶ途中でここで動かなくなり、その地がよきところであったので、そこに葬ったというのである。

藤永氏によると、人工湖の豊田湖が昭和二十九年に完成し、御陵墓の丸尾山（烏帽子山）は大部分が水没、現在は頂上部分のみが御陵墓として小山の状態で残っているだけで、裏側に長い石の階段が下に続いていたとのことである。長く御陵に奉仕していた円王山光雲寺も湖底に沈み、住職が廃寺になりかけていた豊田町楢原の正念寺と合寺しその寺の住職となったという。

安徳天皇陵墓地についても、前回に記した「筑紫路の平曲」の論考で、鳥栖《とす》市下野《しもの》町を中心に、筑後川下流地域に伝わる安徳天皇の行方をめぐる伝承を訪ねたことがあった。この伝承は、安徳天皇の子を神子《しんし》禅師栄尊として、下野の対岸の久留米市大善寺町夜明の朝日禅寺に、神子栄尊像を納める。一方、対馬の宗家には、その祖知宗が平知盛の遺児であった伝承があり、厳原《いずはら》の佐須陵墓参考地の存在とかかわるのだろうと思う。一方、鳥取県鳥取市国府町岡益の宇倍野陵墓参考地から、大阪府豊能郡能勢町野間の伝承へとつながるコースがある。これらの伝承は、『玉葉』の元暦二年四月四日の条に、源義経よりの飛脚による注進状に「生け捕り」のことを記したあとに、「但、旧主御事不分明」とあることなどから、安徳天皇は入水と称して生存していたとするのである。これらもまた、それぞれの伝承を伝え歩いた勧進の徒の存在を考えるのであるが、ここは、入水された安徳天皇の御遺骸は引き上げられ、この地吉の安徳天皇陵墓に埋葬されたと伝えている点で異なり、江戸末期の『防長風土注進案』の「王居止御陵記」は、阿弥陀寺陵は、御影堂に過ぎないというのである。

TOKYOステーション★キッド　―森下真理の童話―

老のくりごと―八十以後国文学談儀―(58)

森下真理作、篠崎三朗絵のこの童話は、平成十七年（二〇〇五）に出ているのだが、昨年〔平成二十四年〕十月、改訂新版が出た。それはこの年十月一日に、東京駅丸の内駅舎の保存・復原が完成したことによる時宜を得た出版だったが、内容は、帯文に「復原前の東京駅を舞台とした、少年と人々との不思議な出会い、あたたかいふれあい」とあることが、この童話の本質を言い得ている。平易な文章で、しかも読みごたえがあり、いろいろ考えさせられる問題を含んでいる。

ステーションホテル二〇五号室

お台場で

ペンギンマンションの少年
盲導犬デイジー
安次おじいさん

の五つの話より成る。

最初の、「ステーションホテル二〇五号室」は、

「駅おたく」

友だちは、ぼくをそう呼ぶ。

で始まる。東京駅が好きで、東京駅のことはよく知っている「ぼく」（あきら君）は、又しても東京駅に来て、八重洲口側から丸の内側まで走り、東京駅を眺める。ある日、ここで、一人の老紳士に出会い、「むらさきにおいし」に始まる淋しいメロディー（東京市歌）を聞く。いつもより遅く帰ると、亡った祖父の親友「うにのおじいちゃま」（山口県豊浦から名産のうにを送ってくれる）が来ていて、「ぼく」といっしょにステーションホテルに泊まりたいとのこと。小躍りしてついて行くと、その部屋は、真下が駅長室で、窓から東京駅の三番ホームが見える二〇五号室だった。そのおじいちゃんは、あきら君と同じ年頃（小学校高学年）の戦中のこと、仲よしの朝鮮の男の子の金君が苛められるのを助けることができなかったことを今に悔やんでいるというのだ。そのうにのおじいちゃんが、やはり「紫匂いし」の歌を歌う。金君とともにこの歌が好きだったのだという。そして、あきら君が金君に似ているという。あきらには、今日あった老紳士が金君ではないかと思えてくるのだ。あきらは金君の代わりにホームでおじいちゃんに向かって手を振ることにする。

ぼくの姿に、ぼくをつきぬけたところに、消えないでいる金くんを、おがんでいる……。ぼくは、思い切り大きく手をふった。手をふりながら、なぜかぼくは、泣いていた。

そして、老紳士の話をおじいちゃんにしようと思う。それは括弧につつんで、最後は、

三番線ホームを走りぬける風が、ほほに少しつめたかった。

で結んでいる。いつか、森下さんから、『月夜野に』は、かえって大人に好評なのだと言われたことを思い出すのだが、この著も、この「ステーションホテル二〇五号室」の「金くん」の話や、「盲導犬デイジー」の盲導犬の話、保線夫として命懸けで働いたといって東京駅のレールを見つめる「安次おじいさん」の話など、いずれも心に染みるものがある。それがすべて東京駅を舞台としている。

鉄道ファンにはいろいろ種類があるようで、私の場合は駅舎にも興味はあるが、どちらかと言えば、できるだけ多くの路線に乗ることを趣味にしている。ところが森下さんがこれだけ東京駅の駅舎に愛着を持っていることも驚きだった。

「あとがき」には、

私は、壮大な東京駅も百年前によくぞ造った、と思ったのです。

と書かれている。

森下真理は、昭和五年、東京は日本橋生まれ。戦災で京都へ来て、京都府立京都第一高女卒。「街はずれの模型店」で「日本児童文学」第一回新人賞受賞（日本児童文学者協会五十周年記念出版の名作集に収録）。『花ものがたり』（平成元年、くもん出版刊）、『月夜野に』（平成十二年、国土社刊）などがあり、『怪談レストラン』（五十巻、童心社刊）、『妖怪ホテル』（十巻、ポプラ社刊）にも執筆している。『月夜野に』は、反戦童話ではあるが、決して、あからさまに主義主張が目に立つのではなく、美しい文章で、じっくり読ませ考えさせてくれる童話である。とくにその中の「哲朗おじさんのなぞ」などに見るBC級戦犯の悲劇は、深く感銘を受けた作品だった。日中児童文学美術交流センター理事を勤め、日中関係がぎくしゃくしているが、交流仲間の間では、親しい人間関係があると語ってくれたことがあった。

ほかに、郷土の人として、長谷川時雨の顕彰に努め、『わたしの長谷川時雨』（平成十七年、ドメス出版刊）などの著がある。

実は、歌人でもあり、「地中海」を経て、今は尾崎左永子の「星座」に加わっているのだが、彼女が京都在住時代、いっしょに「しきなみ」京都歌会にあって、その折、苗村和代といっていた頃の歌は、私の心に残っていた。その後、長らく途絶えていたが、昭和六十年に、『花時計』など豆本の歌集三冊が送られて来て、改めて読んで、やはり当時の作風は新鮮だったなと思い出したのだった。

私の蔵書は、岐阜県郡上市大和町の島津忠夫文庫に収まっているのだが、近代の棚には丸谷才一の小説とともに森下真理の童話がかなりの位置を占めているのである。

老のくりごと―八十以後国文学談儀―(59)

俳人の枠にはまらない俳人 ―木割大雄句集『俺』―

とつぜん木割大雄句集『俺』（平成二十五年、角川書店刊）が送られて来た。柿衞文庫で一度会い、二言三言言葉を交わしただけだった。著者略歴には、

昭和十三年　兵庫県西宮市生まれ。

昭和三十六年　結核療養所にて俳句に遭遇。俳誌「閃光」「天狼」「青」を彷徨。

とあり、この「彷徨」というのもこの人らしいが、以下、昭和三十七年に「青」百号記念会に来賓として見えた赤尾兜子の講演を聞き、それが機縁で、昭和四十七年「渦」に入会して兜子に師事。昭和五十六年三月十七日、兜子急逝の翌年「渦」退会。平成八年に、兜子を語るための個人誌「カバとまんだら通信」を始める、とある。

私は、この人の名前と声はかなり前から知っていた。今は亡き毛利千代子のＡＢＣラジオの「毛利千代子のおはようパートナー」という番組を毎朝聞いていたが、千代子が木割大雄門で、しばしばこの番組にゲスト出演していたからである。しかし、まとまった作品を読んだのは初めてだった。

基地すでに廃墟となれりキリギリス
春は憂し船にも風呂のあるという
八月や天地無用の荷が届き
つまみ食う海鼠の雌雄など知らず
原城址若草刈られいたりけり
蚊を打って四文字熟語忘じけり
心電図斯く乱るるも春が来る

などの句は、短歌を長年作って来たものの目から見てのことだが目に留った。

この人についての全貌は、この句集の巻頭にある宇多喜代子の「あくまで「俺」流儀」を読めばよくわかる。尼崎の下町で二十八年間も本屋を営んでいたのだそうだ。俳人としての木割の位置や評価については、とうぜん宇多の記述が的確である。

木割大雄は俳人である。それも「天狼」遠星集一句組で揺籠の歌を聴いて育ったという古い俳歴を持つ。に始まり、時代を追ってていねいに記されている。しかし、私には、その枕に記されている木割の人柄や行動がおもしろい。娘が「お父さんが親戚のおじさんだったらよかったのになぁ」と言ったことを踏まえて、
俳句をつくるだけでなく、楽しく面白く、時にそこらのオッチャンにはないピリッとしたことをいい、時に少数派の正義の側に立つ。かと思えば、大丈夫かいなとはらはらさせつつ、とてつもないイヴェントを企画し、そこそこの成果をあげる。

と言う。

その計画されたイベントの、ＪＲの列車を借りてローカル線を走らせ「たんたん列車」の吟行を実行されたことは、これも、ＡＢＣラジオの「道上洋三おはようパーソナリティー」で聞き、俳句は作らないが行きたいと思ったことも

あったが、この句集に、「たんたん列車」と題して挟まれた散文に、引き揚げ者だという夫人から岸壁まで行く時間があるかと聞かれ、「赤れんが博物館」を見学して俳句を作った後、何人かの人がタクシーに分乗して舞鶴の岸壁に出かける。

帰りの車中で発表された作品の中に、

何事もなかったような秋の海（大阪市　小笠原節子）

を見つけて、七十歳というその女性の、戦後五十年を思った。

とある、この文章の締めくくりには、しみじみと感じさせられるものがあった。

琉球とアイヌの舞踊を同時開催する奇抜さにも感心する。ことの始まりは尼崎に住む琉球舞踊の名手仲村米子の木割宅での「アイヌの人たちと一緒に踊りたいんです」の一言から始まったという。その経緯は巻末の時岡禎一郎の「木割大雄はナンギなおっさんである―跋文に代えて」に詳しい。アイヌ舞踊を珍しい見世物として呼ぶのなら反対だと言っていたが、米子の口から「初めて出た沖縄人としての〈苦労〉」という言葉から、公演の実現に奔走するに至ったことがいかにもこの人らしい。平成五年二月、尼崎・アルカイックホールで実現したのだという。

五月〔平成二十五年〕二十四日～二十六日に、伊丹の伊丹市立図書館ことば蔵で「遊墨展」があると聞き、二十五日に上京の途次立ち寄りたい旨を告げると待っていてくれてしばらく話をする。たちまち旧知のような親しみを覚えた。句集に、甲子園への愛情、阪神ファンとあったことを嬉しく読んだ、と手紙に記しておいたので、わざわざ『江夏豊の俳句』（私家版、限定百部。平成四年刊）のコピーを持って来てくれた。これを読むと、名選手江夏というだけではなく、その人柄がよく出ている。

私も、宇多の文章の結びの、

『俺』はそんな木割大雄の句集である。その俳句、そのエッセイなどを知れば、木割大好きも、木割のヤローと思っている向きも、いつしか肩書きなしの市井人「俺」の底力に引きつけられるだろう。

「俺」よ、いましばらくは下町力で「俺」流を楽しんでほしいものだ。
とあることに、まったく同感だ。

能勢と猪名川の浄瑠璃

北摂に住むようになってから、能勢の浄瑠璃には関心を持っていた。それがようやく今年度(平成二十五年)の公演を見ることができた。実は、昨年の暮に能勢ばかりでなく私の住んでいるすぐ近くの猪名川町にも浄瑠璃があると知って急に『猪名川町史　第四巻　史料編』(平成五年、猪名川町刊)や『能勢町史　第五巻　資料編』(昭和六十年、能勢町刊)を調べ、それが深く関わりのあることから、ぜひ今年の能勢人形浄瑠璃鹿角座公演を見たいと思ったのである。

今年度は六月二十二日と二十三日の両日に行なわれたが、二十二日の方の公演を見る。「浄るりシアター」開館二十周年、能勢人形浄瑠璃デビュー十五周年に当たるという。演目は平成十年新作の「能勢三番叟」、子供浄瑠璃での「伊達娘恋緋鹿子—火の見櫓の段—」、「絵本太功記—夕顔棚の段、尼が崎の段—」の三本立て。「浄るりシアター」は立派な劇場で、約五百席の会場が満席になっている盛況に能勢町の心いきが感ぜられる。「能勢三番叟」の終わりに子供浄瑠璃のめんめんが客席に来て祝いのタオルを投げたり、幕間には大きな紙芝居を登場させて解説するなどの工夫が凝らされている。中でも感心したのは、この日の「尼が崎の段」の切りを語った竹本井筒太夫の質の高さだった。おそらくは二十三日に同じ所を語る竹本文太夫も、出演していない猪名川町住の中美太夫も同等の技量と想像される。もともとは素浄瑠璃で、それは文化文政期に遡る。人形は平成十年に「能勢人形浄瑠璃」が発足した折、文楽の桐竹勘十郎(当時は吉田蓑太郎)が指導して出来たものである。プログラムに、吉田蓑助が「毎年欠かさず公演を拝見しております」とあったが、この日も来ていて途中で紹介されたのには驚く。それほどの熱の入れようなのである。

実は会場で知って購入したのだが、『能勢の浄瑠璃史—無形民俗文化財地域伝承活動事業報告書』（平成八年、能勢町教育委員会刊）という立派な冊子が作られていた。平成八年の刊で、監修が権藤芳一氏であり、実質的に中心となったのが大阪大学大学院（当時）の芸能史専攻の澤井万七美こと中川桂氏だというからまさしく灯台もと暗しである。この書はよく出来ていて、今まで私の疑問に思っていたことはほぼ解決されている。権藤氏が書かれているように、この特色は、文太夫派、井筒太夫派、中美太夫派という、三派三太夫制の成立にあり、それが「おやじ制」という権利や責任を持つ点で家元制に類似するが、世襲制ではなく、経済的利点は伴わない点で異なり、あくまでも素人であるという形で今日まで伝承されて来た点にある。太夫は弟子を養成し、その中から新しい「おやじ」が誕生するという形で、「おやじ」の功績を讃え、足跡を後世に残すために、弟子が「太夫襲名碑」を立て、それがあちこちに現存しているが、それによって三派の分布圏が知られ、

文太夫派　神山　長谷　垂水　稲地　平野　上杉　今西　森上　栗栖（いずれも能勢町）

井筒太夫派　東山辺　上山辺　山田　森上　栗栖　片山　下田　平通　柏原　大里　宿野（いずれも能勢町。一部共通）

中美太夫派　山田　天王　猪名川町全域

となる（『能勢の浄瑠璃史』による）。

そのうち現在の中美太夫は猪名川町に住んでいる。中美太夫は、初代となる西山松助が、「竹本中美太夫一代記」（天保八年正月書改）という記録を残しており、それは『猪名川町史　第四巻　史料編』に翻刻されていた。丹波国多紀郡後川《しつかわ》（篠山市）の生まれで、幼少より浄瑠璃を好み、大阪に出て三代目竹本中太夫門弟となり、師匠の死後、中美太夫と名乗り、名前も柴助を改め松助と称した。清水（猪名川町）の福井佐助の世話になり、文化十二年に、島（猪名川町）に移り、西山文七の養子となり、西山松助となる。天保三年正月小柿上村（三田市）のかねと結婚し、福

井の世話で開いた小間物屋を営みながら浄瑠璃の普及に努めた。歴代の中美太夫の石碑も多く猪名川町にあり、現在の中美太夫は二十代目である。

猪名川町北田原の東光寺には、文化六年の奉納浄瑠璃の掲額があって、これは私も今の川西市美山台に来て間もなく訪ねて見たことがあったが、その折はそれほど深くは気にとめていなかった。『能勢の浄瑠璃史』には、この中に能勢町から浄瑠璃二名、三味線二名が見えることを指摘し、「当時から能勢町と猪名川町との間に、浄瑠璃の交流があったことを示している」とある。今は大阪府能勢町と兵庫県猪名川町とに行政の上から分かれてしまっているが、改めて地図を見ても、まさに隣に位置し、同じ文化圏であった。猪名川町は昭和三十年に北の六瀬村と南の中谷村が合併して出来たが、能勢町の山田から猪名川町の島（六瀬村のうち）へは道が通じており、ほんの数年前までは阪急バスも運行していたのである。見野（川西市）から篠山への道も新しい道ができているが、昔は、猪名川町の紫合《ゆうだ》（中谷村のうち）から阿古谷を経て能勢町の上杉に通じていたのである。中美太夫派が、能勢町の山田と猪名川町とを分布圏としていたのもそのためであった。天王というのも能勢町の西北端で篠山に通じる地点であるが、猪名川からも道が通じている。『能勢の浄瑠璃史』は現在の能勢町内のことが中心に書かれていて、それは当然のことであるが、『猪名川の浄瑠璃史』が同じような規模で改めて書かれなければならない。結局は、それをも含めて能勢の浄瑠璃が明らかになることになろう。

戻って来た寺宝 ―八代市正教寺の芭蕉画像―

現代歌人集会の平成二十五年度春季大会が、六月三十日に宮崎市の宮日会館で行なわれたのに出席し、そのあと物好きにもローカル線の旅を楽しんで、宮崎から日豊・吉都・肥薩線を乗り継ぎ、何度も乗り換えて八代に出て、八代市立博物館を訪ね、鳥津亮二氏とともに正教寺を訪ねた。ほんのわずかの時間であったが、次々と出して来られるものの中には、無造作に差し出された短冊帖のはじめに新出の西山宗因自筆の短冊があったりして、大いに眼福を得たが、その中に、一幅の芭蕉の画像があった。

正教寺は『花屋日記』を書いた文暁の寺である。とくに現住職の藁井信恒氏が、文暁を中心に多くの軸物を集められている。この画像は、平成六年九月二十日から二十五日まで八代市立博物館で博物館友の会自主企画展「正教寺文暁と花屋日記展」があった折は、「松尾芭蕉絵像　杉風《さんぷう》画・野坡《やば》讃」として写真を掲げ、「この絵像は正教寺に伝来したものであるが、今日所在不明となっている」と記されていた。それが鋭意探し求められて、正教寺に戻ることになったのである。その経緯は、宇城市の「木綿葉の会」から出ている文芸同人誌「木綿葉《ゆうは》」第七号（平成二十五年三月）に、当の藁井氏が、「肥後八代　正教寺　文暁遺愛の芭蕉翁像」として書かれている。これがまさにドキュメントを読むようにおもしろい。もとより直接はそれによられたいが、地方の文芸同人誌なので、ここに紹介しておきたいと思う。

この画像は早く黒田源次氏『芭蕉翁伝』（大正十一年刊）の口絵に「芭蕉翁像―伝杉風画・野坡讃」として写真が掲げられ、正教寺に伝来したが、昭和二十年七月の建造物強制疎開に紛失して所在不明となっていたものという。藁井氏は、「散佚した芭蕉像のことは決して頭から離れたことはなく、古書店を訪れたり、古書店から文献目録を送ってもらったり、様々な図録を入手したが、その絵像に出会うことはなかった」が、「夢を持って追いかけていると願いは叶うのか平成二十四年八月、突如としてネットオークションにあの散佚した絵像が出品された」というのである。それが手に入るまでの経緯は、まさにドキュメント、藁井氏の文章を読むだけでも心が躍る。氏の文章をそのまま引用しよう。

これが正教寺に戻れば、芭蕉翁座像の最も古い像かもしれないので八代にあるとして八代の宝ともなる。とは言え、持ち出された物であっても流転してきたのだろうから、再び取り戻すにはただではすまない。落札の金額のことを考えなければならない。そこには限度がある。大抵は数千で落ちなければすぐあきらめるのだが、これはどうなのだろう。蒼虬の描く芭蕉像のように数千円で落札できればいいのだが。数万、数十万となったらどうしようと思う。専門家の眼に触れなければ、大抵は安価だが、時に嘘のように沸騰することがある。多分はお金持ちの専門家か、専門家に依頼された業者か、業者そのものだろう。そんな時は目利きの眼に止まったと諦めるしかない。

でもこれだけは……、元々正教寺にあったのだから……。いよいよオークションの最終時間、ワクワク、ドキドキ。清水の舞台から飛び降りてしまったかのような思いで入札していた。「何が何でも、これだけは借金してでも」と思っていたら終了。見守るだけでクタクタになったが、落札出来たことが嬉しくて嬉しくて仕方なかった。何度も本当なのだろうかと確かめてみた。持ち出され流転したものを元に戻すというのは容易なことではない。

黒田氏の『芭蕉翁伝』の口絵の写真と、いま目の前に無造作に掛けられた軸とは、虫穴まで一致する。この文暁遺愛の芭蕉画像が、里帰りしたことは何と言っても嬉しいことだ。ここには、現住藁井氏の、この一軸に対するなみなみならぬ執念が実ったと言ってよい。

私は、宗祇の画像には、かなり前から深い関心があって『宗祇の顔　画像の種類と変遷』（平成二十三年、和泉書院刊）を刊行し、その後も「新出の綿屋文庫蔵宗祇画像をめぐって」（「ビブリア」139、平成二十五年五月）を書いたりしている。しかし、芭蕉の画像については、あちこちの展覧会などで目にするものの、とくに詳しく検討してみたこともないので、この画像についての位置付けはできない。芭蕉像については今は石川真弘氏がもっとも詳しい。その見解をぜひ聞きたいと思う。

ただ、この一軸があるべきところに戻ったということに私は感激を覚えるのである。かつて西山宗因の顔貌をもっとも今日に伝える「談林六世像賛」が世に出たとき、それが八代市立博物館に入るに当たって、博物館の友の会の人々のご尽力のあったことを私は思い出している。八代という町に住む人の、町を愛し、文化財を尊ぶ気持ちに感心したのだが、この藁井氏が「八代の宝ともなる」と言われることにもそのことを強く感じるのである。

ちなみに、最初に出された宗因の短冊は、鳥津氏も私も一見宗因自筆でよいと思ったが、帰宅後調べると未見の句だったので、『西山宗因全集』(八木書店刊)の補遺に拾う必要があり、尾崎千佳氏に電話したところ、その後数日を経て、尾崎氏もネットオークションで見て、宗因自筆に間違いないとして、申し込んだが落ちなかったとのことであった。

老のくりごと―八十以後国文学談儀―(62)

高野山正智院の連歌

『高野山正智院連歌資料集成』全二冊(平成二十五年、思文閣出版刊)が、共編者のひとり長谷川千尋氏から送られて来て、ついにこういう形で手にすることができたという感無量の思いでいる。

昭和二十四年の夏、まだ私が京都大学の学生だった頃、遠藤嘉基先生の点本調査の合宿に特別参加して、在高野山の連歌資料を調査した。高野山大学の荻野清教授が、遠藤先生と京大の同期ということもあって親しく、紹介をしていただいた。荻野先生は何度も正智院に交渉して下さったが、結局見られないということで、高野山大学に寄託されていた金剛三昧院の連歌書を拝見したのだった。この折の調査で、荻野先生からあれこれ教えてもらったり、当時助手をされていて何かとお世話になった石川真弘氏と、その後も昵懇を得ることができたのは大きな収穫であった。

正智院といえば、昭和十二年に鹿嶋(堀部)正二氏が『九州問答』および『連歌十様』を「国語国文」昭和十三年十一月号に翻刻されていた。それが戦後になって伊地知鐵男氏が『連歌論集　上』(岩波文庫。昭和二十八年刊)に、岡見正雄氏が『良基連歌論集　二』(古典文庫。昭和二十九年刊)に翻刻されて、はじめは何ということはなくそれらに拠っていたが、次第に研究を進めてゆくうちに、両者の翻刻の微妙な違いが気になって来た。実は両氏とも、堀部氏が見られたとほぼ同じ頃に見られてノートされていたものによっての翻刻で、この翻刻が出たころはすでに正智院のものは見られないことになっていたのだった。

それから四半世紀も経って、石川真弘氏の配慮によって幸運にも昭和五十九年八月の大阪俳文学研究会の訪書旅行で一見することができた。何分短い時間の調査なので、私は、予め伊地知氏の翻刻と岡見氏の翻刻の相違する点に付箋を付けて、それをもっぱら調査することにした。調査に参加された方も優先的に私の調査に協力して下さった。その折、はじめて、正智院の連歌が並べられているのを見て、『九州問答』『連歌十様』以外にこんなに多くの連歌書があることに驚いたのだったが、この折は一見するにとどめるほかはなかった。石川氏がいずれ調査できるようになった時には、と言われるのを心待ちにしていたが、また二十数年が経ち、いつしかこちらも老齢になってしまった。

その後、石川氏から、すでに北大准教授となられていた長谷川氏を高野山に招いて調査されたという話を聞き、その成果を待っていたのである。それが、いまようやく成就したということになる。

上下二冊から成り、上巻には、『九州問答（付連歌十様）』のほかに、

『一紙品定』　桃山時代写
『連歌禁好之詞』　室町時代末期写
『連歌初心抄』　桃山時代写
『連歌用抄』　室町時代後期写
『政長・宗伊・宗祇三ッ物』　室町時代後期写

が影印で収められ、下巻には、

『伊勢千句』　室町時代末期写
『四道九品』　桃山時代写

『連歌至宝抄』 桃山時代写
『連歌新式 心前記』 天正十八年、景義筆
が同じく影印で収められている。

「解題」の付記に、「石川真弘の調査・監修のもと長谷川千尋が執筆した」とある。それほど詳しい解題ではないが、要点は確実に抑えられていて、正智院本の位置を明確に示されている。さらに、「正智院蔵連歌資料目録」が添えられていて、大阪俳文学研究会の訪書旅行の折、これが並べられていたものだったのかと感慨深い。

ここに幻の正智院蔵の連歌書がほぼ完全な形で見ることができるようになった意義はきわめて大きい。『九州問答（付連歌十様）』の従来の翻刻の疑問はすべて解消されることになった。ここに影印で収められた連歌書では、『連歌用抄』が他に見られないもので、その最初の部分を占める「種玉庵ニ兼載不審事」などは『宗祇袖下』との関係もあり、私も改めて考えてみたいと思う。

新資料でなくても、『連歌論史』（日本文学論大系）に唯一正智院蔵の『連歌禁好之詞』が報じられているだけで、従来しばしば高野山大学図書館蔵金剛三昧院寄託『禁好』所収「禁好詞」と混同されていたものがここに明らかになった。『連歌論史』の叙述は実際に執筆された尾田卓次氏が戦前に堀部氏に同道して直接正智院本を調査されたか、堀部氏に聞かれたかのいずれかであろう。

『政長・宗伊・宗祇三ツ物』も、「永正十八年林鐘日　珠覚筆レ之」の本奥書を持つ室町時代後期写本が出現したことにより、長谷川氏の「畠山政長の発句一〇〇句（四季各二五句）に、宗伊・宗祇のいずれかが脇、第三を付けたものである」とする新見解が、従来の誤りを正すことになろう。

『連歌至宝抄』も、多くの伝本のうちの非常に重要な本であることが知られるし、『連歌新式 心前記』も、『連歌新式心前注』（古典文庫『連歌新式古注集』）とは別本であるようで、ここに影印されたいずれもが、今後の連歌研究の上で占める意義はきわめて大きいと言えよう。

改めて染田天神に詣でて思ったこと

染田天神の「賦竹」と西鶴のいう「目付木」について考察した時、当時の染田自治会長の福井政明氏から、本年〔平成二十五年〕四月に神殿の改築が成ることは聞いていた。お誘いもいただいていたが、私自身右目の涙腺の手術の後で出かけられなかったので、今回改めてお願いして、七月二十三日に出向く。奈良国立博物館に賦竹を見せてもらった時も竹島一希氏を誘ったが、今回は氏の車に同乗し、名阪国道を小倉で降りて、山の中の旧道を染田に向かった。十一時半に天理を出て、十二時半には染田天神に着いた。昭和二十四年十二月に遠藤嘉基・岡見正雄両先生と榛原から歩いて夕暮れにやっと辿り着いた時とは雲泥の違いの早さだった。新しく出来ている会館の縁側に座って村の佇まいを眺めていると、一時に福井氏が見え、次々に村の有力者が見える。現自治会長松村隆平、氏子総代青木進、副自治会長松本正憲、宮守田中靖真の諸氏だった。青木氏は『改訂　染田の郷土史』(平成二十三年刊、平成二十五年改訂)を書かれている。染田天神連歌堂は中央にあり、右手に春日神社、左手に十輪院が鎮座する。もとは、十輪院の地だったとのことである。そういえば、記録には「染田寺」とも見える。十輪院は無住で、仏像が盗まれたりして、染田天神の連歌資料などの文化財を奈良国立博物館に寄託することにしたとのことであった。復原された染田天神の連歌堂に昇殿させていただく。昭和二十四年に来たときは、ここで連歌資料を拝見したのだが、最初の日はもう暗かったし、翌日は帰りを急いで資料を見るのに追われた。その後、藤江正謹氏の車で来たときは連絡をしていなかったので外から参拝しただけだった。今度は昇殿して、ここが中世の染田連歌の行なわれた重要な場だったことを改めて思う。帰宅後、山内洋一郎氏『染田天神連歌—研究と資料—』(平成十三年、和泉書院刊)を見ると、有形民俗文化財に指定された折の記録が掲載されていて、とくに新しく私が述べるべきことはない。ただ、以前に奈良国立博物館で、紙縒りで作られた環に紐のついたものを見せられた折、とっさに壁面に掛けて、その紐で出来上がった懐紙を綴じた水引と結ぶものと思ったが、その釘穴を探していると、竹島君が厨子の左手の横柱の左端に五か所ほど等間隔に並んでいる釘穴を見つけてくれた。おそらくここに懐紙を掛けたのであろうと推測する。

その後、会館でしばらく雑談をする。最初に調査に見えたのは一揆の研究家の安田次郎氏だったとのことであったが、安田氏は、「遙かなる中世」5（昭和五十七年十一月）の「大和国東山内一揆」によると、当時東大の院生とのことで、永島福太郎氏よりはるか後のことであり、永島氏とは別の筋で猪熊氏から遠藤先生に話があって出かけたのだった。

この連歌を始めた多田氏の城跡が近くにあるとのことで案内してもらう。もう土塁しか残っていないが、そこから笠間川にかけて館城があり、川を挟んだ向こうの山に砦があった地形を知ることができたのも収穫であった。無山《むやま》、山辺、下笠間、仁興《にこう》、藤井、上笠間、多田、小倉、白石《しろいし》の連歌会に集まった地侍の拠る地名が、ここに集まって来られた地元の人々の話では身近に感じられて来る。これも実は帰宅後、山内氏の著を見ると、「天神講関連地」の地図が掲載されていた。改めてそれを見て、東山内の天神講の関係を知り、この染田天神の連歌の意義を考えることができたのだった。安田氏の論考では、今の名阪国道がほぼ昔の街道に沿って作られており、それより南が、南朝の勢力下にあり、その地侍の結合を示しているというのもいかにもと思われる。

それにしても、大乗院門主尋尊が見た東帯天神の画像がいつのまにかなくなっているのが残念だ。それは私達が昭和二十四年に訪れた時よりよほど前のことである。何度も読んだ永島氏の『中世文芸の源流』（昭和二十三年、河原書店刊）に記されているように、天神講連歌会は、会場へ唐櫃が運ばれ、その中の天神像を掲げて、その影前で千句が興行されるのであった。私たちの訪れた折、『染田天神縁起』を見て、「於二毎度之千句中一、及二異香度々一之間、御影向甚無レ疑」とあるところに来て、岡見先生がこれが法楽連歌だと歓喜されたことが今も目にうかぶ。私も「千句連歌の興行とその変遷」（「連歌俳諧研究」15、昭和三十二年十二月、『著作集　第二巻　連歌』所収）以来、何度となく触れて来たが、再訪して詳しく調査したいとは思いながら、佐賀大学に赴任したりしてその機を失っていた。やがて山内氏が「染田天神連歌攷」（「国語国文」昭和五十九年八月）を書かれ、詳細に研究されて、『染田天神連歌―研究と資料―』として刊行され、もっぱらこの山内氏の著により、引用することにしていたが、今回改めて染田を訪れ、土地の有力者の方々と話をすることにより、永島氏や山内氏が書かれていることがたいへん現実味を帯びて感じられることとなった点で大きな意義があったと思われる。やはり、文化はその土地に即して芽生えてきたものだということを改めて感じるのである。文献だけではなく実地踏査を試みることの意義を私は以前から考えて来たのであるが、今回、六十数年を経て、改めて染田天神に詣で、連歌堂に昇殿してしみじみと感じたことであった。

老のくりごと―八十以後国文学談儀―（64）

田吉明句集『錬金都市』―組曲句集の形を取った詩集―

先日（平成二十五年七月二十八日）の「上方文藝研究」の合評会の席で、川端咲子氏より「父の句集です」と言ってそっと渡された一冊の句集は、さっと読んで驚き、再読していかにもと納得した。

「あとがき」に拠ると、「「寒雷」同人の前田正治は戦後、関西の『寒雷』系の人々のなかから学生を主体とした集りを作り、一九五八年（一九四八年＝昭和二十三年の誤り）、「楕円律」は創刊された」とある。改めて『俳文学大辞典』を引いてみると、「楕円律」は立項され、

　俳誌。昭和二三（一九四八）・五、京都市で創刊。はじめ季刊、のち不定期刊。編集発行人は前田正治。正治宅に集まった京都在住の学生作家の活動の舞台となる。主要同人は田吉明・安東次男・飴山實ら。平成六年（一九九四）一二月で、通巻六九号。

と、矢島房利氏が書いている。すでに「主要同人」として「田吉明」の名があがっており、私信では、少し遅れて昭和二十五年頃から参加したとのことである。前田正治没後は、句作を止めたり、亡くなったりした人が続き、今は個

人誌の形になっているとのことである。

田吉明とは、『活用の研究Ⅰ　前活用としての母音交代』『活用の研究Ⅱ　活用の構造』（昭和五十三年・五十四年、大修館書店刊）の著のあるすぐれた国語学者の川端善明氏である。私は、氏が、田吉明のペンネームでこういう創作活動をされていたことは知らなかったが、すぐれた国語学者はすぐれたコトバの感性の持ち主でなければならないということを改めて感じた。

「あとがき」にある、

感性と情意を「ことば」において試みる快い時空

と言うことが全編に一貫している。どれを取り上げてもよいのだが、たとえば、

傾く塔

都のかたへ塔がかたむく椿のなか
祈るなり椿のなかのかたむく塔
祈るなりからくれなゐに燃える塔

三つの句が、コトバの繰り返しが、ここにしか置きようのない形で並び、とくに最後に置かれた「祈るなりからくれなゐに燃える塔」は、一句だけでも秀作であるが、こういう形とあいまって、一つの世界を作り上げることに成功している。

夜盗

花を盗みにゆかうとする夜の灯をともす
人を盗みにゆかうとする夜の灯をかざす

ぬばたまの夜と髪との昏れ模様
からくれなゐに夜の火へ焼いてしまふすべて
焼きつくすほむらを吸ひし我が夜盗

のように一つの主題と五句から成っているものもある。この場合には、一つの物語が書かれている。『今昔物語集』や『古事談』『続古事談』の中世説話の注釈を試みつつ、ふっと浮かんできた詩情をこうした形に表現したのかと私には思われる。

中には、

ひとり

泣いてゐる　壬生狂言が泣くやうに

のように、たった一句で、「ひとり」という主題と相まって詩を形成している。これは実に傑作だといってよい。

この独特の形態は、「あとがき」に、

一句であるものから数句のまとまりまでの一つ一つを《組曲》と私に呼び、小主題を持つた一つの世界をそこにわたしは構成した（所謂連作ではなく）。それは、情意の意味なり無意味なりの結構を、語と語の関係に置くことと、句（行）と句（行）の関係に置くこと、そして何よりもその二つの関係のくりかえされる交渉往還を試みることである。

と解説している。かつて山口誓子が「私の〈詩の方法〉は、〈写生構成〉である」と言っていたことがあった。「所謂連作ではなく」と特に注記するのは、それを意識していたかとも思われる。俳句を並べた場合、とくに連作の場合、きれぎれになってゆくことに私は違和感を持ち、短歌の連作の場合は下句でそれを救っているということを思っていたが、この方法では、まったくそういう違和感を感じさせない。誰でも真似のできる方法ではないと思うが、この句集はそういう意味でも私にはありがたい新鮮な感じがする新しい試みの句集だった。
「楕円律」という雑誌が、皆がこういう「組曲」の形式を試みているのかと尋ねてみたが、私信ではこの形で書いて来たのはほかにはいないとのことであった。「これは俳句でないと言われることもありますが、俳句でなくても表現だと思い、その逆、表現でない俳句を否定しています」ともあり、これは、いかにも氏らしく鋭いと思った。俳句という詩型を「組曲」という方法で構成した詩集とも言えるかと思う。

老のくりごと―八十以後国文学談儀―(65)

「田植濁り」―俳句の表現―

私の手もとには月刊の短歌雑誌はかなり多く送られて来て、その中から目に触れた三首の秀歌に、必ず「日本歌人」から一首を選んで、「過眼秀歌抄」を短歌雑誌の「日本歌人」に長らく書き続けているが、俳句雑誌が送られてくるのは少ない。ただその中に、「晨」と「船団」があって、この二つの俳句雑誌がまったく異なる作風を示していることにいつも興味をもって読んで来た。「船団」は、昭和六十年十一月に坪内稔典の個人誌として刊行されていたのが、五号から「船団の会」の会員誌として季刊発行となったという。いつから送られてくるようになったかは記憶がはっきりしないが、おそらく柿衞文庫で坪内稔典と面識を得るようになってからだろうと思う。これは、「入会のすすめ」にも、

「船団」は、単に作品を発表する場ではなく、叢書、シンポジウム、句会などを通して、場の共同の力を未知の俳句を生み出す力へ転化することを目指します。

と記すように、新しい俳句の集団である。それに対し、「晨」は、昭和五十九年五月に、宇佐美魚目・大峯あきら・岡井省二を選者として隔月刊で創刊された。今は大峯あきらと山本洋子を選者とし、どちらかと言えば「ホトトギ

ス」の系統を引く伝統の中から新しい俳句を目指そうとしている。大峯あきらが大阪大学教養部の同僚だった関係で、創刊以来ずっと送られて来て読んでいるのである。私は、短歌の会で柿衞文庫には毎月行くのだから、見ようと思えばいつでも俳句雑誌は見られるのだが、私の俳句の知識は、もっぱらこの二つの雑誌に拠っているのが現状である。試みに、最近の「船団」97（平成二十五年六月）の坪内稔典の句と、「晨」176（平成二十五年七月）の大峯あきらの句を挙げれば、

老人は悴む象は足を踏む　　稔典
子烏のよく鳴く宇陀に來てゐたり　　あきら

のように、その作風の違いは歴然としている。

その「晨」176（平成二十五年七月）の山本洋子選の「雑詠」欄の冒頭の三句の中に、

泉村田植濁りの中にあり　　長浜　堀江爽青

の句が目に付いた。「選後に」に、

泉村という名前の村には、昔、いたるところに山からの伏流水が湧きでていたのだろう。今、その村は、田植えを終えた水田あかりにうかんでいるようにみえる。「田植濁り」が効いている。田を植えたばかりのやや濁った瑞々しい田が目の前にひろがる。

とある。私には「田植濁り」という語がいかにも俳句の世界で作られた新鮮な表現に思われる。試みに、水原秋桜子・加藤楸邨・山本健吉監修『日本大歳時記』（昭和五十六年、講談社刊）を引いて見ると、

露座仏の田植の泥を流す雨　　山口青邨
裏富士を写す田植の濁り水　　沢木欣一

の句があり、こういった句の流れから「田植濁り」も生まれて来たのかと思ったが、念のために『図説俳句大歳時記』（夏）（昭和四十八年、角川書店刊）の「田植」の項を引いてみると、

湖の風田植の濁り移るなり　　水原秋桜子（玄魚）

の句が見え、すでに、秋桜子がよんでいたことを知る。『玄魚』（近藤書店刊）は、昭和三十二年刊の句集である。いかにも俳句の世界に清新な抒情性をもたらした秋桜子らしい句である。したがって、この「田植の濁り」から「田植濁り」の語が生じたことになる。この秋桜子の句から、堀江爽青の句までの間に、多くの先例が見られるかも知れないが、私は俳句を読みなれていないので、寡聞にして知らない。それにしても七音節の中に、圧縮してみせた、実に気の効いた俳句的表現と言えよう。

私は、かつて「連歌の表現と和歌の表現―湯山三吟を中心として―」（『語文』14、昭和三十年三月）に、和歌の表現から連歌の表現への推移の中に、いくつかの特色を取り出したことがあった。和歌が五七五七七の三十一字の中で一つのまとまりを持つのに対して、連歌は五七五または七七のそれぞれの句の中で一つのまとまりを持たねばならない制約から、連歌特有の圧縮表現が見られることを指摘したのである。たとえば、

わすれては夢かとぞ思ふおもひきや雪ふみわけて君をみむとは　　業平朝臣（『古今和歌集』）

のように「雪ふみわけて」という表現は和歌に多いが、それを「雪ふむ」と圧縮し、さらに「雪ふむ駒」とつづけて、

雪ふむこまのあし引きの山　　宗長（『湯山三吟』）

といった具合である。連歌と俳諧は同一の形態であり、連歌の発句から俳諧の発句へ、さらに俳句へと推移してゆく中で、俳句もまた五七五の制約の中での表現が洗練されてゆくのであってみれば、そういう過程の中で、「田植の濁り」「田植濁り」という気の効いた表現が生まれて来るのはいかにも自然であろうと思われる。

私は、「晨」176（平成二十五年七月）の堀江爽青の句を読んだ、その日の杭全法楽連歌（平成二十五年八月二十一日）に、初折の裏の七句目に、「出雲なる山の八重垣見えそめて」の句が出たので、さっそく、

田植の濁りほとばしる宵

と付けてみたのだった。

『万葉集』の「かぎろひ」

この「老のくりごと」を住友商事に勤めていた弟の島津泰治がずっと読んで、感想を送ってくれている。それを読むと、できるだけ広い読者を思い浮かべて書いているつもりでも、それは国文学の枠を出ていないことを痛感する。このところ、弟の友人で理化学研究所に勤めていた雨宮宏氏が、『明月記』の「客星」の記事について尋ねてきたといって、弟を通してやりとりがあった。それについては年次がはっきりしないので、すぐに的確な返答ができないでいるのだが、

別の話ですが、「黄道光」という太陽の道に沿って薄く輝く光が日の出前または日没後に現れる事が知られていますが、これを最初に発見したのが柿本人麻呂で、歌の中で「東雲」という語を使ってあらわしていると、以前東北大の教授がシンポジウムで述べていたのですが、万葉集を探しているのですが中々見つかりません。

とあった。「東雲」の語は、『万葉集』にはまだないはずなので何かの記憶違いとして、これはすぐ、巻一の、

ひむがしの野にかぎろひの立つ見えてかへり見すれば月かたぶきぬ

のことだと思った。この「かぎろひ」は、たとえば、新潮日本古典集成の『万葉集』(昭和五十一年刊)に、「輝き光るもの。ここは曙光の意か」とあるように考えられてきた。その「安騎野」(宇陀市)では、いまもこの歌によって曙光を見ようとすることが行なわれている。

ただ『万葉集』は、周知のように漢字表現であって、この歌も、

東野炎立所見而反見為者月西渡

とあり、旧訓では「あづま野のけぶりの立てる所見てかへり見すれば月傾きぬ」であった。『玉葉和歌集』にも、この形で人麿の歌として見え、同じく『玉葉和歌集』に見える「あづまのの露わけ衣はるばるときつつみやこを恋ひぬ

日もなし」（前左兵衛督教定）の歌の「あづまの」は、万葉語を意識してのものだった。中世の和歌に多く見られる「あづまの」はいずれもこの人麿の歌を意識しての万葉語であった。それは、連歌でも、『竹林抄』の、「煙の外は月ぞさやけき／あづま野や草の枕に露深て」（智蘊）の句は、人麿の歌の旧訓をもとにしての付合であった。

それが、賀茂真淵により、「ひむがしの野にかぎろひの立つ見えてかへり見すれば月かたぶきぬ」と訓まれ、あまりにも鮮やかだったので、その後、ずっと踏襲されて来たのだった。本居宣長が文法学者だったのに対して、その師の真淵はもともとすぐれた歌人だった。その詩的センスがこの訓を生み出したのである。

それが、新日本古典文学大系の『万葉集』（佐竹昭広氏ほか校注。平成十一年、岩波書店刊）では、「ひむがしの野にかぎろひの立つ見えて」と本文では訓みながら、脚注では、

真淵の訓み方があまりにも見事なために、疑問を残しながら下手に手が出せないというのが正直なところである。既に真淵の訓（万葉考）によって定着しているので、その名訓を掲出しておくが、訓詁学の立場からは「未解読歌」に属する。留意しておくべき事項を以下に掲げる。

(一)「かぎろひ」とは何か（山田英雄氏「万葉歌二題」『日本歴史』五九三）。

(二) 古代では「かぎろひ」については「立つ」の語を用いず、必ず「燃ゆ」と言った。

(三)「立つ」ものは煙である。煙に「炎」の字を用いた例がある。

というのは、私は読み落としていた。それが、岩波文庫の『万葉集』（平成二十五年刊）では、

東《ひむがし》の野らにけぶりの立つ見えてかへり見すれば月かたぶきぬ

と訓み、大谷雅夫氏の「[解説1] 万葉集を読むために」に、「柿本人麻呂の「ひむがしの」の歌」として詳説されているのを読んで、あらためて真淵の訓の疑問を感じ、実は驚いたのである。真淵が「かぎろひ」と訓み、しかもそれを「曙光」と解したことには、「玉蜻」「玉蜻蜓」を「かぎろひの」と訓み、「かぎろひのほのかに見えて」などから、ほのかに光ること、夕日のように光ることの意と解釈したのだが、「玉蜻」「玉蜻蜓」は今日では「たまかぎる」と訓

むことについて多くの確証をあげて論じられていて、それはおそらく誤りのないところで、

真淵は「玉蜻」「玉蜻蜓」を「かぎろひの」と誤読したことによって、結果的に「かぎろひ」の意味を拡大して理解し、この「かぎろひの立つ見えて」を曙光が現れることと判断してしまったのである。

という。

この大谷氏の説は、新日本古典文学大系の『万葉集』の共同研究の中から生まれて来たものであろうと思われるが、おそらく現在ではもっともすぐれた新説であるといえよう。

とすれば、人麿がはじめて曙光を読んだということは消滅してしまうのであって、この真淵の誤読をもとに、天文学の「黄道光」と結び付けるのは成り立たなくなってしまうのである。

詩の翻訳

老のくりごと―八十以後国文学談儀―(67)

前回にあげた『万葉集』の歌の、「ひむがしの野にかぎろひの立つ見えてかへり見すれば月かたぶきぬ」は定着していて、『万葉集』本文の表記を離れた世界では、これが訓み誤りで、おそらくは「東《ひむがし》の野らにけぶりの立つ見えてかへり見すれば月かたぶきぬ」と訓む方が正しいだろうと言っても一般にはまったく通じない。弟に尋ねてきた天文学者も、すでに賀茂真淵の訓で、それがすなわち『万葉集』だということから、驚くほど熱心に図書館で『万葉集』の本をよく調べて来て、それには感心したのだが、新日本古典文学大系の『万葉集』の真淵の訓みへの疑問点に正しく答え、岩波文庫の『万葉集』（平成二十五年刊）の訓の根拠を明確に挙げて覆して、その上でやはり真淵の訓の方が正しいということを、いわゆる訓詁の学として示さない限り徒労なのである。思えば、真淵も罪なことをしてしまったことと思う。

しかし、真淵の、

ひむがしの野にかぎろひの立つ見えてかへり見すれば月かたぶきぬ

の訓はあまりにも口調がよく出来ていて、斎藤茂吉以下の推賞を受け、すっかり定着してしまって、いまさら、『万葉集』では、本来は、

東《ひむがし》の野らにけぶりの立つ見えてかへり見すれば月かたぶきぬ

だったと言っても、なかなかそれが通用するまでには、年月がかかることだろう。また、真淵の訓ではなく、「東《ひむがし》の野らにけぶりの立つ見えて」だったら、おそらくこの歌が『万葉集』中の名歌として教科書などにも採択されることはなかっただろうと思う。それほど真淵の訓の詩的鮮やかさは抜群に思えるのである。

私はここに果して訳詩というものがどれほど原詩に正確に翻訳され、またその韻律や情趣まで捉えているかということを考えてみたいのである。私が外国語に暗いことを承知の上での見解であるが、たとえば、最近〔平成二十五年九月〕ようやく世に出た拙著『若山牧水とところどころ　近代短歌史の視点から』（和泉書院刊）にも記しておいたが、牧水の、

幾山河越えさり行かば寂しさの終てなむ国ぞ今日も旅ゆく

の名歌には、『海潮音』に見える、カールブッセの、

山のあなたの空遠く
「幸」すむと人のいふ
ああわれひとととめゆきて
涙さしぐみかへり来ぬ
山のあなたになほとほく
「幸」すむとひとのいふ

の影響があると言われている。これは上田敏による訳詩で、この訳には誤りが多いとも聞く。それでも、この訳詩の魅力によってどれだけ明治の若い詩人の心を奮い立たせ、新しい明治の詩歌が生まれたことか、はかり知れないものがあろう。

もう六十年以上も前のことになってしまったが、京都大学の折の講義に大山定一教授のドイツ文学史をドイツ語も知らないのに楽しく聞いた。リルケという詩人がどんなにすばらしいかということは、大山教授の独特の講義口調とともに耳に残っている。歌人の高安国世氏も京大教授でリルケの専門家であるが、当時は三高の教授で、私は講義は聞いていない。ただ、その後、現代歌人集会などで何度か親しく接する機会があって、高安氏からもリルケの話を聞いたことがある。「塔」という短歌雑誌は、高安氏が創刊されたものであるが、平成二十五年五月号が「高安国世生誕百年記念号」を特集している。その中に多くの追悼文が寄せられているが、西村雅樹氏の「ドイツ文学者としての高安国世先生」が私にはとくに新鮮だった。おそらく大山教授とはまったく口調の異なった講義で、やはりリルケを熱心に語られていたのだろうと想像する。

ドイツ文学に疎い私は、ドイツの詩といえばリルケを思い浮かべるのだが、私と京都大学の同期で独文科だった友人で、後に西洋古典文学を専攻する松本仁助氏から、大阪大学の同僚だったある時、偶然にドイツでは必ずしもリルケは著名ではないのだと聞いて驚いたことがあった。二十代の青春の頃、リルケの詩を訳詩で読んで感激していたのは、やはり原詩とは、かなりずれがあったのではないかと思ったからだった。

それは、逆に日本の詩歌が翻訳された場合、どれだけ外国人に真意を伝えることができるだろうかということにもなる。とくに短歌や俳句、ましてや連歌や連句などといったものはおそらく無理なのではないだろうか。また、それほどでもない作品が、翻訳をした詩人のすぐれた詩的センスによって、新しい詩に作りあげられ、感動を与えるということもあろう。それはもはや原作者だけの功績とは言えないような気がするのである。

『万葉集』の訓詁から訳詩に思いを馳せてみたのだが、そういえば、『万葉集』の訓詁に生涯を捧げられた澤瀉久孝先生の姿が目に浮かんでくるのである。先生ならば、この「東《ひむがし》の野らにけぶりの立つ見えて」の新訓はどう言われるだろうか。

老のくりごと—八十以後国文学談儀—(68)

歌仙絵 —徳川美術館の「歌仙—王朝歌人への憧れ—」展を見て—

それはごく素朴な疑問からだった。子供の頃から慣れ親しんで来た『百人一首』のカルタの読札に人物絵が描かれている。自分の家で使い慣れているものも、よその家で取るカルタにも、ほぼ同じ図柄が描かれている。これには何かもとになるものがあるのではないか、と思ったのである。

それが「百人一首成立の背景—歌仙絵との関係をめぐって—」(「国語国文」昭和三十七年十月)という論文になるのだが、この論文には思い出が深い。実は、昭和三十三年九月に私は大阪府立住吉高校教諭から佐賀大学講師となって、佐賀に赴任し、まだ引越しの荷物も開け切らないうちに、その年の十一月の宮崎大学で開催される西日本国語国文学会で発表するようにと、当時この学会の事務局だった九州大学から声がかかった。いわばお目見え発表ということだった。そこで、大阪にいた時から考えていたこのテーマを選んだのである。資料が揃っているわけでもないし、佐賀大学には、これに関する資料があるわけでもない。何度も九州大学に通って何とか発表に漕ぎ着けたのだった。

頓阿の『水蛙眼目』に、「嵯峨の山荘の障子に、上古以来の歌仙百人のにせ絵を書て、各一首の歌を書きそへられたる」という文献が拠り所である。しかし、『百人一首』の歌仙絵はまったく残っていない。『三十六歌仙絵』には、多くの遺品がある。それに『百人一首』の成立に関係の深い『時代不同歌合』にも多くの遺品がある。私は、佐賀に赴任する前から、歌仙絵に関する図録や、それに関する論考に注目し、展覧会などで歌仙絵が出ていると特に注意して見ることにしていた。直接この論考には関係していないが、川越の喜多院を訪ねて暗い中で見たことなどがおぼろげに今も思い出される。この論考は、その折の研究発表をもとにし、さらに、調査を重ねてようやく形にしたものだった。やがてそれを補訂して『和歌文学史の研究　和歌編』（平成九年、角川書店刊）に収め、さらに補訂して著作集の第八巻『和歌史　下』に収めているが、その結論は、「歌仙絵と色紙形が貼られた障子が散佚してしまって、頓阿の頃には、まったく伝存せず、その伝承だけが残っていたことによって書かれたものであるが、当時の歌仙絵の流行を考えると、可能性として、歌仙絵との関係を想定してみることも必要であろう」としている。

その後も折に触れて歌仙絵には注目していたが、この秋（平成二十五年）徳川美術館で「歌仙―王朝歌人への憧れ―」が開催された。これは見逃すことができないと、長年『源氏物語』を講読し、放談を楽しんでいる「源氏の会」で名古屋に行った時に、そのあと、会員の三人といっしょに出向いて見ると、予想をはるかに越えて歌仙絵が一堂に集められているのに感激した。かつて、図録や論考に掲載されている写真でしか見ていなかったものが、ずらりと系統立てて陳列されている。その中から、いくつか取り上げて見ることにする。

『佐竹本三十六歌仙絵』は、今は断簡としてしか見られないが、折々にその一つをそれぞれの展覧会で見ることはあっても、いくつも並べて見られることは珍しいし、断簡となる以前の形を想定させてくれる喜多武清模写の模本が同時に展観されている。それに、『上畳本三十六歌仙絵』や『業兼本三十六歌仙絵』『後鳥羽院本三十六歌仙絵』などがいっしょに並んでいることもありがたかった。

とくに目を引いたのは『治承三十六人歌合絵』だった。これは、京都国立博物館蔵の藤原成範と、個人蔵の寂超とが出ていた。『治承三十六人歌合絵』の序文は、谷山茂氏の論考により、何度も引用しているが、鎌倉初期の歌仙絵入りのカタカナ書きの写本を見たのは初めてだったからである。

『時代不同歌合』は樋口芳麻呂氏の論考により、絵入り本が多いということは知っていたが、このように多くが集められているのはありがたかった。

歌仙額も多く集められていてありがたい。解説の「奉納された歌仙絵」の中に、「社殿内の長押上に、歌合のように左右対称に並べられ、神仏に奉納する法楽連歌などの歌合に擬した行事や、神事芸能のための空間を荘厳した」と記されている。大阪市平野区平野宮町の杭全《くまた》神社には、宝永五年に再建された連歌所が現存している。その長押上には、今も享保五年の歌仙額が掲げられているが、実は、それより古い延宝七年の歌仙額も現存している。私は『平野法楽連歌　過去と現在』（平成五年、和泉書院刊）に両方の和歌を翻刻し、佐竹本も併記しておいた。それより古い室町時代写の北野天満宮蔵の『三十六歌仙画帖』が展示されていて、これにも目を見張った。今は画帖の形となっているがもとは扁額であったと「作品解説」には記されている。まさに杭全神社の歌仙額も、こうした北野の連歌の面影を踏襲していることを知ったのだった。かつて大法寺釈迦堂（現・名古屋市熱田区）に掲げられていたという徳川美術館蔵の狩野孝信筆の『三十六歌仙額』が全部並べられていることも壮観だった。

「古典を受け継いだ歌仙絵」として、岩佐又兵衛筆『三十六歌仙画冊』や、詞も絵も松花堂昭乗筆『三十六歌仙色紙　壬生忠岑』の小品も興味があった。宗祇の画像を調べていた時の又兵衛や松花堂の洒脱な筆を私は思い出していた。もうなるべく本は買わないことにしているのだが、この図録は購入して繰り返し眺めているのである。

老のくりごと―八十以後国文学談儀―(69)

『私可多咄』と「ものいふ」

平成二十五年度日本近世文学会秋季大会が十一月十六日、十七日に三重大学で開催され、老齢を顧みず今回も出席した。二日目は学外に昼食に出かけたので、午後の二つを聞き逃してしまったが、ほかはいちおう研究発表を聞くことができた。この学会に限らずこうした発表を聞いていていつも思うことなのだが、非常に細かく調べられてはいるものの、その調査の範囲を出たところでの聞きたい私見が少ない。安全を期してのことと思うが、もう一歩大胆に切り込んだ見解がほしいと思う。調査の結果だけなら、わざわざ遠くに出かけて発表を聞くまでもなく、書かれたものを興味のある分野の人が読めばよいことと思う。また、今回のことではないが、十分こなれていない発表も、仲間内での十分な検討会を経て来てほしいと思う。

今度の研究発表の中で、私がひときわ感心したのは、河村瑛子氏の「上方版『私可多咄』考」であった。この私の文章が公になる頃までには、どこかの雑誌に発表されていることと思うので、氏の論旨はそれによられたい。私がこの発表を聞いて感心したのは、天理図書館綿屋文庫蔵の下里知足筆『徳元玄札両吟百韻』所収「笑話書留」（四十二話）を、江戸版『私可多咄』と比較検討して、その異同から、現存しない上方版『私可多咄』の抄出とし、失われた上方版『私可多咄』の片鱗が「笑話書留」から見られるという。中川喜雲の序にいう「私可多噺」が、この上方版においで、話芸「仕方咄」の特徴を備えていることを明らかにされた点が重要である。氏も引用されていたが、中村幸彦氏「落語について」（『中村幸彦著述集　第十巻』昭和五十三年、中央公論社刊）は、「仕形咄考」「古典落語の研究法」より成り、その「仕形咄考」の方は、もとは「語文研究」37（昭和四十九年八月）に書かれたものであった。もし、中村先生が聞いておられたならば必ずや喜ばれたであろうと思いながら聞いていた。噺本としては、これだけの一致から必ずしも上方版の『私可多咄』の抄出と決められないのではないかという質問が出たが、そこまで論を進めることが私は重要だと思う。『醒睡笑』や『昨日は今日の物語』の場合と違って、この『私可多咄』の刊行を見た万治の頃には、やはりこの類似と相違は『私可多咄』の上方版と江戸版と見るのが当たっていると私は思う。『私可多咄』の上方版が現存しないのは、小部数しか刊行されなかったためではないかと思う。江戸版における難解な部分の補足・変更の措置は、江戸の読者が、いまだ上方の洗練された表現を理解するレベルに達していないことを物語ると、氏は言われるのであるが、それもそうかも知れないが、上方版が限られた読者層を意図しているのに対して、江戸版はもっと広い読者を想定し、多くの部数が刷られたためではなかったかと私は思う。この頃はまだ板本といっても稀覯本なのであって、書写奥書が万治二年九月であることも、上方版が『骨董集』に「万治弐己亥年季秋吉日」とあることと合わせ考えると、それが早々に鳴海の下里知足の目に触れ、とりあえず抄録しておいたのではないかと思う。

もう五十年も前のことになるが、初めて肥前鹿島の鍋島文庫に松永貞徳の『逍遊愚草』などが実に綺麗な本として残されているのを見て驚いたことがあった。それらは実は献上本だったらしい。『私可多咄』の場合も、そんなことが考えられないかと、ふっと思いが過ったのである。それにしても、『角川古語大辞典』を編纂中に、「しかたばなし」という語彙の具体的な芸態を示す古い用例が、何よりもまずこの書の書名にあることを話し合ったことが記憶されるが、その江戸版ではなく、上方版の場合はおそらくその芸態に則した形の記述であったことが知られることが有意義に思ったのだった。

私は、この発表に感心したので、休憩時に、河村氏にそのことを話すと、実は俳諧が専門なのですが、といって、「「ものいふ」の本義について―資料としての古俳諧―」（「国語と国文学」平成二十四年六月号）の抜き刷りを渡された。それを持ち帰り読んでみると、これもまた『俳諧類船集』の「言《モノイフ》」の付合語の「あふむ」以下の十二語と、そのあとに付された説明を細かく分析して、「ものいふ」と「いふ」とは異なり、「もの」には言霊が備わるということが本義だとされる。実はその通りで、私などには、すぐに岡見正雄氏の「もの―出物・物着・花の本連歌―」（「国語国文」昭和三十年二月。『室町文学の世界　面白の花の都や』平成八年、岩波書店刊所収）が思い出される。河村氏が例外としてあげられた「物いへば唇寒し穐の風」（芭蕉）などの諸例も、やはりどこか改まった物言いであるといってよいと思う。それにしても多くの古俳諧を引用して最後に、

古俳諧は、史上初めて世の中のあらゆる事象を文字の上に掬い取った文芸である。それのみならず、連句作品と『類船集』という、豊富な言葉の連想によって紡ぎ出された作品群を残してくれた。これらの資料は、江戸時代の人々の精神世界を明らめるとともに、古代にまで通底する日本人の伝統的世界観を解明する可能性を秘めている。

と記して、この論考を締め括っているが、最近の若い研究者の論考には珍しい壮大な構想のもとに、当面の問題を細かく考察していて、今後に期待するところが大きいと思った。

「夢かへる」―連歌の表現の一つ―

「連歌を読む会」と称して原則として毎月、私の家で研究会を持っている。もとは、武庫川女子大学での大学院後期課程の特別演習だったのだが、退職後、自宅で続けるようになった。『連歌貴重文献集成』を第一巻から順次読んで来て、第四巻の「心敬十体和歌」に至って、このあたりで、その成果を共同研究として世に問おうという話になって『心敬十体和歌―評釈と研究―』(平成二十七年、和泉書院刊)という形で発刊することになったのであるが、その後も続いて第四巻の『落葉百韻』を読んでいる。今は〔平成二十五年現在〕、大村敦子・岡本聡・押川かおり・竹島一希の各氏が常連である。この『落葉百韻』には、伊藤伸江・奥田勲両氏による訳注(『心敬連歌　訳注と研究』平成二十七年、笠間書院刊)があり、それを常々参照させてもらっているのだが、昨日(平成二十五年十一月二十四日)の会では、

　　やどりし月もむなし明ぼの
　夢かへる仮寝の床の秋の風

の「夢かへる」が問題となった。伊藤・奥田両氏の訳注には、「夢が覚めて、夢の中で見た光景が消え去っていくこと」とし、用例として、

　葛の葉の恨にかへる夢のよをわすれがたみの野べの秋風(『新古今集』雑上、俊成女)
　さめて聞く山の嵐もをくらずはひとりや夜半の夢かへるらん(『草根集』享徳二年十一月七日詠、「山家夢覚」)
　　葛のはふいがきの松の風こえて
　一夜の秋や夢かへるらん(『紫野千句』第九、全誉)
　　ともなふ方にたづぞ鳴立つ
　夢かへる此夜は明て跡もなし(『表佐千句』第一、甚昭)

の和歌、連歌と、『連珠合璧集』の「夢トアラバ、かへる　凡夜之詞可レ付レ之」があがっている。このうち、『新古今集』の例は、葛の葉が葉裏を見せて翻るの意の「かへる」と、「立ち帰る」の掛け詞であって、「かへる夢」すなわち「夢が帰る」の意ではない。少なくとも従来はそのように解されて来た（たとえば、久保田淳氏『新古今和歌集全注釈』など）。とすると、「夢帰る」という形では、正徹の歌が際立ってくる。それは、『新編国歌大観』に拠ると『草根集』のほかは、その後の冷泉政為の『碧玉集』に二例があるだけである。それが、連歌に作例が多いということは考えてみる必要がある。『角川古語大辞典』の「夢」の小項目にもあげていなかったが、連歌表現の一つとして注意すべきかと思う。

『連珠合璧集』にもあげられているのだから、連歌にしばしば用いられる付合のはずである。連歌では、春などの季節を人格化して、用いることが多い。

　わが身も花も知らぬ世の中
帰り来む程又いつぞ今日の春（『竹林抄』第一、専順）

は、再び春が帰って来るのはいつなのかと、「帰る」の主体は「春」である。同じように『落葉百韻』の例も「夢」を人格化して、「帰る」の主体は「夢」なのである。そういう連歌でしばしば用いられている表現と正徹の和歌の近似性を示すことは注意してよい。「夢」の付合語は、「みる」「おどろく」「さむる」「かへる」「あだなる」「はかなき」「かたる」「あはする」「昔古」「世」「身」「面影」「たゞぢ」「浮橋」「うき草」「こてふ」「もろこし」「花」「春秋」とあって、「凡夜之詞可レ付レ之」というのである。このうち「みる」「おどろく」「さむる」「あだなる」「はかなき」は、和歌にも多くよまれ、「昔の夢」「夢の世」「夢の面影」「夢の直路」も和歌によまれている。「ただぢ」「もろこし」は、それぞれ、

恋ひわびてうちぬる中にゆきかよふ夢のただぢはうつつならなむ（『古今六帖』四、敏行）
もろこしも夢に見しかば近かりき思はぬ中ぞはるけかりける（『古今集』恋五、兼芸法師）

の歌にもとづく付合である。それに対して、「浮橋」は、『源氏物語』に「夢の浮橋」の巻名があり、

思ひ寝の夢の浮橋途絶えして覚むる枕に消ゆる面影（『千五百番歌合』恋一、俊成女）

の歌も、『源氏物語』を意識しての詠であろうし、「かたる」も、『源氏物語』「若菜上」に見える、

光り出でん暁近くなりにけり今ぞ見し世の夢語りする（『源氏物語』若菜上）

などが先例で、『万代集』などに見えるが、『為尹千首』に、

垣越しのあなたの人の夢語り我も寝覚めにやがてなりぬる（『為尹千首』）

などと見え、これももとは物語語彙といってよい。「こてふ」は、『荘子』の「夢為胡蝶」にもとづき、「春秋」も漢詩にもとづくのではないかと思われる。「花」は、

跡見えぬ雪の朝となるばかり花の夢路をうづむ春風（『草根集』）

が見られる。また、「身」は、『連珠合璧集』に、「述懐の心」の付合に「身の夢」が、「うき草」も、その付合語に「夢」があがっていて、中世和歌や連歌では、よく用いられることと思われる。

こうした「夢」の付合語に「かへる」があり、もとはといえば歌語の「夢の通ひ路」などに通う表現なのだが、連歌特有の表現の一つと見ることができる。うっかり見過ごしてしまいそうな連歌表現なのだが、注意しておきたいものと思う。

「竈山」―「山の神々―九州の霊峰と神祇信仰―」展―

「竈山《かまどやま》」とは、私にとって古くからの謎の一つであった。それは、『拾遺和歌集』巻第十八・雑賀に、

筑紫へまかりける時に、竈山のもとに宿りて侍けるに、道つらに侍ける木に古く書き付けて侍ける

春はもえ秋はこがるゝ竈山
霞も霧も煙とぞ見る　　元輔

とあることが、常に気に掛かっていた。筑紫の竈山といえば太宰府の北東に位置する宝満山のことである。昭和三十三年九月に佐賀大学の講師となって、最初に大学の講義をしたのが「連歌の発生」であり、この句の背景に何が存するのかということを考えたことより始まる。短連歌の初頭に位置するこの句が、のちの大宰府の連歌と関わるのか、関わらないのかということを考えあぐねているのである。

「竈門神社肇祀一三五〇年記念」として、「山の神々―九州の霊峰と神祇信仰―」展が、九州国立博物館と太宰府天満宮宝物殿で開催され、太宰府天満宮から招待状を送っていただいて知り、平成二十五年十一月三十日の「やつしろ連歌会」に出席するのを機に、どうしても見たくて立ち寄ったのである。竈山と太宰府天満宮連歌との関係のつながりはなお未詳のままだが、この展覧会により、今まで別々に訪ねたことのある英彦山《ひこさん》、背振山、阿蘇山、多良岳などの九州の霊山が、山岳信仰により繋がっていることを知ることができた。とくに宝満山と英彦山とは、金剛界と胎蔵界とされ、『梁塵秘抄』にも「竈門の本山、彦の山」と筑紫の霊験所として見える。近世においては、宝満山の山伏が秋に英彦山に駆ける峰入り（大峯）が行なわれたという。太宰府天満宮から出ている「飛梅」秋号・冬号（平成二十五年九月、二十六年一月刊）には、平成二十五年四月、平成の大峯入りが行なわれたことが、森弘子氏の文章で生々しく記されている。

昔、佐賀にいた頃、英彦山を訪ねたことがある。頂上まで登ったわけではないが、わざわざ出掛けたのは、謡の〈花月〉のワキが「筑紫彦山の麓に住まゐする僧」であり、彦山で七つの天狗に取られて、「取られて行きし山々を思ひやるこそ悲しけれ」と山めぐりする謡の文句が耳に留まっていたからでもある。「先づ筑紫には彦の山、深き思ひを四王子」以下続くのだが、この四王子も、福岡県筑紫郡大野山にあった寺である。鉄道ファンの私には、幸い彦山線の開通間もない頃でもあった。この〈花月〉は、山伏の芸能と関わる。

今回の展示を見て、神像が多く展示されていることがありがたい。神像は仏像に対して見ることのできる機会は少ないからである。これも佐賀にいた頃のことであるが、筑紫路に伝来する平家伝承を訪ねて廻ったことがあり、佐賀県北方町大字芦原字椛島（武雄市）の小高い山頂にある若松神社は、神体三軀が伝えられ、中に女体（清盛の姫と伝える）、左に法体（清盛か）、右に束帯（重盛）と言われているのが興味を引いたが、ご神体ゆえ、もとより見ることはできなかった。

今回の展示目録には、井形進氏の「九州の霊峰の古神像」に教えられるところが多い。「山の神々の彫像」「鏡から現れる神」「神に近づく山の仏」という項目を立て、展示の神像をふまえて記されている。「はじめに」の中に、そもそも神像は存在していなかったこと、それが神仏習合思想により、平安時代以降神像の実例が見られること、礼拝対象である仏像とは異なって、目にするべき存在ではないとされ、神殿の奥深くに秘められて来たという。以下は、展示目録に従っての要約と素朴な感想による記述になるが、いくつか紹介しておきたい。

英彦山神宮の「彦山三所権現御正体」は、懸仏の形式で、その三面のうちの一つ、天忍穂耳命像が展示されているが、鏡面に浮かびあがるさまを表している。鏡面下方の陰刻銘から、大友能直が主となって造像寄進された、鎌倉時代前期の作という。仏像とは異なる人間味を帯びているのが何ともうれしい。

熊本県八代市大行事山釈迦院の「男女神坐像」は、七軀のうち、僧形像、束帯姿の男神像、女神像各一軀が展示されている。往時は寺の背後にあった日吉山王に祀られていた山王像とのことである。僧形像の像底の墨書銘から、仁治三年の造像で、念西という勧進僧が関わっていることが知られる点でも重要である。いかにも素朴な感じのする神像である。

福岡県豊前市と築上郡築上町の境にある求菩提山の「男女神坐像」は、女神像、男神像（菩薩形）、男神像各一軀が展示されている。平安時代後期の造像という。釈迦院の神像よりもっと素朴な彫りの中にも表情が見られ、「簡要な表現と簡潔な構造は神像らしいもの」とある通りである。

「竈門三神坐像」は、神功皇后像、玉依姫命像、応神天皇像三軀で、これは桃山時代・十六世紀の造像であるが、やはり簡素な一木造りで神像らしく造られている。中央の玉依姫命像の背面には刳りがあり、ここに聖なる納入品が存在したのではないかという。

九州国立博物館は、初めて訪れたのだが、その壮大さに驚く。味酒安則氏の話では前宮司西高辻信貞氏の悲願だったとのこと、私は、いまさらに前宮司の温顔を思い浮かべて聞いていた。

老のくりごと―八十以後国文学談儀―(72)

戦国時代の実相 ―八代市立博物館「秀吉が八代にやって来た」展を見て―

昨年(平成二十四年)の八代市立博物館未来の森ミュージアムにおける「八代城主・加藤正方の遺産」展の折、初めて「やつしろ連歌会」が行なわれたのだが、今年もという要望があって、平成二十五年十一月三十日に八代に来て、また連歌(世吉)の宗匠を勤めた。折しも博物館では「秀吉が八代にやって来た」という展覧会が開催中であった。これもまた実に充実した展覧会で感心したのだが、その展示目録に、総論として書かれている林千寿氏の「八代が豊臣政権に包摂されるまでの道のり」が、私には新鮮であった。一に、「相良氏がやって来た」として、「相良氏と名和氏の八代をめぐる戦い」「相良氏と名和氏の豊福をめぐる戦い」「相良家中の内紛」を、二に、「島津氏がやって来た」として、「島津氏による葦北・八代郡の占領」「島津支配下の八代」を、三に、「秀吉がやって来た」として、「九州停戦命令」「肥後制圧」「戦禍を逃れた八代」「島津氏の降伏と九州国分」「国衆一揆」をていねいに説き、「おわりに」として、

十六世紀を通して、八代は、名和氏から相良氏、相良氏から島津氏、島津氏から豊臣政権へと、より大きな権力に取り込まれていった。この統合の過程で八代は、戦禍を経験したものの、相良領に組み込まれて以降は、ほと

んど戦場となることはなく、平和状態が保たれた。このように統合は、八代に平和をもたらしたわけであるが、重要なのは、この統合が、権力者側の意志だけで実現したわけではなかったということである。八代衆は、内紛を収束させるため、みずから島津氏の支配を受け入れたし、八代の町人・百姓は、平和な暮らしを守るため、武力の行使を放棄し、主体的に秀吉の支配を受け入れた。すなわち、平和を確保しようとする地域領主や地域住民の営みが、地域統合、天下統一の推進力となったのである。

という。八代を中心として、出品資料をはじめ、多くの史料や論考を、実にきめ細かに踏まえつつ記されている。この内容は、それこそ他の地域にも同様の現象があったものと想定される。その戦禍と平和との隣り合わせの所に、戦国時代の領国文化があることを知るのである。

今度の展示で、もっとも目を引いたのは『八代日記』だった。相良家臣的場氏が編纂した年代記で、文明十六年から永禄九年までの出来事が記されている。従来は東京大学史料編纂所蔵の謄写本が利用されていたが、展示されているのは、史料編纂所本の原本である慶應義塾図書館所蔵の相良家文書で、永禄末年を下らない写本である。文明・明応・永正の頃はごく簡単であるが、天文の頃となると少し詳しくなる。すでに昭和五十五年に、熊本中世史研究会編で、史料編纂所本をもとにして、青潮社から刊行されて活字になっており、博物館の研究室で、それをざっと見ると、天文の頃には連歌の記事も見られる。

次ぎに私の目を引いたのは、『上井覚兼日記』だった。連歌の記事を「大日本古記録」に翻刻されたものから、何度も引用もしている史料だが、史料編纂所所蔵の覚兼筆の原本を見ると感慨なきを禁じ得ない。

次ぎには、細川幽斎の『九州道之記』、この永青文庫蔵の幽斎自筆本はかつて一見したこともあるが、この日記を取り上げる場合は、多くの写本があり、大きな異同はないとはいっても、これに拠らねばならない。伊藤敬氏の校注による『新編日本古典文学全集　中世日記紀行集』（平成六年、小学館刊）は、この本を底本としている。

大阪城天守閣蔵の「大坂夏の陣図屏風」左隻の複製が展示されていた。この屏風はかつて何度か見たこともあり、それとなく眺めていただけだったが、目録には、戦争に巻き込まれた民衆の姿がリアルに描かれているとして、よく目を止めないとわからない「衣服をはぎとられる人々」や「雑兵に連れ去られようとする若い女性」の部分が拡大されている。そのことは、特別寄稿の稲葉継陽氏「十六世紀の社会変動と豊臣政権」にも、とくに「十六世紀の戦場に赴く」の章に、その戦場の残忍性が雑兵による逸脱的暴力によることを如実に記されている。秀吉の朝鮮出兵に動員された諸大名の軍隊も雑兵であり、それが国内においてと同じ「濫妨狼藉」を働いたことが、日韓の歴史認識に現在まで暗い影を落とし続けることになったという。

戦場に臨んでは悲惨な面が目に映るのは常である。出品の佐賀県立博物館寄託宗龍寺所蔵の龍造寺隆信画像は、そのふっくらとした風貌をよく捉えているが、はるか後世の明治になって書かれたものとは言え、同じく出品されている『倭文麻環』の佐敷本陣の実検に備えるため運ばれている隆信の首が、面影を似せていて痛ましい。近年、『大東急記念文庫善本叢刊　中古中世編』の「諸芸Ⅰ」「諸芸Ⅱ」の編集担当をし、そこに収めた『武家諸作法抜書』の第二冊のあとに付された軍陣故実九十三条を書き留めた中に、とくに首実検に関する記述が生々しく詳細に叙述されていたことを思い出すのである。当時の武家において、文化と武芸が両立していたことは、この『武家諸作法抜書』という、京都小笠原氏の武家伝書を主体とする武家作法書に、私はかなり長く関わって来て、あれこれ考えていたことでもあった。

老のくりごと―八十以後国文学談儀―(73)

祭の文化―「見る聞く　平野の夏祭」―

昨日(平成二十六年一月二十二日)の杭全法楽連歌の席で松村淑子さんから何気なく「復刻版ですが」といって渡された「見る聞く　平野の夏祭」という小冊子を前に、私はあれこれと思い出している。昭和五十四年八月刊というのだから、まだ私は名古屋にいた頃である。はじめには昭和五十四年十月三日付けの朝日新聞の「主婦がコツコツ調べ本に　平野杭全神社の夏祭り」という記事も合わせて復刻されており、そこには若き日の松村さんの写真も載っている。その翌年の昭和五十五年四月に私は大阪大学に赴任したが、何年かして私の研究室へ杭全神社宮司の藤江正謹氏が全興寺住職の川口良仁氏とともに見え、宝永五年に再建された連歌所が現存しているので、連歌を復活したいと言われ、濱千代清氏、高辻安親氏らの協力を得、昭和六十二年五月五日に第一回の「賦何人歌仙連歌」を満尾することに漕ぎ着けた。杭全神社法楽連歌は、それ以来世吉（四十四句）形式で今日まで続いているのである。松村さんは、その最初からの連衆の一人だった。

この小冊子は、祭の世話人や関係者や土地の古老を訪ねての聞き書きをもとに実に要領よく綴られているのであるが、何よりもかつて平野に住み、平野の町、平野の祭に惹かれた情熱が満ち溢れている。その「まえがき」の文章が実に名文だし、とくに「だんじり運行」のことが、聞き書きを通して、曳行の当日だけでなく、その由来から説き起こされている。平野の祭と文化がまさしく一体となっていることがよく理解できるのである。藤江正謹氏が、この冊子に見える先代の宮司藤江正路氏の跡をついで宮司となられた時、もっぱらこの小冊子によって平野の夏祭を知ったのだと言われるのもいかにもと思われる。

私の小学生だった頃は、大阪府泉北郡浜寺町（今は堺市）諏訪の森に住んでいた。ここは、下石津、船尾、下の三つの村と、都会から移って来た諏訪の森、浜寺の別荘地から成っていた。秋祭りには、下石津村の蒲団太鼓と、船尾村、下村のだんじりが曳行し、小学校はその日は休日で、囃子の音がすれば辻々まで見に行った記憶が蘇る。しかし、それを深く考えようとはしなかった。「わが町の」という感覚がなく、どこまでも傍観者だったと、今となっては思い知るのである。

もう一つ祭ということでは、郡上市大和町の明建神社の七日祭が今では関わりが深い。この祭については、何度か書いたことがあるが、現在では八月七日に行なわれ、もとはそのあとに盆踊りが行なわれていたのを、「栗栖桜」というこの地に取材した番外曲が復活されて、七日祭のあとに薪能として加わる。さらに前日の六日に世吉連歌が巻かれ、それを七日の薪能の前に明建神社に奉納することになっていて、濱千代清氏の没後は私が宗匠を勤め、毎年奉納している。その七日祭が古い田楽の型を残しており、私は初めて見た時より、民俗芸能に詳しい人の調査研究を期待したいと思っていた。平成十四年度中世文学会秋季大会が中京大学で開催された折、公開講演を依頼されて、私は「祭の生成過程―郡上大和町明建神社の場合―」と題して話したことがある。それはもっぱら映像を用いて行なったものであったので、「中世文学」への掲載を辞退したため、いま記録が残っていないが、はじめは七日祭を実演してもらえないかと交渉してみた。ところが、それは、毎年奉仕する部落が決まっていて、その年の祭に加わるものは禊をして勤める神事なので、祭以外にはできないということだった。この時、私は、七日祭を芸能として見ていたことの誤りを思い知らされたのだった。その折、郡上市大和町の古今伝授の里フィールドミュージアムの東氏記念館にある映像を借りて、当日の講演で一部上映することで、識者の見解を聞きたいと思ったのだが、あいにく東京で別の学会があったようで、とくにその筋の専門家は見えていなかったのが残念だった。この芸能としての様態についてはなお考えたいと思いながら今日に至っている。

松村さんの小冊子は、第一章歴史編、第二章聞書き編より成り、第一章では、「夏祭りの日程の変遷」「平野本郷七町のおこりと七名家」「初期のだんじり」について、第二章では、「だんじり運行いろいろ」「わが町とだんじりひとつひとつ」「だんじりの保管」「けんか祭り」についてわかりやすく読みやすく書かれている。歴史編の始めに、「神社の祭りのことなら、宮司さんにお会いすればおよそのことは分るだろう。祭礼はもち論のこと、祭り全体の運行も、全部神社側の指示で行なわれているもの。」と思っていた私は、思いがけない宮司さんの言葉に、改めて祭りの姿を思い返してみた。

とある。その宮司さんの答えというのが、「神社の祭礼は神輿・太鼓だけです。だから神輿と太鼓の庫は神社の中にあって、神社が保管します。だんじりは民衆の祭りですから神社としては事故がないよう配慮するだけで運行には一さいタッチしません。両者はもともと意味の違うものですから」ということだったというのである。これは、ここ平野の杭全神社だけでなく、祭りというものの本質を示しているものだと思う。その祭りが長く続いてゆくことには、民衆の力がいかに大きかったかが知られる。祭りに行なわれる芸能はまさに神に奉納する神事であって、芸能の研究には、そのことを常に肝に銘じておくべきことと思うのである。

老のくりごと―八十以後国文学談儀―(74)

電子辞書の功罪―「ひもす鳥」をめぐって―

昨日(平成二十六年一月二十六日)の日本歌人関西合同新年歌会に、

夕つ陽の方ゆ飛び来るひもす鳥アイソン彗星の最期を見しや

という一首があった。上の句の古典的な世界と下の句の現代の事象を照応させたなかなか手練の作なのであるが、ここに用いられた「ひもす鳥」は、作者は烏のつもりで使っている。この歌を批評した二人もしごく当然のように烏のこととして鑑賞している。私はここにまたしても電子辞書の功罪ということを感じたので、その日の総評に指摘した。私の意図がどれだけ理解されたかはわからない。

「ひもす鳥」という語は、たとえば『角川古語大辞典』では、

鳥名。山雀《やまがら》とも鷓鴣《しやこ》とも烏《からす》ともいう。『倭訓栞』には、カカ(日日)と鳴くところから、日中鳥の意で烏の異名という。「日暮れぬと駒を早むるみ山路の木の下すごく鳴くひもす鳥」(秘蔵抄・中)「ひもす鳥、是は山がらと申す鳥なり」(西高辻本梵灯庵袖下)「今一里送れ山路の烏《ひもすどり》」(へらず口)(用例は漢字を当てるなどして読み易くした。以下も同じ。)

とある。このもとの原稿は私が書いた記憶がある。

『新編国歌大観』を引いても、この『秘蔵抄』の例しか出て来ない。しかも、それには「ひもすどりとは鴟を云ふなり」とある。『秘蔵抄』という書は、凡河内躬恒撰という形を取るが、それは仮託で、南北朝期から室町初期の間に作られた異名（別名）を詠み込んだ例歌に説明を加えた異名和歌集で、この「ひもす鳥」を詠んだ歌も作者は人丸とあるが、もとより信じることはできない。『梵灯庵袖下』も、中世の和歌や連歌で取り上げられる極めて特殊な語句の意味などを記した書で、多くの異本があり、そのうちの太宰府の西高辻家蔵本に見える特殊な例である。それが『秘蔵抄』では鵂鶹とし、『梵灯庵袖下』では山雀としていて、もともと不明なのである。それが江戸時代も元禄頃となって、いつしか鳥ということになったらしく、不角撰の雑俳書の『へらず口』には、鳥として作られた句が載っている。『倭訓栞』は谷川士清《ことすが》が一つの語源説を示したというに過ぎない。

こんな特殊な語が、現代短歌に無造作に詠み込まれることには、いまはやりの電子辞書がもとであることは、今まででも何度も経験して来たことなので、この場合もおそらく電子辞書によって作られた歌だろうと指摘したところ、やはりその通りとのことだった。それにはどういう形でこの語が採択されているのか知らないが、おそらく「ひもすどり」という語が取り上げられ、鳥の一名とぐらいしか書かれていないのであろう。もしも、出典として『秘蔵抄』があがっていたとしても、それを使う人はまったく出典などにはおかまいなしに、「ひもすどり」すなわち鳥として、これはおもしろいということで、無造作に一首の短歌に仕立てたのであろうと思う。

日本歌人関西合同新年歌会では、詠草はかなり早く締め切り、それが印刷されて出席予定者に配付され、そのうちより三首を選歌して事前に送り、当日の歌会となるのであるが、自分の選んだ歌以外にも批評を当てられることが習わしとなっているので、出席者は、当日当てられて困らないように、詠草を読んでわからない語はある程度調べておくのが常である。この日の批評者の一人はこの歌を選ばれ、一人は選ばれていなかったことが、歌会の終わりに配付された選歌結果一覧から知られたのであるが、二人ともこの特殊な語をいとも簡単に鳥のこととし、その上でイメージを膨らませて批評を試みられていた。おそらく電子辞書によって鳥ということを知られたのであろうと思う。

電子辞書を使って珍しい言葉を知り、それを用いて新しい短歌を作ることも一つの方法ではあろうが、私にはやはり疑問が残る。私などは、この一首を読んだ時から、この作者に「ひもす鳥」という言葉が理解されているのだろうかということがまず気になってしまうのである。これは昨日の歌会に限ったことではなく、毎月の日本歌人大阪歌会でもよく見掛ける。この歌会は柿衞文庫を会場としているので、見掛けない特殊な語が出て来ると、開架にある『日本国語大辞典』を調べるのであるが、先日もそれが『史記』の用語だったりする。その典拠を踏まえてそれと呼応する形の一首だったら、すばらしいと思うのだが、やはり辞書による、その語の興味からだけの使用だったことを聞く。また、この頃は、連歌がかなり復活し、私もしばしば宗匠を勤めることがあるのだが、連衆の出してくる句に、すぐに思い浮かばない珍しい語がある。もとより私自身が知らないというだけの場合は不肖を恥じるのみであるが、その句を出した連衆に聞くと辞書に出ていますという。用例があがっていたら教えてほしいというと、『日本書紀』の訓に見える訓点語だったりする。それはすぐれた訓点学者の研究の成果なのであるが、はたしてそう訓まれたかどうか、ましてそういう語が当時普通に使われていたのかどうかはわからない。そういう特殊な語が、いとも安易に使われるということに、私は電子辞書の便利さの功とともに罪の面をも考えてしまう。そこに組み込まれている辞書も必ずしも万全ではないことを思うからである。

池澤夏樹・母を語る ―ラジオ深夜便を聞きて―

いつも聞いているわけではないが、二月十七日〔平成二十六年〕名古屋の家に早く着き、することもなく早く寝てしまったので、十二時過ぎに目が開き、なんとなく一時からのラジオ深夜便を聞いていると、池澤夏樹の「母を語る」ということで、ついつい聞いてしまう。遠藤ふき子アンカーの引出し方もうまかったが、池澤の生の声を聞くことができたのは興味深かった。実は、丸谷才一が亡くなったことを報じる平成二十四年十月十六日付けの「朝日新聞」の追悼文や、「文学界」平成二十四年十二月号の「丸谷才一追悼」での辻原登・湯川豊との鼎談を読んだ時から、この人の書くものを読んでみたいと思っていたのだが、この人の経歴などは何も知らなかった。昭和二十年に帯広市で生まれたのだが、父は福永武彦だったという。帯広は、母方の縁で、半ば疎開のかたちで住んでいたらしい。父と母は、マチネ・ポエティクの仲間だったとのこと、この押韻定型詩の運動は、私も若いころに興味をもって読んだことが思い出される。父が肺病にかかり、当時は肺病は不治の病とされていたし、帯広では治らないので、二歳の時、東京の清瀬のサナトリウムに入り、母親が看病に出掛け、時折子供のために帯広に帰って来ていたのだという。その当時の東京と帯広とを行き来することは今から思えば大変だっただろうと、池澤はいう。そんなことで、父とは二歳で別れたのでほとんど印象はなかったが、母親が、看病に疲れ果てて、福永と離婚し、やがて新しい父と再婚したので、その人が父だと思っていたのだそうだ。その新しい父は、母親より五歳以上年下で、文学とはかかわりのない生活だったらしい。池澤が高校生の時にはじめて事情を打ち明けられたとのこと、そんなことを淡々と語ってゆく。後に、福永は大学で教鞭を取っていたので、研究室へ訪ねて行き会ってはいたが、叔父のような存在だったとのこと。そういえば、福永武彦の『忘却の河』（新潮文庫）には、「今、『忘却の河』を読む」の池澤の文章があるのもおもしろい。池澤は、はじめは、理科系に入り中退して、ぶらぶらしていたとのこと。中公文庫の『スティル・ライフ』の著者紹介によると、埼玉大学理工学部物理学科中退とある。この理科系だったということは、何らかの形で考え方に現れていると本人も認めている。ぶらぶらしていたというのは、本人の謙遜で、ギリシャに三年ほど滞在したり、翻訳などの仕事をしていたようだが、小説は、福永が死んでから書くようになり、それまではとても書けなかったという。そんなことで小説に手を染めたのは遅く、『スティル・ライフ』で芥川賞をもらったのも遅咲きだったが、これは親孝行になったよし。福永の小説は、いささか読んでいたが、急に池澤の小説が読みたくなった。

名古屋からの帰りに、紀伊国屋で、とりあえず中公文庫の『スティル・ライフ』と、朝日新聞に連載のコラムを集めた『終わりと始まり』（平成二十五年、朝日新聞出版社刊）を購入して、一気に読んだのである。芥川賞受賞は昭和六十二年下半期で、池澤四十二歳の時であった。その『スティル・ライフ』は、「ぼく」と「佐々井」との奇妙な交友から成っている。染色工場のアルバイトで出会い、「ぼく」が失敗してひどく上司に叱られたのを庇ってくれたことより、仲良くなり、「佐々井」が会社をやめたあとも時々いっしょに飲んでいたが、まったく世離れた会話が交わされるうち、ある時、「佐々井」から電話がかかり、株に関する事業にかかわる。すべては「佐々井」が手筈を決め、「ぼく」は言われるままに表向きの仕事をするだけという奇妙な関係、まったく「佐々井」の正体がわからないままに進んでゆく。実は、「佐々井」は仮の名前で、公金横領の犯人で五年間の時効を待っているのだと告げられる。しかし、その結末が問題ではなく、雰囲気が不思議なひとつの散文詩のような趣で進んでゆくところに意義がある作品のように思う。染色工場の叙述や、宇宙や微粒子などといった話題から、池澤が理科系の学問をしたことの影響が見られるが、それは素材にとどまり、新しい形の不思議な抒情性に富むところに、この小説の本質があるようだ。

『終わりと始まり』の方は、読んでいると、「朝日新聞」夕刊の平成二十一年四月から二十五年三月まで掲載されていたので、時折読んだ記憶もあるが、その折はとくにその作者を気にしていなかった。いま、こうした形で、まとめて読んでみると、この人の考え方がよく知られ、同感を覚えることが極めて多い。「言葉の生活感」と題する、「今年の三月、南アメリカの南端でヤガン族の最後の一人という女性にあった」で始まる章などはとくに興味が深かった。「ヤガン語やアイヌ語にあった生きることの困難と喜びは現代の日本語にはない」という指摘は重要だと思う。「地図の原理と頭上の脅威」の章に、探検家松浦武四郎が安政四年に作り上げた「東西蝦夷山川地理取調図」の、「我が祖先の地、日高の海岸に沿った新ひだか町のあたりを見れば、今の春立《はるたち》と静内《しずない》の間、松浦の表記によればハルタウシナイとシヒチヤリの間に二十の地名が記してある。今の国土地理院の二万五千分の一地形図には二つしかない。アイヌの人々が使っていた地名はみな消えてしまった。国道がぬっと通っているばかり」とあるのも心引かれる。原発反対のことが何度も出て来るが、これもまったくその通りだと思う。それが物理学専攻だけに理詰めであることがうれしい。

語の認定と辞書の立項 ―「袖振草」をめぐって―

平成二十六年三月十七日の大阪市平野の杭全神社における連歌で、初折表八句目に、

袖振草は風に何告ぐ

とよまれていた。このごろは、当日の執筆を勤めるものが、あらかじめ参加を予定されている人に電話で、一順（各自一句ずつ順番によむ）を廻しておくのが恒例になっている。それが宗匠に示されて、当日は会場にも示され、ほぼ連衆が揃ったところで、執筆が読み上げ、あとは出勝ちによんでゆくのである。したがって執筆と宗匠以外は、当日になって、その一順の句を知る。濱千代清氏没後は、鶴﨑裕雄・光田和伸・藤江正謹の諸氏と私とで宗匠は毎月回り持ちに勤めていて、この日は鶴﨑氏が宗匠だった。私は、七句目をよんでいるので、それまでの句は知っているのだが、この八句目は当日はじめて見た。「袖振草」という言葉は知らなかったので、作者に何に拠ったのか聞いてみようと思ったが、作者は今日は欠席ということだった。隣席の藤江氏に聞いてみると、さっそく電子辞書を引かれて、「そでふりくさ」は薄の異名とのことである。用例までは書かれていないという。私はおそらくこれも『秘蔵抄』あたりが出典かと思って、何も疑義も示さずにそのままに進んで、その日の連歌は無事満尾した。

その後、必要あって、この日の世吉（四十四句。現代の連歌ではもっぱらこの形で行なわれている）の作品を読み返していて、やはり「袖振草」が気になり調べてみた。『角川古語大辞典』を引いてみたが立項していない。『日本国語大辞典』を引いてみると、

そでふりぐさ〔袖振草〕〔名〕植物「すすき（薄）」の異名。＊隣女集―二・春「やけのこるかたのの原を分行は

そてふる草にききす鳴也」

と見える。用例は、「そてふりくさ」でなく、「そてふるくさ」となっていることがまず不審である。『新編国歌大観』

で『隣女集』を見れば、巻第二に「焼野雉」の歌題で、

やけのこるかた山はたのむらすすきたのむかげとやきぎすなくらん
やけのこるかたののはらをわけ行けばそでふる草にきぎすなくなり

の二首が見えている。『隣女集』は『新古今集』の選者の一人飛鳥井雅経の孫の雅有の家集である。四巻完備した写本としては、内閣文庫本と群書類従本しかないので、『新編国歌大観』では内閣文庫本を底本としている。それは『私家集大成』でも同じである。高松宮旧蔵本は巻一を欠く残欠本ではあるが、鎌倉時代写とされ、あるいは作者の自筆かともいわれる。ほんとうはそれを見た上で論じなければならないのであるが、『日本国語大辞典』がこの語の用例を採用するに当たって、旧高松宮蔵本まで調査したとは思われない。群書類従本でも本文は変わらない。それに『私家集大成』の解題では、底本の誤写誤脱を巻二以降は旧高松宮蔵本により注記しているが、そこにも何も記されていないのでおそらく旧高松宮蔵本も「そてふるくさ」なのであろうと思う。とすれば、これは、「そでふりぐさ」の用例ではなくなる。『新編国歌大観』のCD―ROMの「語彙検索」でも「そでふりぐさ」は出て来ない。「そでふるくさ」ならば、薄を「袖振る草」と見立てたもので、「袖」（名詞）「振る」（動詞）「草」（名詞）の三語よりなる語構成で、「そでふりくさ」という一語ではなく、辞書に採択されていること自体が誤りである。『日本国語大辞典』のその誤りが、電子辞書に安易に踏襲されているのである。

『日本国語大辞典』の編集には関わっていないので、よくわからないが、ある時、手伝っている人から、相談を受けたことがあって、語と用例の書かれたカードに語釈を施す仕事のようだった。そのカードを取る段階で誤りがあればそれに語釈を施す人も気がつかず、そのまま見逃されたのではなかろうか。『角川古語大辞典』の場合は、統合といって何度も討議して採択していったのでこういう誤りは比較的少ないと思う。『日本国語大辞典』は大勢の人の力により用例が拾われているので、その用例の豊富な点では貴重な辞書である。一方、私も編集委員の一人だった『角川古語大辞典』は、時間的制約の中での仕事で、今から見ればなお不完全なところもあるが、語の立項の基準、語釈

には討議を繰り返した。辞書に登録するには、用例を検討し、語釈を施すだけでなく、語としての形をなしているかどうかということが論議された上で、採択されたのである。「袖振草」が採択されていないのは、その討議の場に出たかどうかは記憶にないが、もし統合の場に出ていたならば、これは一語ではないとして却下されたであろう。辞書はそれぞれ特色がある。人間の作ったものであるから、誤りのあることは止むを得ないので、それぞれの特色をよく考えて使うべきであると思う。

詩歌の場合、すぐれた歌人や詩人がその場にふさわしい造語を意識的に作って、それが成功すれば、それが語として認められることがある。よく引かれる例であるが斎藤茂吉の「逆白波」のような語である。しかし、誤って辞書に採択された語を無意識に踏襲することには、私はやはり抵抗を感じるのである。先にも指摘したように、これも「電子辞書の功罪」の「罪」の部に属すると思うのである。

方言と言語

老のくりごと―八十以後国文学談儀―(77)

「朝日新聞グローブ」(平成二十六年四月二十日)に「ことばにめざめる」があり、おもしろく読んだ。「何語を使って暮らすのか。気にしたことはありますか?」と副題にある。私は言語学は、京都大学の学生時代に泉井久之助教授の講義を聞いただけなので、まったくの門外漢であり、ハワイ語のことはまったく考えたこともなかった。アメリカ合衆国の一州となる前は独立の王国だったことは、いつかテレビで、小錦が主演した劇を見たことがあったのを思い出す。独立していた頃はとうぜんハワイ語を話していたはずだった。その言語は、ポリネシア語派に属するという。また、沖縄方言と日本語との違いは、ラテン語系のイタリア語とスペイン語以上の違いがあるという。「しまくとぅば」(琉球諸語)にも、たとえば宮古語は那覇では通じないという。かつて佐賀大学にいた折、研究室で小城鍋島文庫の整理をしていて、たまたま見えた物理の助教授が、幕末の蘭書の兵法の本を取り上げて読まれているので、オランダ語が読めるのかと聞くと、ドイツ語で大体通じるとのことだった。最近も、スペイン語とポルトガル語は日本の方言の違い程度だとも聞く。方言と言語の違いはしかく微妙なもののようである。

私は旧制の住吉中学を出て京都大学に入学する間に、戦中戦後の、専門学校に昇格したばかりの大阪第一師範学校（もとの天王寺師範学校）に学んでいる。ここで西山隆二先生にめぐりあった喜びは、しばしば触れてきたが、もうひとり感銘を受けたのが前田勇先生の「国語要説」の講義だった。この折は、はじめて専門学校の国定教科書が作られたのであって、戦後廃止されたが、中には捨ててしまうには惜しいものもあった、と今になっては思い出す。とくにこの「国語要説」の教科書はよくできているということが、その後も評判だった。私は、この講義で、国語学というものの道しるべを得たことはありがたかったし、その折、とくに音韻についての知識を得たことは有益だった。方言に対してもあらかたの知識と関心を持つことができた。先生は九州の生まれで、大阪弁の研究をされており、ある時、牧村史陽氏らの大阪弁の研究会に呼ばれて話をされたが、「そもそもあなたの言葉が大阪弁でない」と非難されたとのことである。大阪弁かどうかは、九州出身だからこそ弁別できるのだというのが、先生の見解だった。

佐賀大学の新入生歓迎潮干狩り
（昭和37年４月頃。毛利玄彰氏所蔵）

私は大阪市西区で生まれ、幼少のころに郊外の浜寺町諏訪森（今は堺市西区）に移り、ほぼ大阪弁の環境で育ってきて、家内も上海生まれの奈良育ちだったので、言葉の上で齟齬はなかったが、たまにわからないという言葉があった。なにげなく使っている言葉の中に、祖父や祖母の

佐賀の自宅前で。長女・佐貴子と隣人と。(昭和37年頃)

播磨の方言が混じっていたらしい。昭和三十三年に佐賀大学の講師となって赴任し、はじめて直接九州方言に接した。家族三人が佐賀駅に着き、案内されて用意されていた住居(一軒の家を二つに仕切った古い家)に着くと、学生たちがあらかじめ集まって掃除をしてくれていた。応対をしてくれる言葉は少しなまりがあるとは感じたが、聞き取れないことはなかった。それが休憩で、お茶を出し、学生たちが相互に話しあっている言葉がまったくわからない。それでも次第に慣れて、二、三年もすると、長崎本線の普通列車に乗り、佐賀県の肥前大浦で大方降車し、長崎県の小長井でまた客が乗って来た時には、同じ肥筑方言の、それもわずかな違いのはずだけれど何となく言葉が変わったことが感覚として意識されるまでになっていた。言葉とは不思議なものだと思った。

私は、佐賀大学の七年間も、愛知県立大学の十四年間も、また名古屋での縁で、ここ四十年以上も名古屋の「源氏の会」で、『源氏物語』を読んでいるが、ずっと大阪弁、といっても純粋のものではなく、自分ではまったく無意識に話しているが、それで通じている。折々劇などで聞く作られた大阪弁や、巷にあふれている似て非なる大阪弁には嫌気がさすことも多い。純粋のきれいな船場言葉の大阪弁にはほとんど接することがなくなっている。谷崎潤一郎の『細雪』に、大阪の旧家である蒔岡家の四人姉妹のうち、本家である上の姉の鶴子を時折登場させ、純粋の船場言葉をしゃべらせているが、もともと大阪人でない谷崎には、それが効果的な方法であったと思う。これを読んだ大阪生まれの折口信夫が、上の姉を除く三人の姉妹の使う、阪神間の住宅地帯での新しい大阪語ということを指摘していたのを、かつて興味深く思って取り上げたことがあった。

厳密に言えば、純粋の方言が消えてゆくことは憂慮しなければならないし、その保存に努めなければならないことだとは思うのだが、日本の中では、方言は、一つの言語現象であり、標準語に対して方言にも親しみを持つということで、ある程度はこと済むのだけれど、これが国家の間、民族間での問題となると重大事である。もし日本語が話せないということが起こったとした場合を想像すると身の毛がよだつのを覚える。欧米の列強が原住民の言語を教育によって奪っていったことは憂慮に値する。それは日本の遠い過去にも近い過去にも十分反省しなければならないことだと痛切に思う。

英語がしだいに世界に通用する言葉になっている。それはそれで今日においては重要なことだとは思うが、それと同時に、それぞれの国の言葉、それぞれの民族の言葉が大切にされなければならないのだと、痛切に思うのである。

能〈山姥〉と上路の山姥伝説

今年〔平成二十六年〕の源氏の会の春の旅行は、越中越後の境から糸魚川の翡翠の峡谷へということであったので、もしバスが入るようなら、能〈山姥〉に出てくる上路《あげろ》の山姥伝説地に立ち寄ってほしいと注文を出しておいたのだが、その行程に入れてもらって、境の関所跡から境川をさかのぼり、境川を渡って越後に入り、上路川に沿って、上路の里の山姥神社のあたりまで行くことができた。山姥神社は集落の裏手の小高い山にあった。今は糸魚川市になっているが、もとの青海町字上路で、白鳥山中腹に、山姥洞、山姥の踊り岩、山姥神社、日向ぼっこ岩、金時のぶらんこ藤、金時の手玉石、拝岩があり、それらを含めて、町指定民俗資料とされている。いずれも多くはあとから作られた伝説に過ぎない。山姥と金時が習合されているが、これもかなり古くからの伝説で、近松の浄瑠璃『嫗山姥《こもちやまんば》』は、その伝承を取り込んでいる。これらの一つ一つはどうということもないのだが、ここに上路という集落があり、山姥伝説を伝えていたということは能〈山姥〉を考える上にも重要であると思った。

能〈山姥〉は、香西精氏の「作者と本説　山姥」(「観世」昭和三十八年十一月。『能謡新考―世阿弥に照らす―』昭和四十七年、檜書店刊所収)に指摘されてより、この曲は世阿弥作と考えられている。梗概は、簡略であるため、宝生流謡本に拠ると、

百魔山姥といふ白拍子は、山姥の山廻りする様を曲舞に作つて之を舞ひ、之が為都で大いに名をあげてゐたが、ある時信濃の国善光寺に参詣せんと思ひ立ち、従者をつれて北陸路から山越しに信濃の国へさしかゝる途中、あげろといふ山路で俄かに日を暮らして、途方にくれてゐる処に、稍年ふけた一人の女が現はれ、一夜の宿をまゐらせうとて我が山家へ導き入れた。さて主の女の言ふには、今日しも俄かに日を暮らして斯様にお宿をする事も思ふ仔細のあること、今宵は山姥の歌の一節を聞かせて給はれ、真の山姥が妄執を晴らす為めなればと乞ふ。かく所望されるを余りに断はるは末恐ろしとて、百魔山姥は立つて舞はんとすれば、今宵の月に謡ひたまへ、我も亦真の山姥の姿を現はして見せ申さんと言ひ残して姿を消した。

不思議の事と思ひつゝ待つ処に真の山姥はその姿をあらはし、人界種々の諸相を曲舞にて説きかなで、或は謡ひ、或は舞ひ、果ては山廻りの苦しさや楽しさなどを述べたる後、山また山に山廻りしつゝ行く方知れず消え失せた。

ということになる。その曲趣や、この曲が世阿弥作であるということについての考証は、香西氏らの研究や伊藤正義氏の『謡曲集　下』(新潮日本古典文学集成、昭和六十三年、新潮社刊)の校注に譲って、ここには述べない。

ワキの都の男が、ツレの百魔山姥を伴っての道筋は、都を出発し、志賀の浦から琵琶湖を舟行し、北陸道にかかり、愛発山《あらちやま》、汐越、安宅、砺波山《となみ》をへて、「国の末なる里問へば、いとど都は遠ざかる、境川にも着きにけり」という着キゼリフになるのである。境川は、越中と越後の境を流れる川であるが、聖護院門跡道興の『廻国雑記』に、文明十八年七月にこの辺りを通り、「宮崎(富山県下新川郡朝日町)を立ちて、さかひ川、たもの木(新潟県糸魚川市市振玉ノ

木）、かざばみ（糸魚川市市振風波）、砺なみ（糸魚川市外波）、黒岩（糸魚川青海）などいふ所を打ち過ぎ」と見えている。また冷泉為広は、延徳二年の『越後下向日記』に、三月十六日に宮崎の成福寺に一宿し、翌十七日に、

　次サカイ〈里。川ヨリ越中サカヒ、越後国ニナル也〉。

と記し、「次市ブリ〈里〉」とあるので、この「さかひ川」は、今の朝日町の境関跡のあるあたりと考えられる。

　着キゼリフのあとのワキとツレの問答に、

　げにや常に承る。西方の浄土は十万億土とかや。これは又弥陀来迎の直路なれば、上路の山とやらんに参り候べし。とても修行の旅なれば、乗物をばこれに留め置き、徒跣《かちはだし》にて参り候べし。道しるべしてたび候へ。

ということになる。その前に、ワキとアイ（所の者）との問答があり、伊藤氏の『謡曲集』の頭注は、妙庵本により、「在所の者に尋ねて候へば、上路越と申すは如来の御通りありたる道にて候。これが本道にて候ふが、ただし御乗物は叶はぬよし申し候。なにと御沙汰候べき」とあると指摘している。間狂言の本文は世阿弥までは遡れないが、ここはこうしたアイとの問答を受けているのだと思われる。『謡曲拾葉抄』には、「山姑の住家をいはんとて、あげろの山を出したり。あげろの山、道筋にあらず、越中越後の堺川の奥山也。上道、下道、あげろ越とて難所也。多くの谷峰、縄を以て橋とせり。乗物にて十度行より一度かちにて行を功徳勝ると所の人申也」とある。その道が、善光寺如来の通られた道だという伝承があったのかどうかはわからないが、善光寺詣でに、越後路から信州に入るのは、尭恵の『善光寺紀行』も、北陸道から下の道親不知の難所を通って、越後府中から北国街道を南下している。上路越の道は、境川に沿って山路にかかり、やがて川を渡って上路の集落に着き、橋立（糸魚川市橋立。青海川の上流）に出て、青海に出る山道があるようであるが、能〈山姥〉に考えられているのが、具体的な道筋ではないと思われる。ただ、境川の上流に上路という集落があり、そこに山姥伝説があったことは都にも伝えられており、あるいは信濃に直接通じる上路越えの道を想像していたかも知れない。

能生の白山神社の舞楽

今年〔平成二十六年〕の源氏の会の春の旅行は、もともとは、四十周年記念の文集『花篝り』〔平成二十四年六月刊〕に、会員の中山政子氏の書かれた「糸魚川と私」の文章により、小滝川の翡翠の峡谷を訪ねることにあったが、雪道の今年の開通に間に合わなかったので、毎年四月二十四日に行なわれている能生《のう》の白山神社舞楽を見ることがメインとなる。

能生は今は糸魚川市に編入されているが、その東にある古い町で、古くから白山神社が鎮座し、その神宮寺の泰平寺は伽藍や宿坊を備えて栄えていたという。今も本殿は三間社流造り柿葺《こけらぶ》きで、棟札・墨書から永正十二年の造立であることが知られ、重文に指定されているが、泰平寺の方はまったく面影を留めていない。それでも、宝物殿には、平安後期作の聖観音立像が安置され、これも重文になっている。

旅行の栞には、この地の郷土史家土田孝雄氏の「糸魚川、西頸城の祭りと舞楽の特色について」という文章がコピーされて、実に簡にして要を得ている。土田氏は前日からいっしょに行動を共にされて説明されていたので、どこに書かれたものか聞くと、「頸城文化」という会報のようなところに発表されたとのことである。祭りの最中に聞いたので、その号数や年次まで聞くことが出来なかった。この地区の糸魚川市天津神社の舞楽、糸魚川市根地の山寺日吉神社の延年と比較されて、その特色を明らかにされている。その一は、舞楽に先立つ祭礼の儀式に特色のあることで、白山神社の場合は三基の神輿が境内をお練りをし、御旅所に還御する際、疾走して見せ場を作る。土田氏が午前中の見学をしきりに急がれていたのも、十二時と予定されているそのお走りを見せようとされていたのである。この日はなかなか呼吸が合わず、何度もやり直し、一時間近く遅れた。これもお祭りだなと思う。その二は、渡御のお練りの仕方である。稚児を右肩車に乗せて巡行する。その三は、神仏混淆の名残を留めていることである。それは舞の採物に僧が手にする中啓を持つ曲が見られることからも知られる。その四は、稚児が中心に据えられていることである。これらは大なり小なり三つの祭りに共通することのようである。

神社に着くと、すでにお祭り気分が横溢しており、境内に設けられた桟敷では、弁当や酒やらが持ち込まれている。土田氏が、お走りの行事の説明だけして、あとは流れに従って見て下さいと言われ、地元の人や旧知の人と歓談の輪の中心におられる。やがて、舞楽が始まる。振舞《えんぶ》（稚児二人）・候礼《そうらい》（稚児四人）・童羅利《どうらり》（稚児一人）・地久《ちきゅう》（稚児四人）・能抜頭《のうばとう》（大人一人）・泰平楽《たいへいらく》（稚児四人）・納曽利《なそり》（大人二人）・弓法楽《きゅうほうらく》（稚児四人）・児抜頭《ちごばとう》（稚児一人）・輪歌《りんが》（稚児四人）・陵王《りょうおう》（大人一人）の十一曲と舞楽に先だって行なわれる獅子舞が重要無形民俗文化財に指定されている。長享二年十月、この地を訪れ滞在していた万里集九が、二十七日に桃花粥を饗せられて、「太平寺之鎮守、白山権現、来歳三月念二三之両朝、有二祭祀之舞童一、挙レ国無二貴賤一趨詣」（『梅花無尽蔵』）と記していて、この頃すでに祭礼に稚児舞があったことが知られる。当日配布の「能生白山神社文化財保存会」による「能生の舞楽」には、候礼・童羅利・弓法楽・輪歌は、舞楽書に見えないとある。童羅利は、帰りの橋掛かりで「赤ん目」をすることから、案摩《あま》の二の舞の変形であろうとある通りだと思う。輪歌は、紫の袍が一致することから、私は『教訓抄』に見える林歌《りんが》の変形であろうと推察する。弓法楽はあるいは寺院系のものの名残ではなかったか、と思ってみたりする。

この舞楽は、四天王寺の舞楽を習い伝えたのだという。それは大人の舞楽であったのが、ここでは稚児の舞が主体となっていることは、稚児は神仏のよりましと考えられていて、お田植え祭りや花祭りの民俗芸能と共通する現象だと思われる。それは、能で天皇や将軍役が子方が勤めるのとも通じる。お練りで稚児が右肩車に乗って、足を地に着けないのも、神のよりましと考えられていたからである。そういえば、泰平楽の舞の終わり近くなって一人の稚児の服装が乱れたのを直すのに、裃を着けた役人が、始めと終わりとに稚児に対して丁寧に一礼をしていたのも、そのためと思われる。

四天王寺の舞楽を伝えたということは、ここの舞楽の舞台（組立式）が、池の上に作られていることも、四天王寺の石舞台を模したと思われる。それに何より、鳥居の真ん中に夕陽が日本海に沈んでゆくことが、四天王寺西門の鳥居の真ん中に沈んで行くことと一致し、日想観を現しているのである。

陵王は、これも配布の「能生の舞楽」に記されているように、中国北斉の蘭陵王長恭が戦の際、柔和な顔立ちを隠すために仮面を付けて出陣したという故事に基づく曲である。それは『教訓抄』にも記されていることであるが、その『教訓抄』に、「又云」として書かれている別の人物の話で、わが子のために陵の中から出現して敵地に向かったが、日が暮れ、敗色が濃くなったため、日を招き返してついに敵を滅ぼしたという伝説がある。白山神社の舞楽には、この夕日を招く「日招きの舞」を取り入れたことが知られる。それはまさに夕陽が日本海に沈む頃に舞台の中央でその所作が行われるのである。何度も歓声に応えて舞い続け、まさに暗くなった神苑が一体となるクライマックスを演出する。

老のくりごと—八十以後国文学談儀—(80)

偶然から生じた大きな成果 ―藤田真一氏の「蕪村・太祇の色紙一双」―

関西大学の「国文学」は、創刊に近い頃からずっと送られて来て読んでいる。先日送られて来た第九十八号（平成二十六年三月）を何気なく見ていて、藤田真一氏の「蕪村・太祇の色紙一双―みちのくからの来客―」という論考が目に入った。この論考は「はじめに」として、

二〇一二年三月二十二日のことだった。まったく見知らぬ方から、思いがけないメールの連絡をもらった。宮城県加美町在住の両国潔俊という方だった。メールの文面は、十九日昼のNHKニュースで報道されたのは、地元の山のことではないか、というものだった。「そうあって欲しい」との願いをこめて連絡したとも書かれていた。

で始まる。

実は、前年の平成二十三年十二月二十三日に京都島原の角屋で催された蕪村忌大句会で、ある所蔵者から未紹介の蕪村作品を展観してもよいとの申し出があり、蕪村と太祇がそれぞれ自句を書きつけた色紙を軸装した二軸を、初公開という触れ込みで角屋所蔵のものといっしょに展観した。句会報道のために取材に来たＮＨＫの記者がとくに関心を示し、所蔵者の了解を得た上で、改めて藤田氏といっしょにやはり角屋で調査し、それが三月十九日の全国放送の昼のニュースに流れ、遠隔地の両国氏の注意を引き、山容のくっきりした写真を貼り付けてメールを送って来られたというのである。

そこから藤田氏の考証が展開して行く。それはまさに一つのドキュメントのようにおもしろい。

その蕪村の色紙は、

　冨士の句を得てし折から
みちのくになる人の訪ひ来まして
薬莱山の句を乞れにける
かの薬莱山は士峰のかたちに
似たりとあれはやかて右の句を
　かいつけておくり侍ぬ
不二ひとつ埋みのこして若葉かな
　　　平安夜半亭　蕪村

で、問題は前書の中の「薬莱山」だった。はじめ「蓬莱山」の誤りかと軽く考えられていたところが、この両国氏のメールから、それが「加美富士」と言われる。宮城県加美町にある地元ではよく知られた名山であったということに至る。経過は、地元への実地調査、さらに関係資料を求めて東北大学での資料調査をへて、大きな俳諧史への広がりをもって展開してゆく。

氏の論考は、

はじめに

一　みちのく色紙

二　みちのくの訪問者

三『俳諧新選』と中新田俳人

四　京・みちのくの交誼

おわりに

という形で構成され、この色紙が、それぞれ太祇・蕪村の自筆であることを明らかにした上で、一枚の色紙の考証と考察を重ねた上で、

今世紀にはいって、市町村合併が加速され、中新田や谷地森といった伝統ある地名がどんどん失われつつある。そんななかで、『俳諧新選』という選集が、はからずも奥州のかつての文化の要地に光を照射し直す働きをなしたといってよいだろう。

という結論に導いてゆく手際は鮮やかで、蕪村研究者の藤田氏ならでは、と思われる。それにしても、この色紙の所蔵者が京都島原の角屋で催された蕪村忌大句会に展観しなかったら、この色紙は、識者の目に触れずに、知られないままに終わったであろうし、また氏も言われているように、全国版のニュースでなく、関西だけの地方ニュースにとどまっていたならば、遠く離れた宮城県の人の目を引かなかったであろうし、こうしたいくつもの偶然が重なって、藤田氏の考証、論考が展開され、大きな成果を見るに至ったのである。

私は、俳諧史には興味を持っているが、とくに太祇や蕪村を詳しく調べているわけではないので、内容については、藤田氏の論考を読まれたいが、国文学の研究には、こうした偶然から導かれる成果があるということに興味を持つのである。資料の発掘にはこうしたことが多く見られる。

大阪天満宮蔵の旧滋岡家蔵の連歌書は、倉庫ではなく、たまたま空襲で焼け残った一棟の建物から見つかったのであるが、もしその建物が焼けていたら、宗因自筆を多く含んだ連歌書の逸品は知られないままに消えてしまったことになる。かつて柿衞文庫の理事会で、西山宗因の展示をしたいと申し出た時、宗因の短冊はあまり残っていないので、壁面が淋しいということであったが、いざ「宗因から芭蕉へ」というテーマで展示会を開催することになると、つぎつぎ宗因の自筆の短冊が出て来て、さらに平成二十二年の八代市立博物館未来の森ミュージアムでの「華麗なる西山宗因」の展示会では、実に多くの新資料が展示されたのだった。現在〔平成二十六年五月〕編集中の『西山宗因全集第六巻』に収める補遺の部分にも、つぎつぎに新しい資料が出て来て追加に追われているのである。

月は時雨れて ―原義と転義―

これは『心敬十体和歌』の評釈の検討会で気づいたことである。

　　小山田やあかつきさむみなく鴫のはねかきくもり月は時雨て
　　　　　　　　　　　田鴫

もとの原稿は「「月は時雨（る）」とは、連歌的圧縮表現の一つである」と記されていた。「連歌的圧縮表現」というのは、早く「連歌の表現と和歌の表現―湯山三吟を中心に―」（『語文』昭和三十年三月）で私が用いた用語なのであるが、どうやらこの頃は一人歩きしているようである。どうもこの場合、この説明だけでは物足りないと思った。ところが、『角川古語大辞典』にも、「しぐる」は、ラ行下二段動詞として掲出し、

①時雨が降る。「奥山の紅葉の錦外よりも如何にしくれて深く染めけん」（更級）

②涙に潤んでいる。泣きだしそうである。「まみのあたりうちしくれてひそみ居たり（源氏・若菜上）」のようにし

ぐれの雨のように、ともすれば涙がこぼれるような一時的な目の状態をいうが、その意を拡張して、いつも潤んでしょぼしょぼした目をいうに用いる。「いたゞきはげたる大童子の、まみしくれてものむつかしう、おもらかにも見えぬが」（宇治拾遺・一・一五）

③ひっきりなしに鳴く蟬の声が時雨の音のように聞える。「春過て冬来にけらしいとはやもはやしに蟬の声ぞしくる、」（逍遊愚草・二）

と見える。これには、この「月は時雨れて」を満足する語義はない。『日本国語大辞典』は、現代語も含んでいるので、掲出は「しぐれる」とし、

①時雨が降る。また、晩秋から初冬にかけての、時々雨が降ったり、いまにも降りそうであったりする空模様にいう。（古今集・恋五）（蜻蛉・上）（御湯殿上日記）（日葡辞書）（続猿蓑）〔用例は書名だけに省略。以下同じ〕

②（比喩的に）涙ぐむ。落涙する。（宇津保・国譲下）（新古今・冬）（竹林抄）

とあり、『岩波古語辞典』は、この辞書の方針により、動詞は連用形で立て、「しぐれ」（下二）には、

①（秋から冬に掛けて）軽く通り雨が降る。（古今）

②（歌で多く天候の時雨にかけて）さっと涙がこぼれる。（源氏・若菜上）

とある。それぞれ語釈の説明に工夫を凝らし、用例は異なっているが、語義は、この①②だけである。この場合、①が原義であり、②③は転義である。

「月は時雨れて」の「しぐる」は、この『心敬十体和歌』の例に則していえば、どの語義もぴったりとあてはまらない。それは、月が時雨にぬれているように見える状態という転義が必要なのである。すでにいちおう完成している原稿を、竹島一希・大村敦子・押川かおりの各氏と私とで、再検討しているのであるが、竹島氏はすでに関西を離れているので、書面で参加し、この日〔平成二十六年五月十八日〕は、大村・押川両氏と私とで最後の検討を加えている時であったが、この歌をあれこれ検討しているうちに、当該歌の例だけでなく、ほかに、『文安二年雪千句・第二』

の、

明のこる外山の月や時雨らん

という例が見つかった。やはり、連歌によく見られる表現だったのである。

従って、それは、『角川古語大辞典』ならば、②の次に③を立て、

③月が時雨に濡れているように見える状態をいう。連歌に好んで用いられる。「明のこる外山や月の時雨らん」（文安二年雪千句・第二）「小山田やあかつきさむみなく鴫のはねかきくもり月は時雨て」（心敬十体和歌）

とし、もとの③を④とすべきだと思う。

『角川古語大辞典』は、古代から近世末までの用例に基づいて語を取り上げ、語義を施しているので、転義としてあげるのも、用例がなければ、あがっていないのである。この語を取り上げた時、『文安二年雪千句・第二』はもとより、『心敬十体和歌』の当該歌の例も、編者（統合者を含む）の手元にはなかったので、この語義は取り上げようがなかったのである。そういえば、この辞書の編集の過程で、用例があるはずだとわかっていても、その例が見つからなくて苦労したことを思い出す。たとえば、歌舞伎用語で、それが能楽用語から出ていることはわかっていても、その能楽用語の例がみつからない。世阿弥の用語は比較的探しやすいのであるが、歌舞伎用語となる直前の近世の能楽用語としての例がなかなか見つからないのである。

辞書というものは、いささかでも編集にかかわったことのあるものからすれば、辞書に記載があれば、その語やその語の転義は存在し、また、辞書に書かれていなければ、その語やその語の転義は存在しないと考えてほしくないのである。辞書を編纂するに当たっては、何度も討議を重ね作り上げているのであるが、所詮人のすることであって、絶対とは言えないことを銘記したい。

ひとつの「学界展望」から―ふたたび『新編国歌大観』のことなど―

いつまでも独居老人を続けているわけにもゆかないので、二年後(平成二十八年)には、いよいよ娘の近くに移る計画を立てて、長年のコピーの類を捨てようと整理をしていると、稲田利徳氏の「文学・語学」141(平成六年三月)の「中世」のうち「南北朝・室町時代の和歌」という抜き刷りのコピーが出て来た。どうやら加賀元子氏が、私のことに触れられているからと言ってコピーして送ってくれたものらしい。読んでゆくといかにもと思われることが多く、「学会展望」はかくあるべきだと思った。

南北朝・室町時代の和歌の研究は、昭和三十年代後半から四十年代後半にかけて活況を呈した時期があった。という過去形で始まる。それが井上宗雄氏の『中世歌壇史の研究』によるところが大きく、「若手の研究者たちが、この時代の注目される歌人や歌集の考察に情熱を注いだ」が、「ここ十年程のこの時代の和歌研究の状況を冷静に回顧してみると、残念ながらかつての活気はなく、これといった気鋭の若い研究者たちの抬頭もなく、沈滞気味といわざるをえない」という苦言を呈している。この危惧は現在(平成二十六年七月)は解消されていると私は思うのだが、いたずらに与えられた期間の業績を列挙するだけでなく、大局からのこうした指摘は「学会展望」には必要なことだ。私がここに取り上げたいと思ったのは、『新編国歌大観　第十巻』刊行の完結に触れて言われていることである。その価値を指摘した上で、この『新編国歌大観』の本文と索引の刊行が、今後の和歌研究の方法と領域を決定づけたとして、「いわゆる表現論、とりわけ享受、摂取論とも称すべき研究の盛行」に苦言を呈していることである。

従前であれば、古典詩歌を充分に記憶、把握しているとの前提条件を必要としたこの種の研究が、索引の完備によって、容易に遂行可能になった。これは索引を繰って、偶々近似の表現を見出せば、すぐに両歌の影響関係を論ずるという、安易で短絡的な摂取論をも横行させるという危惧を同時に孕んでいる。また、索引という便益なものの存在のため、歌集全体を丁寧に味読する営為を怠らせることにもなる。索引の刊行は便益と同時に、こういった、研究を形骸化させる危険を抱え込んでいることを、改めて確認する必要があろう。

という。まさにその通りであり、『正徹の研究』（昭和五十三年、笠間書院刊）のすぐれた労作のある稲田氏の言だけに重い。その危惧は、それより二十年経った今もそのままに残されている。和歌の研究ばかりではなく、かつて池田亀鑑氏の『源氏物語大成』による付け焼き刃の研究に対して、それが他の分野の専攻の知られた人だっただけに、『源氏物語』を読み込んでおられた今井源衛氏が、ひそかにこぼしておられたのを聞いたことがあるし、私もかつて出席していた大阪俳文学研究会での俳諧の注釈において『謡曲二百五十番集索引』（昭和五十三年、赤尾照文堂刊）の安易な利用を痛感したことが多かった。謡曲の場合は、節回しから記憶しているところが引かれるのであって、索引は確かめるためのものであるに過ぎない。まったくそんなことは考えずに、若い時に謡の稽古をしたことを有益なことだったと今になって思っている。

なお、稲田氏のこの「学会展望」は、新資料の翻刻・紹介の類を列挙した後に、

こういった資料発掘は、今後とも持続されると思うが、各々の和歌資料を単に翻刻・紹介するだけでなく、その史的意義を明確にするとともに、既存の和歌資料と緊密に関連付け、この時代における和歌としての意味を巨視的視点から論及する必要がある。

とあるが、この指摘も今も有益だと思う。

また、とうぜんとりあげるべきこの時代の論考となると、「それほど多くない」とし、とくに目に止まった論考をあげた後に、田中新一氏「以言と定家と正徹と―正徹研究ノート―」（『国語国文学報』50、平成四年三月）と、金子金治郎氏「宗祇と常縁」（『国語と国文学』平成四年七月）を称揚されている。田中氏のものは所属大学の雑誌であまり記憶に残っていないが、金子氏の論考は私も読んで大きな影響を受けたものだった。こうした明確な評者の見解が「学会展望」にはぜひ必要だと思う。

ところで、加賀氏がコピーをしてくれる因となった私に触れられた点は、『現代短歌・内と外』（平成四年、雁書館刊）の評論集をとりあげて、それを例外的な傾向だとし、「古典和歌研究者が、現代短歌に無関心であるのは、研究自体を現代とは脈絡を有さない、閉塞的なものにするだろう」というにあるのだが、同時に、

この傾向は専門歌人側でも同様である。かつては窪田空穂・斎藤茂吉・川田順・土屋文明などはじめ、一流の歌人達が、古典和歌に対し、研究の名に値する業績を堆積したが、近時の歌人による古典和歌論は、学問的研究とは別次元の恣意的評論にすぎないものが多い。

という苦言も呈している。私から見れば、歌人の研究の中にも力作はあるのだが、どこまでがすでに知られていた事実でどこがその人の新見であるかが明確でない場合が多いと思う。

災禍の俳句 ―三・一一の短歌・詩との比較から―

今年（平成二十六年）の現代歌人集会春季大会は、七月十九日に、「俳句―近くて遠い詩型」というテーマで、基調講演を大辻隆弘、講演を高橋睦郎、そのあとに魚村晋太郎の司会で俳人の塩見恵介を加えて荻原裕幸・大森静佳の四人によるパネルディスカッションが神戸市教育会館を会場として開催された。神戸が会場ということから、このテーマが選ばれたとのことである。そして、このテーマならということで講演は高橋睦郎ということになったようである。

実は、私が理事長をしていた平成十三年に、郡上大和で「和歌と短歌の架橋」のテーマで行った時も、やはり高橋睦郎に講演を頼んでいる。高橋は、『王国の構造』『兎の庭』『旅の絵』『姉の島』などの詩集で、それぞれに受賞している著名な詩人であるが、短歌も俳句も作り、句歌集『稽古飲食』で読売文学賞を受賞している。この郡上での時は、伝統芸能を網羅した『倣古抄』が刊行されたばかりの頃で、その作品を自ら吟じられたのが印象に残っている。それ

に対して今回は、それらを根底にふまえつつ、高橋の構築したいわば内なる日本詩歌史を語られ、個々においては問題はあるとしてもそれはそれなりに味わいの深いものであった。配布資料には、三・一一の東北の震災にかかわる、高野ムツオ『萬の翅』から俳句十句、佐藤通雅『昔話』から「立ちくらみ」短歌十首、小島ゆかり『泥と青葉』から短歌十首、高橋睦郎「あの時から」の詩一編、同「大き夕と大き旦と」短歌七首、同「夏始まる」俳句七句が記されていたが、それについてはほとんど触れることなく、最後に、私の聞き誤りがなければ、三・一一を詠んだ短歌の代表的な作品として、小島ゆかりと佐藤通雅をあげ、とくに東北に住む佐藤の作品にも、短歌では…と口を濁されたように思う。私もこの作品はいずれも読んでいたので、それは至極同感だった。高橋自身も短歌に詠み、詩も作ったがどうもしっくり来なかったが俳句で初めて詠めた気がするとちらっと言われ、あとで読んでおいて下さい、と言い残されたのだが、要するに、作りたい時にそれにふさわしい詩型があるということを言おうとされたように私は聞き取った。

私は、パネルディスカッションの折々に、何気なくこの配布資料を読んでいて、高野ムツオの俳句、

四肢へ地震ただ轟轟と轟轟と
膨れ這い捲れ攫えり大津波
春光の泥ことごとく死者の声
やがて血の音して沈む春夕日
車にも仰臥という死春の月
陽炎より手が出て握り飯摑む
列なせり帰雁は空に人は地に
春天より我らが生みし放射能
九穴を生者も開き八月へ

煮えたぎる鮟鱇鍋ぞこの世とは

に圧倒された。私は高橋がまずこの俳句をあげていることの意図がわかる気がし、高橋のいう、作りたい時にそれにふさわしい詩型があるということを、いかにもと実感したのだった。

折しも「詩歌の森」71（平成二十六年七月）が送られて来て巻頭に高野の「災禍の俳句」があり、

四年前の東日本大震災を契機に、物の言えない形式と言われ続けた俳句にも、いくつかその深刻を表現できた作品は生まれた。

という。まさにこの高野の作品こそそれに値すると思った。

私はいつしか戦中戦後の時代に思いを馳せていた。桑原武夫の「第二芸術」論は、もともと「世界」昭和二十一年十一月号に書かれた俳句への批判だったが、それが短歌の世界に飛び火して、戦後の歌壇にも大きな衝撃を与えたことがある。桑原が「八雲」昭和二十二年一月号に書いた「短歌の運命」は、俳句への矛先を短歌に向けて来ただけのものに過ぎなかったが、歌壇では異常に反応し、それに決定的な打撃を与えたのが、小野十三郎の「奴隷の韻律―私と短歌」（「八雲」昭和二十三年一月号）である。小野の主張は、五七五の上の句はまだしも、あとに七七が付くことが短歌的抒情でどうしようもない湿った詠嘆だというにあったが、その刺激的な言葉への反発ばかりでなく、これが戦後の社会の実情をまざまざと見つめて歌にしようとする時、いかにも急所を衝かれたこともあって、しばらく歌壇は立ち上がれなかったような気がしたものだ。ところが最初に矛先を向けられた俳句の方は、衝撃を受けながら、大きく反応し、逆に活発化して新しい俳句を生んでいった様相は、短歌を作っていた当時二十歳代の私の目にも鮮やかに焼き付いている。高橋の講演を聞き、この配布資料を読み、高野のこの俳句に感動を覚えつつ、私にはしきりに戦後の時代が二重写しになって思い浮かんでくるのであった。

もとより短歌は、短歌でしか詠めない場合があることは事実である。しかし、災禍の短歌は、やはり佐藤通雅の、

捕縛されしクマからセシウム出でしといふクマには月の香こそ相応《ふさ》ふを

という捉え方になる。瞬時に切り取るのではなく時間を経て感懐も加えてということになるのだろうと思う。

若山牧水と土肥温泉

牧水荘土肥館・牧水ギャラリーにて（平成26年6月3日）
本人の隣は長女・佐貴子、後方左から第四代館長・野毛孝容氏、土肥牧水会・登木口康郎氏と河辺龍二郎氏。

今年（平成二十六年）の六月、珍しく娘と二人で伊豆の観音温泉に旅行した。そのあと娘の所沢のマンションにもどるまでどこか行きたいところはないかというので、土肥温泉に寄ることにした。『若山牧水ところどころ　近代短歌史の視点から』（平成二十五年、和泉書院刊）を書いた折から気にはなっていたが、行かずに書いてしまったからだ。あらかじめ土肥館に連絡を取っておいたので、当日の六月三日には、第四代館長野毛孝容氏が、土肥牧水会の登木口康郎氏・河辺龍二郎氏を招いて待っていて下さって、まず牧水荘に通された。そこには牧水の自筆の軸などが多く掛けられていた。さらに、そのあと土肥の町を案内して下さった。

牧水は、大正七年、一月一日に青森県から来訪中の加藤東籬を伴って、東京から鎌倉を案内し、沼津の狩野川の川口に一泊し、翌二日、船で土肥温泉を訪ねたのが最初であった。その折は四日に東京に戻ったが、二月に今度は一人で訪れ、月末まで約二週間も滞在し、歌集『さびしき樹木』、散文集『海より山より』の原

吉村屋の階段。今は民家。（平成26年 6 月 3 日）

稿整理をする。そのことは、『渓谷集』の短歌や、『海より山より』の「浴泉記」から知られる。その「浴泉記」によると、二月七日に東京から沼津に来て乗船、午後二時半土肥に着き、最初に泊まったのは、明治館という宿であったが、二月十七日に吉村屋に移ったとある。その明治館というのが、実は現在の明治館とはまったく位置が違っていることも知った。今はフェリーの着くあたりに新築されているが、当時は、船は今の土肥館より西の港の沖に停泊し、小舟で浜に着くのだった。土肥館に「明治時代より昭和初期にかけての土肥の港」の写真があり、艀に鈴なりに乗り移っている光景が見られる。当時土肥の温泉は、牧水が『樹木とその葉』に、「中浜と山の窪地に添うて奥の番場に」と記しているが、当時の明治館は番場にあったのである。喜志子に当てた絵葉書に、安楽寺の鐘の音のことが見えるが、その安楽寺も当時の明治館のすぐ北にあった。それに対して吉村屋は中浜にあり、土肥館よりさらに海辺に近かった。吉村屋は今は廃業しているが跡地は残っていると言ってその前まで行く。外からはまったく面影はないが、野毛氏がそっと玄関の戸を開けられると二階に登る階段に旅館の面影が残っていた。

次に牧水が土肥に来るのは大正十一年だが、その前の大正九年の二月、沼津より乗船して、土肥を通り過ごして、阿良里に上陸したことを記した『みなかみ紀行』の中の「伊豆紀行」に戸田や土肥の船中よりの景がよく描写されている。牧水は、大正九年の八月中旬、沼津に移るが、大正十一年の折はやはり元日から十日余り滞在し、この時はもう土肥館に泊まっている。牧水は土肥が温暖で梅が正月から咲くのがお気に入りだったようで、牧水のいつも泊まる部屋は梅の間といわれている。大正十二年にも一月から二月にかけて滞在。和田山蘭に当てた手紙に、先ず宿から一升の酒をとり寄せておいて、自分で適当におかんをして飲むのだとある。大正十三年にも元日から約一か月滞在。当時の土肥館は今と同じ位置であるが、これも「御愛顧百三十余年　大正、明治の土肥館」の写真が、当時の面影をよく伝えている。

土肥館ではいろいろのものを拝見したが、とくに珍しかったのは、団扇の表に、

ひと葉ふた葉
座敷におちて
竹の秋　　牧水

と記し、裏に、

大正十四年
五月
土肥温泉
竹青山荘にて

と自筆で書いているものだった。おそらく酔狂で書いたものだが、牧水の俳句はほかに見ない。また「しば山の／屋根よりいづる／冬の日は／ひたとさしたり／わが坐る部屋に」の色紙（右の「しば山の」の斜め下に牧水と自署）裏に「土肥温泉／土肥館／梅の間にて」と記した自筆の色紙もある。今でこそ牧水が泊まったということで、多くの資料が残っているのであるが、当時は、牧水が長逗留して宿代のことでは女将がこぼしていたという裏話もひそひそと聞かせてもらった。

三人が案内をして、吉村屋跡、港の風景、松原公園（昭和四十五年八月吉日建立の牧水歌碑「ひそまりて／ひさしく見ればなつかしきかも／とほ山の／ひなたの冬木／かぜさわぐらし／牧水」がある）、最後に平成十一年十二月十一日に落成した牧水の胸像、歌碑「花のころに／来馴れて／よしと思へりし／土肥に来て／見つその／梅の実を／牧水」を見る。

ここで別れて、修善寺へバスで出る。牧水のころは、この道はたいへんな困難な道で、海が荒れて船が止まると交通が途絶えてしまう、とのことだったが、今は立派な道ができている。その日は、時間を急いで別れたのだったが、ぜひ今度は、土肥館に一泊し、温泉にも入りたいものだと思っている。

老のくりごと―八十以後国文学談儀―(85)

幻の宗因自筆の一巻と『宇良葉』

『西山宗因全集』を編纂しているうちに常に気になっていたのが、「連歌俳諧研究」（昭和二十七年二月）に、密田良二氏が紹介されている宗因自筆の一巻であった。「石川県鶴来町櫻井慶二郎氏所蔵」とあり、「竪九寸二分、横一丈六尺七寸の長巻で、金泥で草花の模様を描いた上に、穏雅な筆法で認められてゐる優美なものである」とある。内容は、巻頭に「有芳庵記」の一文があり、そのあとに「連歌の発句のみを四季の順序で九十一句記し、それにつづいて俳諧といふ標題のもとに十七句」、巻末に「ある人の所望辞しかたく染ニ禿筆ニ所也　有芳庵西翁」と記して宗因の印が捺されているという。そのうち「有芳庵記」については全文翻刻されているのだが、一巻の大部分を占める連歌の句については、伝記資料となるものを抜粋してほんのわずかしか記されていない。これが当時の宗因研究の傾向であって、その作品自体をとりあげることはなかったのである。私自身も宗因のこうした文章や書簡のあとに付された句集が、重要と気づき出したのは、『西山宗因全集』に関わってからだった。その句がすでに知られていたものであったとしても、こうした形で小句集が編まれることには意義があった。とくにこの一巻の場合は句数が多く、ぜひ見たいと思っていた。ところがすでに六十年近く前のことであり、密田氏もかつてお会いしたことがあるが、すでに亡く、この本が櫻井家に現存することもわからないままに気になりながら過ぎていった。ところが、今年（平成二十六年）の四月、源氏の会の春季旅行の越路の旅のあとを、廣木一人氏が車で『宗祇終焉記』の高田からの北国街道の旅を後追いしてくれた途次、関山神社で、「越後国のやまと水おもしろき坊にて／水にすむ心やみ山／あきの庭／宗祇（花押）」と彫られた句碑があり、裏面によると平成六年五月吉日の建碑で、文字は鶴来町櫻井健太郎氏蔵の『宇良葉』に拠ったとあった。私は即座にこの櫻井健太郎氏が慶二郎氏の後裔であり、何とか手蔓が摑めるのではないかと思い、尾崎千佳氏に連絡した。その後六月八日・九日に滋賀県の長浜で「日本歌人」の夏行と称する大会があって、ここに石川県加賀市橘の三瀬志津枝氏が見えていたので、鶴来の櫻井健太郎氏に連絡が付かないかと聞いてみると、付くでしょうと言われる。追って事情を手紙で送ると、さっそく連絡を取って下さり、『宇良葉』はすぐ出るので、いつ見に来てくれてもよいが、宗因の一巻は見当たらないとのことであった。尾崎氏とも連絡を取ってとにかく『宇良葉』だけでも拝見すれば何かの情報も得られるのではないかということで、八月十九日の三瀬氏が勧められ予約してくださった白山瀬女高原の瀟洒な「かんぽの郷」（十一月には廃業）に泊まり、翌二十日に櫻井家を訪れ、『宇良葉』を拝見した。まさに天下一本で、小型の升形本のすばらしい室町期の写本で、金子金治郎氏も言われているように花押だけが宗祇の自筆で、あとは門弟に書写させ、校閲した原本と見るべきものだった。その門弟が古筆家は宗哲というが、それは伝記研究とも重ねて今後の考察の課題であろう。翻刻で見ているのとはまた異なる『宇良葉』についても新知見を得ることが出来たし、とくにあとに付されている三つの百韻については改めて考察したいと思った。とくに「本式百韻」に付されている朱の圏点が気になった。この本を最初に紹介された深井一郎氏の抜き刷りが参考に保存されており、これはかつて私も読んでおり連歌関係の抜き刷りを入れている箱をひっくり返せば出てくるかと思うが、そのあとがきに、殿田良作氏が自身で発表しようとされていたのを譲られて記したといったことが書かれていた。密田氏も深井氏も金沢大学の教育学部の方で、金沢住の蔵書家で芭蕉の研究もされていた殿田氏が、慶二郎氏と関わっておられたことを知った。殿田氏は、俳文学会の初期に何度かお会いしたことがあるが、実に温厚な方だったのをなつかしく思い出す。『宇良葉』を拝見し終わったあとでの健太郎氏との雑談の中で、慶二郎氏は、やはり想像した通り先代であるとわかり、床の間には先代御夫妻の写真が飾られていた。殿田氏との交わりの中で、反町を通していろいろなものを買われていたとのことである。慶二郎氏自身が買われるばかりではなく、売ったりもされていたとのことで、探してみたが見つからないのはそのためではないか、ということであった。帰途、尾崎氏も、いつの日かどこから世に出るのを待つほかはなく、今回の『西山宗因全集』に所収することは諦めるより仕方がないという決心がついた、と言われる。『宇良葉』が尊経閣旧蔵ということも、直接拝領といったことではなく、尊経閣旧蔵ということで買われたらしい、と話し合ったことであった。

結局は、幻の宗因自筆の一巻のままだったが、『宇良葉』がきっかけで、櫻井家を訪問することができた。小松から車で二人を迎えてくれた「かんぽの郷」の方が、わざわざ手取峡谷に立ち寄ってくれたり、とくに北陸鉄道金名線の廃線の名残を教えてくれたことも鉄道ファンの私には嬉しかった。

「国語表現法」―道上洋三の『ふたつめの誕生日』を読んで―

ABCラジオ(朝日放送)の朝六時半からの道上洋三の「おはようパーソナリティ」という番組を長年楽しんで聞いている。名古屋から大阪に帰って来てからだから、かれこれ三十年以上が過ぎている。今度(平成二十六年七月)『ふたつめの誕生日　おはようパーソナリティ道上洋三の「なんで?」』(ワニブックス刊)という本が刊行されたので読んでみた。これが実におもしろい。まさにこれも語りである。しかし、番組の「おはようパーソナリティ」もそうだが、おもしろいことを言っても、決してアナウンサーの域を外さない。アナウンサーが芸人のような語り口をしたりするのを、私は何人か知っていて、苦々しく思っている。それに対して、この人はごく自然に話していて、飽きさせない表現力を持っている。そこが魅力なのである。もちろん阪神ファンで、前日に勝った時も負けた時も、それなりに面白く、戦前からの阪神ファンの私には、はじめから共感するところがあったことはいうまでもない。また、この番組は、女性のアシスタントがいて、何人も入れ替わっている。現在は十一人目だそうだ。実はその歴代のアシスタントについても触れられているというので先ずは購入する気になったのだが、道上は、もとより立場上その十一人について思い出は語っているが、批評はしていない。しかし、この番組がおもしろいのは、アシスタントによる力も大きい。私が最初に興味を持ったのは、三代目の唐川満知子（お花ちゃん）であった。この人が神戸の松蔭女子学院大学の国文科を出ていることは、番組の中で何度も聞いた。国文出ということに親近感を持ったのも事実である。この本によると、昭和五十四年十月から昭和六十年まで担当していたとのことである。私は昭和五十五年四月に大阪大学に移ってこの番組を聞いたのだから、ちょうど彼女は半年が過ぎたころだったらしい。この人は、アシスタントの領域をわきまえながら、巧みにお相手をしている語りがすばらしかった。これもこの本によると、それより先に乾龍介アナとの夕方の番組の経験があったのだそうだ。名古屋にいたころのことだから、もとよりその番組は知らないが、この乾龍介アナも後に何年か「おはようパーソナリティ」のあとの番組で聞き、道上とは違った語り口ながら、アナウンサーの域を外さない知的な語りで好感を持った。この「お花ちゃん」が番組を降りる時は「なんで」と思ったことだった。そのあとを受け継いだ安井牧子（マキちゃん）にはあまり印象がない。ところがこの人が、後に妹尾和夫の相手を勤めた時は感心して、道上のアシスタントはいつだったのだろうか、その時はどうだったのかと長らく知りたく思っていたのだが、この本を見て四代目と知ってびっくりした。唐川が降りたことに、というよりも降ろされたと思って憤慨していたので、この人のことは期間が短かったこともあり、ほとんど覚えていないのである。その後には、八代目の高野あさお（あさおちゃん）が印象に残る。ただ、この人はアシスタントの域をしばしば踏み外すのが気になった。次が九代目の秋吉英美（エミちゃん）、初めて聞いた時は、「なんで」、こんな人をと思い、この人で勤まるのかしらと思ったほどだったが、何と十二年半も勤め、何年目から後は何ともいえない独特の味があるのである。決して語り口が上手になったわけではないのに、人柄が語りににじみ出るのだろうか。次が十代目の久野愛（久ちゃん）、まだ女子大生だったが、はじめからそつがなかった。ほんとうの味を出さずじまいに降りてしまった。

どうしてこんなことをここに持ち出すのかというと、私は、いま昭和五十三年度に愛知県立女子短期大学での「国語表現法」という講義を思い出しているのである。私は、昭和三十三年に佐賀大学で初めて大学の講義を持ってから、講義にはそれぞれ思い出があって、非常勤で勤めた大学まで、その題目を書き留めていた。それは私の著作集の第十四巻『国文学の世界』に収めている。愛知県立大学および愛知県立女子大学の時は、それぞれの事情があって、国語学の演習や近代文学の演習、国語学講義、国語科教育法など、およそ私の専門外の講義も受け持つことがあって、それなりに工夫をしたが、この「国語表現法」もそうだった。はじめに構想を立て、最後は表現力の実践として短歌会をしたのだった。その折のノートが残っていたら、手を加えて、著作集の第十四巻の最初の「幻の国文学概論」に続いて、収めようとしたのだが、そのノートがどうしても見つからず諦めたのだった。その講義のある時間に、受講生に三分（あるいは二分だったかも知れない）を限って、自己紹介をさせたことがあった。それを思いついたのは、その頃、名古屋で節談《ふしだん》説教を聞く会があって、そのあとのシンポジウムで、永六輔が、三分でどれだけの内容を話すことができるかと時間を区切って、見事に東京からの車中の出来事を語ったのにヒントを得たのだった。この人もラジオ・パーソナリティで、東京で道上と同じような番組を長らく持っている著名な人だということを間もなく後に知ることになる。

語ると言うこと、それは自然体で、特に気張ったりせず、芝居がかったりもせず、それでいて、十分意を尽くし、聞き手に感銘を与えることが大事だということを、私は、道上洋三のこの番組に思う。改めて、アナウンサーの語りということを考えてみたいと思ったのだった。それはとりもなおさず国語表現法なのである。

老のくりごと—八十以後国文学談儀—(87)

『万葉集』の歌番号

『心敬十体和歌—評釈と研究—』（平成二十七年、和泉書院刊）の校正の折に、編者の一人竹島一希氏が、『万葉集』の歌番号は、いまの『万葉集』研究者の動向だといって、旧番号に直して来た。そういえば、最新の佐竹昭広氏・山田英雄氏・工藤力男氏・大谷雅夫氏・山崎福之氏らの校注による『万葉集』（岩波文庫。平成二十五年〜二十七年刊）の「凡例」には、「歌には『国歌大観』による歌番号を付した」とある。この文庫は新日本古典文学大系の『万葉集』に基づいているので、歌番号もそれを踏襲している。「『国歌大観』による歌番号」というのは、旧番号である。

いま改めて、『新編国歌大観』の『万葉集』の「凡例」を見てみると、

> 各集ごとに、和歌・連歌・歌謡・漢詩句の別なく、その歌頭に通し番号を打った。ただし本文中に、改行等の形で独立表示されているものに限った。なお、万葉集については、底本の記載形態のいかんにかかわらず、一首完形のもの（或本歌・一書歌等も含む）は、一連の通し番号を与えた。したがって、旧『国歌大観』の歌番号と異なる場合があるが、その場合は右側に新番号（ゴシック体）を打ち、左側に旧番号（明朝体）を付記した。

とある。「『新編国歌大観』準拠版」と銘打つ伊藤博氏校注『万葉集』（角川文庫、昭和六十年刊）は、「凡例」に、

> 脚注・索引等の歌番号は、すべて『新編国歌大観』の新番号を用いた。ただし、本文では、新番号の左側に旧国歌大観番号をも併記し、旧来の研究を参照する便に供した。

とある。『新編国歌大観』の凡例は、全巻に通じての凡例であって、特に『万葉集』の研究者にはこれだけでは、新番号を打ったことは理解されないだろうと思う。角川文庫の凡例も新番号の意義については記していない上に、出版社の方が「『新編国歌大観』番号を持つ初めての文庫版万葉集」などと帯文を付けるものだから、いっそう一部の『万葉集』研究者の反感を買ったことは私も知っている。

もともと『新編国歌大観』の編集に当たっては、歌番号の問題について討議を重ねたことについては、私も何度か記している。新番号を打つべきだと強く主張されたのは谷山茂氏で、今後先々までの研究を左右する『新編国歌大観』に誤りを踏襲すべきではないというにあった。それに対してすでに研究者の間に浸透している旧番号を変えるべきではないと主張されたのが久保田淳氏だった。私などは当初は『国歌大観』と同じ本文を正しく翻刻すればと考え

ていたのと、『古今集』以後の勅撰和歌集の場合は番号より部立を重んじるべきだという考えだったので、番号にはあまり固執していなかった。ただ、本文が「広く一般に流布している系統の中から最善本を選んで底本とする」ことになると、新番号ということになっていったように思う。討議の末にようやく新番号に落ち着いた後に、さて『万葉集』をどうするかということが問題になった。『万葉集』だけは例外にするのもやむを得ないという意見もあった。ただ、われわれ十二人の編者の中には『万葉集』の研究者が一人もいなかったので、『万葉集』を依頼している伊藤博氏・橋本四郎氏等に相談してみようということで、私がその仲介に当たることになった。はじめは、新番号などは、以ての外という雰囲気で、ぽんぽんと歌番号が飛び交うのを見て、『万葉集』研究者の間では、歌と番号が一体のものとして結びついていることを知った。しかし、あれこれ討議を重ねていくうちに、伊藤氏が旧番号には不統一や間違いがあるので、この際新しく正しく打ち直すことも意義があるという見解を出され、それによって結論を得たのである。

同じく角川書店から出ていた『角川古語大辞典』の『万葉集』の用例が旧番号に拠っているのは、すでに旧番号のままで、何巻か出ていて、不統一になるので、そのままにしたまでで、本当は改訂ができれば新番号にしたいところであった。

もともと『新編国歌大観』に左側に旧番号を残しているのは、当座の研究者の混乱を避ける便法であって、新番号が普及すれば、旧番号は消すというのが、出版社側の意向であった。それは『万葉集』においても同じであり、伊藤氏校注角川文庫『万葉集』の凡例に「旧来の研究を参照する便に供した」とあるに留まると私は解していた。したがって、私のそれ以後の著述はすべて『万葉集』も新番号を付しており、今度の『心敬十体和歌―評釈と研究―』もなに迷うことなく新番号のつもりでいた。初校を見ていて、『万葉集』の番号で歌が異なっている部分があるのに気づいて不審に思い、調べてみると旧番号になっている。これはことごとく新番号に訂正しておいた。私の最終の訂正に対して、竹島氏より大村敦子氏へのメールで『万葉集』は今は旧番号を用いるのが趨勢だとあったことを聞いて驚いたのである。
伊藤博氏、橋本四郎氏の亡くなってしまった今日、やはり『新編国歌大観』の『万葉集』の番号を論じ合ったことを思い出し、やはりここに記しておく必要を強く感じたのである。そういえば、佐竹昭広氏にも新日本古典文学大系にわざわざ旧番号を用いられている理由を聞いておくべきだったと思うが、彼もまたいない。

「国語国文」のこと

先般（平成二十六年九月）京都大学国語国文学会から一通の書類が届いた。なにごとかと思って読んで見ると、「国語国文」をずっと出し続けてくれていた中央図書新社が破産し、さまざまのことがあった末、ようやく臨川書店の好意で刊行を続けることができるようになったが、あまり負担を掛けるわけにもゆかないので、会員になってほしいということだった。私の場合、いまや高齢となって、加入している学会のどれを整理しようかと思っている矢先だったので、新しく雑誌を購読することは控えたいのだが、とりあえず申し込むことにした。

そういえば、私の学生時代は、全国書房から出ていて、それが中央図書から出るについては、遠藤嘉基先生が、高校の国語教育に熱心で、中央図書から多くの副読本の類を出されていた縁で、中央図書が引き受けてくれたのだと思う。私が京都大学を卒業して、大阪府立の市岡高校や住吉高校の教諭をしていた時は、中央図書の販売担当の人がよく宣伝に来ていたことを思い出す。さらに戦前は星野書店から出ていたらしい。手元にある第七巻第四号（昭和十二年四月）、これは連歌の特集だったので、古本で買ったものだが、それには、冨山房の『芳賀矢一文集』や岩波書店の「文学」、『校本竹林抄』とともに、星野書店刊の潁原退蔵先生の『俳諧史論考』の広告が出ている。やはり京都大学の国文学の先生の恩恵を感じて、刊行してくれていたのではないかと思う。

私も、もとより学生時代から購読していたが、愛知県立大学に移って初めてアパート暮らしをし、雑誌は置き場にも困るので、いつのまにか取らなくなっていた。勤務先の大学ではどこでも購入していて、簡単に見られ困らなかったからである。ただ、大学に講義に出向くことがなくなって不便になったが、それでもとりまとめて見て必要な論文はコピーしてすませることができた。「国語国文」には、直接かかわったことはなかったので、その運営がどうなっているのかなどは考えてみたこともなかったのである。

初めて京都大学に入学し（昭和二十二年四月）、国文（正式にいえば文学部文学科国語学国文学専攻）の新入生歓迎会で、当時編集を担当されていた池上禎造先生が「国語国文」が国文学会から出ていること、それを購入してほしいこと、ただ、それに書くということはまだまだ先のことだが…といったような趣旨を例の口調で言われたことを思い出す。「国語国文」に発表するということは、遠い将来のことだと思って聞いていた。ただ、すぐれた卒業論文が推薦されて論文にして掲載されることはそれとなく聞こえてきて、卒業論文を書くための参考にした。古い例で言えば、「国語国文」の前身の「国語国文の研究」第三十四号（昭和四年七月）に、詩人伊東静雄の「子規の俳論」が掲載されている。

私の論文が初めて「国語国文」に掲載されたのは、「連歌史に於ける心敬の位置」で、昭和二十六年八月号だった。それは、卒業論文の主要な部分をまとめて、昭和二十六年五月二十七日に学習院女子短大で行われた第一回俳文学会で口頭発表したものを補訂して投稿したものだった。卒業論文の残りの一部を敷衍して京都大学の国文学会で発表したものを補訂して「冷泉歌風のゆくへ」として旧制大学院の年次報告を兼ね、投稿したが、なかなか掲載されなかったので、恐る恐る野間光辰先生に聞いてみると、あれは投稿のつもりだったのかと聞き返され、ようやく昭和二十八年六月号に出たといったありさまだった。その後は何度も投稿し、掲載されていて、この雑誌には恩恵を被っていることはいうまでもない。私は直接編集に関わったことがないので、どういう形で掲載されるのかは知らない。ただ、いつもこの雑誌に投稿する時は緊張があったことは事実である。

玉上琢彌氏の「物語音読論序説」（「国語国文」昭和二十五年十二月号）は、私も興味をもって読んだ論文だが、後年『源氏物語研究』（『源氏物語評釈　別巻一』昭和四十一年、角川書店刊）の「あとがき」に、「『国語国文』誌の原稿をどんどん没にするものだから、編集の誰か一人は書かずにいなくては申し訳がたつまいと考えたのであった」とあることにより、当時の編集の裏側を初めて知る。当時玉上氏は助手だった。

私が購読をはじめた昭和二十年代の後半には、ほかには、今も続いている東京大学の「国語と国文学」があり、ほかにやや啓蒙的なものとして「国文学　解釈と鑑賞」も同じく至文堂から出ていた。「国語と国文学」には、多少読者を予期した編集意識があって、春秋二回特集号が組まれていた。それに対して、「国語国文」は、まったくそうした読者への配慮は感じられず、ひたすら審査に耐えた論文だけを掲載するという方針のように見える。私の学生時代には、森重敏氏の国語学のむつかしい論文だけで一つの号となっている時もあり、それを苦労して読んだことも今ではなつかしい。読者におもねる必要は毛頭ないが、戦前の「国語国文」には、尾田卓次氏が編集長をされていて、もう少し編集に意欲があったように感じられる。今日はそれもいささかは顧みる必要があるのではないかと思う。

戦前の俳句雑誌・短歌雑誌

『西山宗因全集　第五巻　伝記・研究篇』（平成二十五年、八木書店刊）に、宗因の「肖像」を集めている。その中に、「伝西山宗因画像」として、かつて伊藤尾四郎氏が「天の川」百二十二号（昭和四年七月）に掲載されているものから収めている。これは、伊藤氏が「九州俳壇（三）」として、「筑前某所」にて一見したという「宗因床掛」一幅を紹介されたもので、宗因の肖像の上に「しら露や無分別なるおき所　宗因翁」とあるのだが、尾崎千佳氏に聞くと、大内初夫氏のコピーしておかれたものを井上敏幸氏から渡され、それに拠ったということである。不鮮明なので、その

「宗因床掛」一幅を見いだすことはまず不可能に近いとしても、せめて「天の川」のこの号が見られないものかということで、私もいささか気にかけて探していたのだが、なかなか見つからない。結局このコピーに拠って収める結果となったのである。

戦前は、現在のように研究発表の場が多くなかったので、俳句雑誌や短歌雑誌の一隅を借りて研究を発表することが多かった。それを現在見ようとすると、まとまって保存されているところを知る手づるがなく、なかなか困難なのである。

宇佐美喜三八氏『近世歌論の研究　漢学との交渉』（昭和六十二年、和泉書院刊）は、宇佐美氏の学位論文が没後もそのままになっていたのを読んで、ぜひ刊行しなければならないと思った時、小島吉雄氏に序文を、中村幸彦氏に跋文をお願いした。その折、中村氏は、太田青丘氏の『日本歌学と中国詩学』（昭和三十三年、弘文堂刊）について、この書が出るまで、こんな立派な論文が短歌雑誌の「潮音」に連載されていたのを知らなかったことを恥じるが、宇佐美氏のものは「語文」などに書かれるのを注目して折々に読んでいたという意のことを書かれている。その宇佐美氏も、著述目録を編むに当たって、私は時折「白珠」に書かれていたことを思い出し、改めて長谷完治氏に天理図書館の短歌雑誌を調査してもらったら「水甕」などからいくつも見つかった。「水甕」には昔から、和歌や近代短歌の優れた研究があることは知られていて、いくつかの特集号を私も古書で手に入れて参考にしていた。とくに松原三夫氏が「水甕」に、正徹の詳しい伝記を連載されていて、京都大学に入学する前から気になっていた。いくつかは目に触れ、ぜひまとめて読みたいと思っていたが、なかなかその機会がなかった。それがある時、たまたま澤瀉久孝先生の研究室に行くと、「水甕」が並んでいるのを見て、一冊ずつ貸してもらって読んだものだった。その松原氏が三浦三夫氏で、後に名古屋で親しくすることができ、その昔話をしたことだった。「水甕」では松原三夫の名で知られた歌人だったのである。

「帚木」などは、吉沢義則氏主宰だったので、短歌の作品ばかりでなく、昭和十年代の京都大学の卒業生による論文が多く載っていた。谷山茂氏のように後に『谷山茂著作集』が出て、いまでは容易に見ることもできるものもあったが、それも著作集が出るまではなかなか見にくかった。さらに「帚木」にのみ書かれている人の論考も少なくない。私が武庫川女子大学に勤めていた頃、図書館にバックナンバーが揃っていて、掲載論文目録を作成したいと思っていたが、結局手を付けずじまいに過ぎてしまった。

それは俳句雑誌の場合も同じである。潁原退蔵先生や山崎喜好氏があちこちの俳句雑誌に書かれている。西山隆二先生が亡くなられた時、『大阪と蕉門』という小さな遺稿集を昭和二十九年に、「西山隆二遺稿集刊行会」として出した折、先生との関係上、私が主として編集に携わったが、まだその頃は俳諧にはまったく知識がなく、もっと重要なものを落としているのではないかと今になって思うのである。「論文目録」にも記したように、そのほとんどが俳句雑誌に書かれたものであった。それらが今見ようとすれば見られないのである。先生は自分の書かれたものだけでなく、あちこちの俳句雑誌に書かれた論考を切り取って、よく似た論題のものを集めて綴じられていた。それらが、大阪教育大学の西山隆二文庫にあるかと思って調べてみたが、この文庫に整理される前にかなり散逸してしまっていたようである。

図書館などでも、短歌雑誌や俳句雑誌は嵩を取るので、まとまって保存しているところは少ない。どこかにあるのだろうが、それを知ることはなかなか困難である。

短歌雑誌や俳句雑誌に書かれたものは、やはりその読者である短歌や俳句の実作者への配慮が過度に見られるものや、まったく啓蒙的なものも多いのも事実であるが、今日も貴重な資料や論考のあることもまた事実である。当時は、現在のように執筆機関が多くなかったので、短歌雑誌や俳句雑誌に論考を発表したのである。短歌雑誌や俳句雑誌の方でも、おそらく多くの歌人、俳人が読まないと思われるものが、あるていど歓迎もされていたふしがある。現今も続いている結社雑誌で、その会員の中に篤志家がいて、こうした論考の目録や、そのありかを記しておいてくれるとありがたい。現在の情報システムを駆使すれば可能なことではないかとも思ったりするのである。

学会と学会誌

国文学の世界では、戦前は、それぞれの大学（旧制）で研究が行われていて、お互いに交流はなかった。もとより個人的な交流はあったが、今日のような学会という形ではなかった。

戦後も、学会ができるまでは、同じ出身校以外の人、とくにまだ業績もない若い人は、何を研究しているのかわからなかった。安井久善氏が私家版で『右大弁光俊攷』を出され、古典文庫にチラシが入っていたので、購入申し込み先の本人に連絡すると、同好の士と喜んでくれ、もし東京へ来ることがあれば寄ってほしいということで、当時武蔵境にあった邸宅を訪ねると、氏は日本大学の出身だったので、そこに有吉保氏が見えていて、両氏ともその後懇意になるという有様であった。まだ和歌文学会も中世文学会もなかった頃のことである。また、私の住吉高校の教え子で、もう誰だったか思い出せないのだが、私が授業で何かの機会に連歌を専攻していると言ったことを覚えていて、京都の予備校で、濱千代清氏の授業に出て、たまたま連歌を専攻していると言われたので、終わってすぐに私の高校で習った先生も連歌が専攻だと話したところ、その人の名前は知らないが、連歌を専攻する人は少ないからよろしく伝えてくれと言われたといって報告してくれた。その後、濱千代氏と親しくなるのはかなり後のことである。

戦後最初にできた学会は国語学会ではなかったか。『国語学大辞典』（昭和五十五年、東京堂出版刊）によると、国語学会の第一回公開講演会が行われたのは昭和二十一年六月、学会誌の「国語学」が創刊されたのは昭和二十三年十月とある。遠藤嘉基先生が熱心で、京都大学で、国語学基礎講座の講演会が開かれ、上代を阪倉篤義氏、中古を遠藤先生、中世を浜田敦氏、近世を池上禎造先生の担当で私も聴講した。これは後に『国語の歴史』（国語学会編、昭和二十三年、秋田屋刊）として出ており、当時、ほかに学会はなかったので、専門ではないが私も会員となっていた。次に、萬葉学会が、澤瀉久孝先生によって創立されたので、これにも入会した。学会誌「萬葉」は昭和二十六年十月創刊だから、創立はそれより以前である。澤瀉先生は、この学会の研究対象は上代文学で、その中心が『万葉集』だからというので「萬葉学会」と名付けられたのだが、その後に「上代文学会」が別に創立されることになる。国語学会も萬葉学会も、いずれも遅速はあるが、いまでは会員ではない。それは、その後に私の研究分野にかかわる多くの学会が次々とできたからである。

創立当初から現在までもっとも関係の深い学会は、俳文学会である。昭和二十六年五月二十七日に学習院女子短大で行われた第一回大会に研究発表して以来、何度も発表したし、学会誌「連歌俳諧研究」にも何度も執筆している。そればかりでなく、佐賀大学時代に、中村幸彦先生を中心に協力して太宰府天満宮で大会を行ったことや、愛知県立大学時代に、伊賀上野での開催で、名古屋の「さるみの会」が主になって行ったこと、武庫川女子大学時代には、事務局を引き受け、その最後の年には大会を引き受けたこともあった。この学会を通じて、伊地知鐵男氏・金子金治郎氏・木藤才蔵氏らその道の先達と親しく交誼を得ることができた。今もなるべく大会には出席して若い人との交流を楽しんでいる。

和歌文学会の創立は、俳文学会より遅れて昭和三十年である。この学会の中から、資料を重視すべきだということで、橋本不美男・藤平春男氏が中心となり若手が集まって和歌史研究会が結成されて、井上宗雄氏・福田秀一氏・久保田淳氏ら、この仲間から受けた影響は大きい。

日本近世文学会の創立も俳文学会よりは遅れる。これも当初より入会している。特にいまは『西山宗因全集』の編集の関係で、俳文学会とともにもっとも多く大会に出席している。

やがて、中世文学会、中古文学会が創立、さらに日本歌謡学会とか説話文学会とか仏教文学会とかも次々に生まれ、それぞれに学会誌を持っている。佐賀大学にいた時は、これらの学会誌に発表される論文を見る必要から入っていた。なお佐賀にいた頃、林屋辰三郎氏を中心に、藝能史研究会ができて、北川忠彦氏のすすめで入会した。これはあえて研究会とはいっているが「藝能史研究」という学会誌が出ており、国文学ばかりでなく、日本史の人とも接点ができて有益だった。私の研究分野が多岐にわたっているため多くの学会に参加していたが、大阪大学を定年退官するに当たって、中古・中世・近世・和歌・俳文・藝能史の六つに整理した。

近代は興味は持ちつつ、ついに学会に参加したことがないので、その様相はわからないが、主要な一人の作家ごとに学会があるとやら聞く。

いまはあまりにも多くの学会ができて、それぞれの分野で細かな研究が進み、かえって大局を見ることがむつかしいという欠陥を生じているように思う。時折京都大学の国文学会をのぞいてみると、今も学内での研究が、国語学から国文学の各分野にわたって一つの会場で行われ、それぞれに質疑応答が交わされている。こういう原点を省みることも重要ではないかと思ったりする。

老のくりごと—八十以後国文学談儀—(91)

謡前書付発句懐紙と句稿断簡 —柿衞文庫開館三十周年記念「芭蕉」展より—

柿衞文庫開館三十周年を記念して、平成二十六年九月十三日より十一月三日まで、「芭蕉」展が開催され、この三十年間に新しく発見されたり、一時所在不明になっていた作品が、従来よく知られている名品と合わせて一堂に展示されている。私は芭蕉を専門にしているわけではないので、その資料価値についてはそれぞれの専門の方の研究にゆだねたいが、この中から、二つの点についてだけ触れておきたい。

その一つは、これは従来から知られていることであるが、謡を節付けまでそのままに前書にした発句懐紙がある。今回は、「花のくも」謡前書付発句懐紙二点、一点は個人蔵（展示14）、一点は柿衞文庫蔵（展示15）と、「たび人と」謡前書付発句画賛（個人蔵。展示19）が出ている。ほかに「観音の」謡前書付発句懐紙（天理図書館蔵。『芭蕉全図譜』84）、「木のもとに」謡前書付発句懐紙（個人蔵。『芭蕉全図譜』230）が知られている。このうち柿衞文庫蔵の「花のく

も」は、

しかるに花の名たかきは
先初花を急くなる近衛
との、糸桜みわたせは柳
さくらをこきませてみやこは
はるのにしき散乱たり（譜点省略）
花のくもかねはうへのか浅くさか
はせを

とある。この句は、『続虚栗』（貞享四年）に初出し、深川の芭蕉庵から江戸の春を遠望してよんだもの。前書の謡は〈西行桜〉のシテの謡からクセにかかる、よく知られたところである。これは、京都西山の西行庵から眺めた洛中洛外の花尽くしであった。この謡とこの句の構図はよほど気に入っていたと見えて、同じく展示の個人蔵のものも字遣いが異なるのみである。さらに、同じ時の句と思われる「観音のいらかみやりつ花の雲」の前書にも〈西行桜〉のクセのあとの部分の「毘沙門堂の花盛四王天の／栄花も是にはいかてまさる／へきうへなる黒谷下河原むか／し遍昭僧正のうき世ヲ／いとひし花頂山鷲の深山／の花の色枯にしつるの林まで／おもひしられて哀なり」（譜点省略）を用いていて、芭蕉は〈西行桜〉のクセを特に好んでいたことが知られる。元禄三年三月二日、伊賀上野風麦亭での句「木のもとにしるも膾も桜かな」の前書にもやはり節付きで、〈西行桜〉の「花のくも」謡前書付発句懐紙と同じ部分のシテの次からを記している。貞享四年十月『笈の小文』旅立ちの句「たび人とわが名よはれむはつしくれ」には、「はやこなたへといふ露の／むくらの宿はうれたくとも／袖かたしきて御とまり／あれやたひ人」（譜点省略）の〈梅枝〉のシテ・ワキ問答のあとの下歌を前書に用いている。この場合は、句までを右半面に寄せ、左半面には、尾張熱田の門人東藤による芭蕉の旅姿の画がある。これらを見ると、当時の芭蕉は謡本を用いて、句とのコラボレーションを楽しんでいるように思われる。談林を潜って来た芭蕉が、謡に興味を抱き、いくらかは謡っていたかとも思われるが、それはごく限られた曲の限られた節の部分であり、西山宗因のように、句が謡と一体となっているのとは異なっている。芭蕉の場合はどこまでも句を生かすためのポーズに用いられたに留まるのである。わざわざ謡本の節までも付し、その音律を想像させる効果を狙っている。

もう一つは、「あきをへて」ほか句稿断簡（展示29）である。句稿Aは一四・七×四・三（cm）、句稿Bは一四・七×一五・三（cm）の小片で、その二枚が一幅の軸装に仕立てられているものであるが、そのうち句稿Bに注目したいのである。裏は書簡文のようであるが、無造作に「いつもの国よりふら〳〵と／着くは花みの／留主居かな／いつものことか／いつもの事か／たゝの／たゝの／ことなり／はせを」と書かれている。これは何を書きつけたものだろうか。私は当時の歌謡ではないかと思う。芭蕉が『貝おほひ』（寛文十二年刊）に、当時遊里や巷間に流行した小唄を判詞に散りばめていることはよく知られている。私は、歌謡史にこの『貝おほひ』がほとんど利用されていないことを不思議に思うとともに、若き日の芭蕉のこの小唄好みが、後の作品にどのように生かされているのかを長らく考えあぐねていた。この句稿断簡を見て、私はすぐに歌謡ではないかと思ったのもそのためである。「出雲の国よりふらふらと、着くは花見の留守居かな、いつものことか、出雲のことか、ただのただのことなり」。当時の流行の歌謡を書きつけたのではなかったか。句稿Aが「あきをへて／てふもなめるや／きくのしも」とあり、この句は『笈日記』（元禄八年）に、下五が「菊の露」で採録されている。句稿Aと句稿Bは同じ断簡で、元禄八年をそれほどさかのぼるものではなかろうと思われる。私は宗因が謡を完全に自分のものにしていたのに対し、若き日の芭蕉は小唄にあけくれていたのではないかと思い、二人の年代の隔たりを思うのである。それが、いわゆる蕉風俳諧に形を変えてゆくのであるが、どこかに若き日の片鱗が残っていないかと思いながら今に至ってしまった。多くの重要な新資料を見ながら、私がこの一軸に心引かれたのもそのためであった。この一軸は、岡田彰子氏「芭蕉自画賛など二点」（「連歌俳諧研究」92、平成九年三月）に紹介されていることを根来尚子氏より聞き、改めて読んでみたが、歌謡のことは記されていなかった。

奈河彰輔氏を悼む

朝日新聞の朝刊〔平成二十六年十月十七日〕を読んでいて小さい訃報が目に付いた。

奈河彰輔さん（なかわ・しょうすけ＝歌舞伎演出家、元松竹常務、本名中川芳三〈なかがわ・よしぞう〉）13日、肺炎で死去、83歳。葬儀は親族で行った。喪主は長男中川泰（やすし）さん。

大阪市出身。大阪大学卒業後、1957年松竹入社。関西で歌舞伎を中心に演劇制作に携わる。市川猿之助（現・猿翁）さんと組み、「小笠原騒動」「伊達の十役」などの人気作を手がけたほか、スーパー歌舞伎の監修もした。

とある。昭和三十二年（一九五七）に松竹に入社とあるのだから、それは私が関西で歌舞伎を盛んに見ていた昭和二十年代の後半より少し後、昭和三十三年九月に佐賀に移住する一年ばかり前になる。おそらく氏は松竹入社前も私の見たのと同じ芝居を見られていたことと思う。私は歌舞伎は見ても、直接役者とかかわることはしなかったので、幕の内のことは知らない。まったくの素人の劇評を『戦後の関西歌舞伎　私の劇評ノートから』（平成九年、和泉書院刊）として出した時、この人は一冊を購入してくれていたらしい。『幕外ばなし』（平成十三年、私家版）を送って下さったおり、ていねいな書状が添えられていて感激したことを思い出す。奈河彰輔といえば、長年上方歌舞伎の脚本や演出に携わって来られた方であったので、この人に私の『戦後の関西歌舞伎　私の劇評ノートから』が目に留まったことをうれしく思った。上方歌舞伎を見ていろいろ疑問に思っていたことが、この書は幕の内から書かれていていかにもと思うことが多かった。とくに「七人の会始末」にそのいきさつが書かれているのがおもしろかった。これは山口廣一氏が計画され、私は第一回興行を見ただけで、やがて佐賀大学に赴任したので、そのあとの興行のことを知りたく思っていたが、氏の記述を読んで、霞仙が出演を拒んだこと、吉三郎が大阪の役者と自認していたのに東京生まれということで加えられなくて嘆いたという話などをはじめて知ったことだった。どうしてこの二人が加わっていないのか私は不思議に思っていたのである。本興行であまり役のつかない高砂屋の福助が喜んだのに対して、肝心の鴈治郎があまり乗り気でなかったということも、何となく感じられることであった。それに、この書には又一郎や高砂屋福助や上村吉彌などなつかしい役者のことが出ていて、感慨深く読んだのだった。

その後は、歌舞伎を見て、その番付に奈河氏の演出とある場合は、とくに気にするようになっていた。平成十一年三月の二代目鴈治郎十七回忌追善の『仮名手本忠臣蔵』の通し興行の番付に、本名の中川芳三の名で書かれている「二代目鴈治郎の忠臣蔵」の記事は、二代目を見慣れて来た私にとっては、まさしくその場面場面を彷彿させてくれるものだった。平成二十五年二月の「二月花形歌舞伎」では、昼の部に『新八犬伝』六幕九場が出ている。それには、滝沢馬琴原作、今井豊茂脚本、奈河彰輔演出、片岡秀太郎演出とある。その時の番付に、今井豊茂氏の「関西生まれの「古典歌舞伎」を目指して」の一文がある。その中に、この狂言が平成十四年八月に大阪梅田のシアター・ドラマシティで初演されたこと、それが今井氏の最初の脚本だったことが書かれているが、その中に、

今回も『新八犬伝』の演出を担当されている私の師匠でもある奈河彰輔氏

と見える。そういえば、最近は、今井豊茂氏の演出が多いが、奈河氏の後継者がすでに立派に育っていることを知る。

私は以前から一度奈河氏に直接お会いして話を聞きたいと思っていた。いつだったか今は正確に思い出せないでいるのだが、奈河氏が池田文庫主催の講演を逸翁美術館の講堂でされることがあって、その頃荻田清氏が池田文庫にかかわっておられたので、ぜひ会いたいということを連絡してもらうと、奈河氏も私のことを覚えていて下さっていて快く承諾され、講演のあと、池田文庫の館長室でお会いすることができた。その折の奈河氏の講演は、嵐という名のつく役者をめぐっての話で、興味深い内容であったが、とくに前から気になっていた嵐みんしのことなども消えて

いったいきさつをはじめて知ることができた。『戦後の関西歌舞伎　私の劇評ノートから』の終りに添えた「役者名索引」で、没年を記すのに苦労して、何度も池田文庫に通い、「幕間」などの記事を見て記したが、かなり活躍していた嵐みんしの名がいつからか見えなくなっていて、不審に思っていたのだった。ほんとうはもっとあれこれ聞きたかったが、そういう場ではなかったので遠慮し、いつかゆっくり機会を持ちたいと思っていたのに、それが今はかなわなくなり残念に思う。私が大腸癌の手術のために入院し、娘の住む所沢のマンションに転送されて来た、

父、中川芳三（奈河彰輔）儀、八十三歳の天寿を全うし、去る十月十三日、死去しました。

以下の文面の喪中の葉書を、娘が病院に持って来てくれた。そういえば、毎年の年賀状はいつもちょっとした工夫があって楽しみにしていたのだった。

狂言〈蜘盗人〉―一見の記―

徳江元正氏より第十七回狂言鑑賞会（平成二十六年度。國學院大学たまプラーザキャンパス）での〈蜘盗人〉の解説を依頼され、必要資料をあれこれ送って来られた。ところが私はこの狂言はまだ見たことがなかった。私も狂言の連歌物については興味を持ち、〈八句連歌〉などについて考えたこともあり、国立能楽堂で、和泉流の野村万作らの〈連歌盗人〉の至芸を見たこともあった。ところが〈蜘盗人〉はめったに上演されないから、この機会にぜひ見たいと思い、「狂言と連歌―〈蜘盗人〉に触れて―」という文章を書いた。〈蜘盗人〉について詳しく触れることはできないので、前置きとして、連歌の吟と狂言の連歌の吟との関係、初心講の頭役のこと、狂言の連歌が俳諧連歌であることはとくに狂言では言い捨てや俳諧の連歌を取り上げたのだという三点を記しておいた。そして、〈蜘盗人〉については、虎明本の〈盗人ぐも〉（蜘盗人）に、

連歌盗人、一人してするごとく、亭主とは知る人の心なり。（私に漢字を宛て、清濁を区別する。以下同じ）

とあって〈連歌盗人〉の変形であることを指摘し、さらに、その盗人に入った男が、古歌があるといってよむ歌が、「蜘蛛の家に、荒れたる駒は繫ぐとも、二道かくる人は頼まじ」で、この歌は、『古今和歌六帖』巻四に、「滝つ瀬に浮草の根はとめつとも人の心をいかがたのまむ」（紀友則）の下の句に、友則・在原時春・紀貫之・凡河内躬恒が上の句を試みた中に、「蜘蛛の網（い）に吹きくる風は留めつとも」（時春）、「荒るる馬を朽ちたる縄に繫ぐとも」（貫之）の歌があり、謡の〈鉄輪〉のシテ登場のサシに「蜘の家に荒れたる駒は繫ぐとも、二道かくるあだ人を、頼まじとこそ思ひしに」とあるのが形はもっとも近く、これが当時古歌としてよく知られていたものと思われ、それを踏まえて〈蜘盗人〉では、この古歌をよんで、「馬さへ蜘蛛の家に繫ぐと云ほどに、まして人はおんでもなひ事じゃ」と答えたのである。それに感心した亭主は、「一段おもしろひ。秀歌じや。付合して、句柄によつて許さう」と言って、「夜手にかゝる、さゝがにの糸」とよみかけると、男は「盗人の、昼来る暇のなきまゝに」と答える。亭主は「一段出来たほどに許さう」と言って酒を出し、米の手形を与え、受け取って頭役を務めと言い、「さあらばこの様子を、謡に作つて歌へ」というと、男は左に手形を持ち、扇子をひろげて、小歌を歌って舞うという筋の曲だと、見ていなくても知られることをあらかた記しておいたのである。

徳江氏に執筆だけでなく、ぜひ見たい旨を告げ、楽しみにしていた。ところが思いがけなく大腸癌（正確には盲腸癌）が見つかり、娘のいる所沢の近くの病院でその手術をすることになった。十月、十一月に引き受けていた行事はほとんど断ったなかで、十月二十四日が入院だったので、辛うじて二十二日の上演は見ることが出来た。私がぜひこの曲を見たいと思っていたのは、虎明本の〈盗人ぐも〉に、

迷惑して、蜘蛛の家にかゝつたやうにして、壁に、ひらぐものごとくしているを、亭主、人が蜘蛛の家にかゝつた、不審なと云ひなぶる。

とあり、また頭注には、

舞台にては、大臣柱に抱きつきてゐる。

との書き入れのある部分の演出が知りたかったのである。私は何気なく、いつか木村正雄の翔の会で見た新作狂言の、出の部分を思い浮かべていたからだった。ところが、当日の山本則孝のシテ（盗人）、山本泰太郎のアド（有徳人）、山本則重のアド（太郎冠者）、山本凛太郎のアド（次郎冠者）の山本東次郎一門による上演では、はじめに作り物が持ち出されて笛柱のあたりに置かれ、シテが亭主に咎められて、作り物の中に隠れ、やがて掛けられていた布が取られると蜘蛛の網になっていて、それにかかっている形を示していた。私が想像していたのとはまったく異なっていたのである。私は百聞は一見に如かずだと思った。

午前中に講演をされた田口和夫氏といっしょに帰途に付き、田口氏から大蔵流も和泉流も長らく途絶えていたのを復活したのだということを聞く。その後、改めて調べて見ると、大蔵流の場合、明治期に復活したことが茂山忠三郎良豊の書簡から知られる（『岩波講座　能・狂言　Ⅴ狂言の世界』昭和六十二年刊ほか）。田口氏の『能・狂言研究―中世文芸論考―』（平成九年、三弥井書店刊）を見ると、鷺流の狂言資料について書かれている中に、各曲解説があって、〈蜘盗人〉についても記述があり、大蔵流は、虎明本以後、明治に組み入れられるまでなく、和泉流も天理本（狂言六義）、和泉家古本（元禄六年以前写）ともに収めず、波形本（天明六年頃写）になって見える。鷺流（国民文庫『狂言全集』付載「狂言記補遺」、芳賀矢一編『狂言五十番』）は波形本に近いとある。その波形本には、能の〈土蜘蛛〉と同じ作り物の図があることも記されている。それこそ今日の山本東次郎一門による上演の作り物である。虎明本の「舞台にては、大臣柱に抱きつきてゐる」の演出注記からは、まだ作り物はなかったのであろうということも記されている。それが、明治の復活に当たって、和泉流の演出を取り込んだことも考えられるのである。大臣柱はワキ柱のことで、もとは素朴な演出であったことが知られるのである。

再出発の「国語国文」—木田章義氏の雄編—

「国語国文」第八十三巻第九号（平成二十六年九月）が転送されて、私は病院のベッドで見た。大腸癌の手術で娘の住む近くの病院に入院し、娘が持って来てくれたのである。それには、はじめに『国語国文』の再出発について」の一文があり、表紙の体裁も改められている。

その巻頭に木田章義氏の、「狸親父の一言—古事記はよめるか—」の論文がある。この号の全六十四頁のうち四十一頁を占める雄編である。

いま退院して、改めて読み返している。この論文は、

狸親父は亀井孝氏である。

に始まる。亀井氏の「古事記はよめるか」（『古事記大成　言語文学編』昭和三十二年、平凡社刊）は、私もその書かれた当時に読んだ記憶がある。「亀井氏独特の語り口調で、多くの問題の端緒をそこここに撒きながら論を進めて行くので、どこか翻弄され、はぐらかされつつも、その論に引き込まれてしまうが、微妙な言い回しのために、亀井氏の意図した読みがなされないこともある」と言われるように、私は京大の学生だった折に、たまたま見えて講演されたのを聞いた時から同じように感じていた。木田氏は、その亀井氏の論文を周到に分析しながら、「平凡な内容を複雑に表現することによって、わかりにくくしている」のを解きほぐし、「五〇頁を越える長い論議はすべて序説で」、「本論は四頁ほどしかない」とした上で、亀井氏の主張の大綱は、

①古事記が書かれたとき、訓の固定がかなり進んでいたはずである。
②古事記の表記には種々の原資料の表記が混入しているらしい。
③古事記は意味は分かるが、当時の読み方の復元は難しいかもしれない。

④古事記を読むためには文献学的な検討が必要である。

と整理し、「特に亀井氏が望んだのは④「その道の専門家」に対する文献学的な研究の要請であった」とする。それが、「頻繁に引用されるのに、この亀井氏の作業と主張についてはほとんど継承されないままである」ということから、この論文は出発する。

次にこの亀井氏の論文とともに若い『古事記』研究者の聖書ともなっている小松英雄氏『国語史学基礎論』（昭和四十八年、笠間書院刊）の訓注・声注の解釈を精細に検討し、原資料の流入という解釈を小松氏が拒否していることを批判する。その上で、木田氏自身の「古事記そのものが語る古事記の成書過程―「以音注」を手がかりに―」（「萬葉」昭和五十八年十月）の旧稿を取り上げ、それに対する批判へ反論し、原資料表記の流入の確認をする。

日本書紀は新しい表記で塗り籠められてしまい、元の資料がどういうものであったのかは、「一書曰」以外はほとんど分からない。しかし、現存の古事記は、元になった資料がどんなものであったかを窺わせてくれる貴重な文献と考えて良い。

という指摘などは、私には新鮮だった。

その中で、訓点語研究者の小林芳規氏の『古事記』（日本思想大系、昭和五十七年、岩波書店刊）が、訓点語研究の成果を積み重ね、それを基盤として、『古事記』の訓の復元をしていることを評価し、『古事記』の訓は、小林説を基礎として研究を進めるべきだというのは、その当時、『角川古語大辞典』を編集していて、その編集仲間との話の中でも指摘のあったことで、その後、『古事記』を引用する時は、小林氏の訓を用いていた。

訓注のあり方を通して、現存『古事記』が未完成な状態であったとすることも、文体などは、小林氏の訓をもとにした研究をおし進めた上でなければならないというのも、その通りであろうと思う。

「おわりに」では、亀井氏の論文の「古事記はよめるか」という標題には、揶揄の気持ちが籠められていて、『万葉集』の訓の復元には多くの研究があるのに、『古事記』には、そのような訓の復元に関する研究はほとんどなく、『古事記』の本文は、まだ本居宣長の訓読から脱していない状況に『古事記』の専門家が気づいていないらしいことに警告を発したいという気持ちだったのであろうとする。亀井氏は『古事記』の専門家が必ず目を通す『古事記大成』にあえて書かれたのであったという。それはまさしくその当時の『古事記』研究の実態をかえりみれば、私には理解のゆくことであった。その研究者の誰彼を思い浮かべることもできるが、ここでは言わないでおく。

木田氏のこの論文は、「狸親父の一言—古事記はよめるか—」といった人を食ったような標題ではあるが、亀井氏の「古事記はよめるか」と違って、明確な論理で綴られたすぐれた論文である。「国語国文」について、もう少し編集に意図するところがあってもよいのではないか、といったことを先に記したが、この木田氏の論文を読み、「国語国文」はすぐれた論文を掲載することにこそ、その使命があるのだと改めて思う。「国語国文」の再出発に当たってあえてこの論文を書かれた木田氏の意図が察せられるからである。

鮮やかな伝本処理—長谷川千尋氏「宗祇『自讃歌注』の姿」—

「国語国文」第八十三巻第十号（平成二十六年十月）も充実していた。前号に予告されていたことであるが、巻頭には、大谷俊太氏「三藐院近衛信尹筆〈笑話書留〉について—近世初期堂上歌壇と笑話—」があり、これは平成二十四年度の日本近世文学会春季大会で発表を聞いた時から成文化を期待していたものだった。

そして、巻末には、長谷川千尋氏「宗祇『自讃歌注』の姿」がある。長谷川氏が、この四月に北海道大学から、母校京都大学人間・環境学研究科に赴任されての最初の論文であるが、これは読んで感動を覚えた力作である。私が『連歌師宗祇』（平成三年、岩波書店刊）を書いた時、宗祇の『自讃歌注』には触れることができなかった。それは、私の著作集の第四巻『心敬と宗祇』（平成十六年、和泉書院刊）でもそのままにしていた。宗祇の『自讃歌注』の成立が、流布本の奥書により文明十六年の成立とされていたことより、「宗祇略年譜」(『心敬と宗祇』所収)で、文明十六年の項に、「十一月中旬、『自讃歌注』定稿本成る。初稿本はこの以前成立」というに留めていた。黒川昌享・王淑英氏『自讃歌古注十種集成』(昭和六十二年、桜楓社刊)の黒川氏の解説などは承知していたし、『自讃歌注』には関心があって諸氏の論文や伝本などにも注意はしていたが、その草案本の成立を明確に年譜に位置づけすることができなかった。これはすでに紹介されている伝本を処理しきれなかったからである。それが、この長谷川氏の論文によって明確になった。

「はじめに」で記されているように、宗祇の古典研究が、東常縁から二条派の伝授を受けたことより、二条派的な色彩で統一された感があるが、初期の学統は不明な点が多く、宗祇の著作を扱うには、その成立が古今伝授以前か、以後かという視点を用意しておいた方がよいという。宗祇の『自讃歌注』は、その点で微妙な問題を含んでいるところから出発する。これは重要なことであり、その視点を導入したことにより、宗祇『自讃歌注』を解明する上に、この論文が画期的な成果を示すことになる。

従来の諸説を検討し、宗祇『自讃歌注』の草稿本の成立を東京大学史料編纂所本の印孝の奥書と、内容の吟味から『東野州消息』以前とし、「宗祇が関東に下向した文正元年(一四六六)六月から文明元年(一四六九)十月の間」とする。宗祇の和歌関係の著作の嚆矢で、宗祇の伝記に即して言えば、関東下向後の、長尾氏に『長六文』や『角田川』(吾妻問答)の連歌論書を与えた頃に相当し、その内容も自見に基づく解釈を基調としているとする。さらに、流布している古活字本の奥書を、『百人一首宗祇抄』の甲本の奥書から乙本の奥書が偽造したのと同じく、これも『百人一首宗祇抄』甲本の奥書からの偽造とし、印孝の奥書の「文明十六年十二月日」は授与奥書で、この年次は宗祇にかかわらないとする。

次に宗祇『自讃歌注』に、「ある注」として記されているものは、史料編纂所本の印孝の奥書のあとに記す奥書から宗祇注とは傾向を異にする別人の注であることを明らかにする。その上で、従来の王淑英氏の『自讃歌古注総覧』

（平成七年、東海大学出版会刊）による、一類（草案本）、二類（流布本）、三類（異本）の分類のうち、一類と二類とは同系統で、「ある注」を持たない三類について、従来孤本とされていた谷山本に、益田家蔵本を新たに加えて考察し、本文は伝頓阿本に拠り、それに宗祇注の注釈部分を記したものとする。この三類は、宗祇みずから加筆した後稿本で、初稿本成立からさほどの年月を経ずになったものと推測する。

次に「元徳二年九月日終㆓功之㆒ 頓阿判」の奥書を持つ伝頓阿本（九州大学図書館本『自讃歌抄』など）については、従来から頓阿の注ということは疑わしいが、二条派的傾向が窺える穏当で的確な内容から、二条派のしかるべき人物の手になるとされていた。その内容を宗祇『自讃歌注』と比較して詳しく検討し、宗祇の注が、伝頓阿注の影響を受けている可能性はまずないということを確認した上で、「もし、両者に直接の影響関係を認めるのであれば、宗祇注から伝頓阿注へという方向でなければならない」とし、その可能性を追求し、伝頓阿注や周辺の注釈書の奥書に、宗祇の影が揺曳することも合わせて、それが宗祇の著作とするにふさわしいとする新見解を示す。

長谷川氏が、従来から個々に発表、紹介されて来た宗祇の『自讃歌注』の論考や伝本をひろく検討し、奥書だけでなく内容からも鋭く吟味して伝本を成立に即して位置づけ、伝頓阿注を古今伝授後の宗祇注という新見を見いだし、すっきりと宗祇『自讃歌注』の姿を浮かび上がらせている。とくに宗祇注から伝頓阿注への展開を明らかにされている伝本処理は鮮やかで、伝本研究が単なる分類に留まらず、文学史的な成果に結びつけられている。これは伝本研究の一つの方法を示していると言えよう。私たちが研究を始めた頃とは違って、コンピューターの活用で、国文学研究は、伝本を集めることも関係論文を検出することも格段に便利になっている。それが、現在ではかえって逆効果を来していると思うことも多いのであるが、この論文では、それを見事に克服し、一つ一つの伝本を正しく位置づけ、関係論文を処理し、鮮やかに新しい結論を導き出しているのである。

連歌研究の先達たち ―木藤才蔵氏の訃報に寄せて―

平成二十六年十月、大腸癌の手術で、娘の住む近くの防衛医大病院に入院していた時、転送されて最初に届けられたのが木藤才蔵氏の死去を知らせる喪中挨拶の葉書であった。平成二十六年七月二十四日、「天寿を全うして」とある。大正四年の生まれだから、九十九歳のはずである。今年の年賀状には「長生を望むことなきわれは今、米寿をこえて、ととせあまりぞ。幸い元気で、ありがたいことです。」としっかりと書き添えられていた。木藤氏といえば、『さゝめごと　校註 研究と解説』（昭和二十七年、六三書院刊）が私の若き日の座右の一冊であった。俳文学会を通じて知己を得ることになるが、私が佐賀大学に赴任した時、私は大谷篤蔵氏の後任だったのだが、その大谷氏の先任が木藤氏で、その頃の木藤氏門下の重松裕巳氏を通じても親しく交誼を得た連歌研究の先達だった。

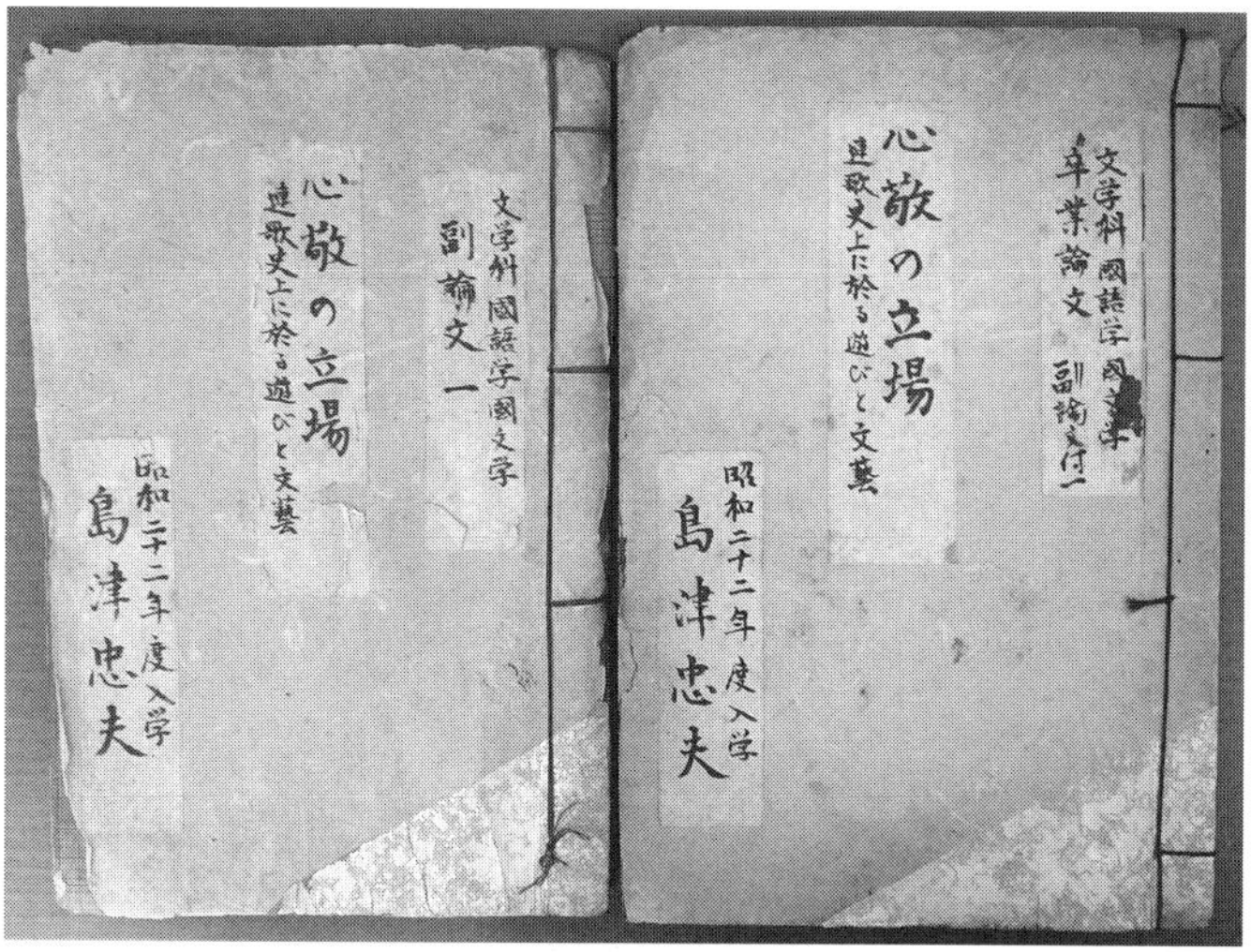

卒業論文（表紙）

私は、病院のベッドで、あれこれ交誼を得た連歌研究の先達たちを思い浮かべていた。私の連歌研究は、もとより潁原退蔵先生の連歌史の講義を聞いたことより始まる。先生が亡くなられてからも、卒業論文は連歌で書くことに決め、その資料収集のために上京し、父の友人であった石井庄司氏を頼って東京文

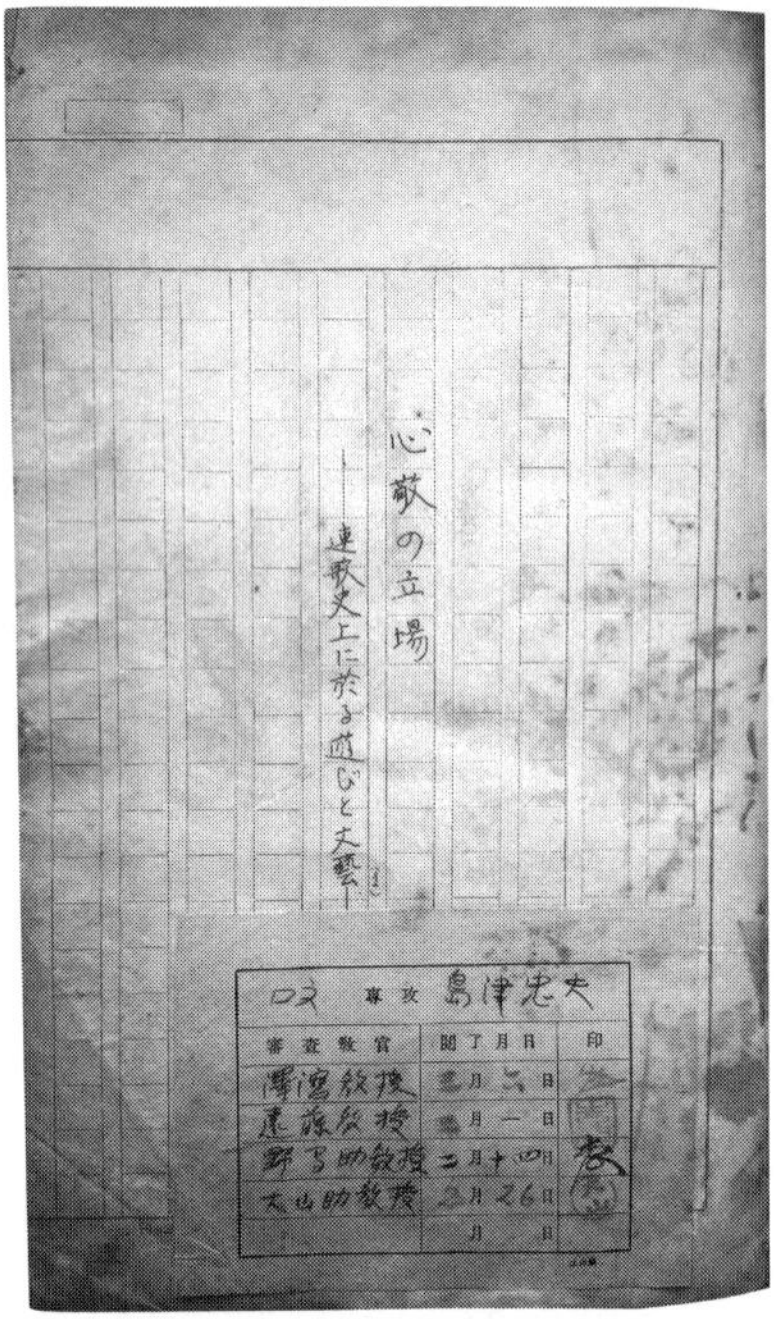

卒業論文（扉）

理大学を訪ね、一方澤瀉久孝先生の紹介状も貰って能勢朝次氏を訪ねたのであった。能勢氏は、当時「国文学解釈と鑑賞」に『九州問答』などの連歌論の注釈を連載されていて、ぜひお会いして教えを請いたいと思ったのだった。能勢氏は一介の学生に快く会って下さり、焼け残った一冊だといって御架蔵の連歌一巻を見せ、また今なら福井久蔵氏が健在だからぜひ会ってくるようにといって、紹介状を書いて下さった。昭和女子大の焼け跡の一室に福井氏を訪ねることができたのは幸いだった。福井氏といえば『連歌の史的研究』（昭和六年、成美堂書店刊）で、それをもとに私は連歌資料のカードを作っていたが、よもや会えるとは思ってもいなかった。卒業論文を書くに当たって、もうひとり『連歌概説』などでお世話になった山田孝雄氏には、俳文学会で講演を聞いたことがあるが、後に山田氏の指導を受けられた濱千代清氏を通じて連歌の実作を私も試みることになる。昭和の初期の連歌研究は、もっぱら福井・山田両氏をもとに進められたのだが、実は後に潁原退蔵著作集の第二巻『連歌』（昭和五十四年、中央公論社刊）を担当するに当たって、先生の講義ノートを整理していると、先生の連歌研究は、福井・山田両氏と拮抗して進められていたことを知る。

福井氏を囲んで、伊地知鐵男氏・金子金治郎氏らが研究会を持たれていたようで、私が連歌研究を始めた頃は、伊地知・金子両氏が大御所だった。昭和二十六年五月二十七日、第一回の俳文学会が女子学習院で行われた際、山崎喜好氏の勧めで「連歌史に於ける心敬の位置」の研究発表をしたこともあって、両氏とも親しく教えを受けることとなったのである。伊地知氏からは、その時、心敬の次はぜひ宗砌をするようにと言われ、実は、宗砌については、潁原先生の連歌史のレポートに取り上げ、当時は資料がほとんど活字になっていなかったので、先生からご尊父の書写された連歌論書（今は京都大学の潁原文庫に入っている）を一冊ずつお借りして、かなり苦労して書いたのだが、提出した折は先生は亡くなられていて、苦労が報いられなかった苦い思いがあってそのままにしていたが、宗砌にもう一度取り組む気持ちになったのは伊地知氏の一言だった。それが「宗砌の作風—その句集をめぐって—」（「国語国文」昭和三十二年五月）だった。金子氏は、第一回の俳文学会の折、「救済法師の新風」を発表され、その堅実な手法にすっかり感心したのだった。その後、交誼を得て、氏の関わられる連歌の編著には加えていただいたこともありがたかった。

この第一回の俳文学会の折には、小西甚一氏が「中世表現意識と宋代詩論」、峯村文人氏「幽玄と面影」、星加宗一氏「宗祇の連歌学書について」の発表があり、いずれもそれぞれにその後直接交誼をえたことが思い出される。晩年はもっぱら正岡子規の研究に打ち込まれていたが、和田茂樹氏の「心敬の芝草句内発句、芝草句内岩橋、所々返答について（上）（下）」（「国語国文」昭和十二年四月・五月）の論文は、卒業論文を書くに当たって参考にさせていただいたし、直接学生時代に、松山に国文学会の旅行をした時以来、いろいろお世話になった。

また、同世代の研究者では、私が連歌研究を始めた頃は、東京大学の池田重氏が若手の代表であった。それに東京文理大学の斎藤義光氏、水上甲子三氏らが活躍されていた。その頃はまだ知らなかったが、濱千代清氏も連歌の研究を地道に進められていたようで、後に次々と着実な論を発表されるようになる。棚町知弥氏ははじめ近松の研究をされていたが、私が佐賀大学にいた頃、連歌の研究をするといってわざわざ見えたこともなつかしい。

これらの方々が今はすべて故人となってしまわれたことに感慨が深い。健在であった木藤氏の訃報を見て、私自身が病床にあってひときわあれこれと思い出されるのである。

そうした中に、田中裕氏が健在なのは嬉しい。『中世文学論研究』（昭和四十四年、塙書房刊）に収められた諸論考は、その方法論において教えられるところが極めて大きかったし、含翠堂文庫（土橋文庫）が大阪大学に入った折、何度も研究室にお邪魔して見せていただいた昔がなつかしい。私より八歳上のはずだから、九十六歳だと思われる。ご健康をお祈りする。

俳文学会の初期の頃 —柿衞文庫で宇多喜代子氏・青木亮人氏の対談を聞きつつ—

柿衞文庫では、「昭和俳句の旗手　日野草城と山口誓子」展が行われ、平成二十七年二月二十一日、その関連講座に、「昭和俳句の旗手Ⅰ」と題して宇多喜代子氏と青木亮人氏による対談があった。次回は山口誓子を語ることにして、この日は日野草城について語り合われた。宇多氏は桂信子門の俳人で、現代俳句協会特別顧問という俳壇の重鎮であり、青木氏は若手の近代俳句研究者として嘱望されている人である。私は過日この展覧会を見、草城の遺族より昨年柿衞文庫に寄贈されたという資料が豊富に展示され、今まで「ミヤコホテル」の連作のこと以外にはあまりよく知らなかった草城を改めて考えてみる必要を思ったので、病後をおして出席した。年齢の上でも、草城との関わり方の上でもまったく異なる二人の対談は面白く得るところが大きかったが、それを聞きながら私は初期の俳文学会のことを思っていた。

初期の俳文学会は、研究者だけの集まりではなく、多くの俳人たちも会員として加わっていた。とくに昭和三十二年十月に関西大学で開催された全国大会の第二日目には「俳諧の伝統と現代俳句」という討論会が行われている。栗山理一氏の司会で、はじめに古典俳諧の側から弥吉菅一氏、現代俳句の側から西垣脩氏がコメントをし、討論会に移った。その折のことは「連歌俳諧研究」15（昭和三十二年十二月）に掲載されているが、とくに司会の栗山氏の「雑記」が簡略にではあるが当時の事情や雰囲気をよく伝えている。この討論会は活発な意見が出て、今もその折のことを彷彿と思い出すことができる。こういうテーマが討論会に選ばれるところにも当時の俳文学会の性格の一端が窺われよう。栗山氏の「雑記」を読めば、あらかじめ弥吉氏が上京されたのを機会に、栗山氏宅で、西垣氏を交えて深更までの鼎談の結果、詩型の問題、季の問題、方法の問題の三点に絞って集約しようということだったという。討論会には、こうしたあらかじめの準備が必要なのである。さらに会員としては多くの俳人が加わっているが、例年の大会は、連歌俳諧の研究が主で、現代俳句の研究は時折瓜生敏一氏の発表を見るくらいであったので、俳人の参加が少なく、このテーマにふさわしい討論にならないのではないかという危惧から、西垣氏らが配慮して声を掛け、関西の実作者として波止影夫氏、鈴木六林男氏ら多くの俳人が加わっていたのである。

次の年の昭和三十三年が名古屋岐阜地区での開催となり、この折の講演会は、俳人の秋元不死男氏「俳句の鑑賞」、大野林火氏「新しさへの一考察」で、当代の大家である二人の俳人によるものだった。これは、この大会を受け持った名古屋の「さるみの会」が、もともと俳人と研究者との相互の理解を深めるということに始まり、私も翌年愛知県立大学に移り、「さるみの会」にかかわるようになって改めて知るのだが、その後、俳文学会が研究者の集まりで、ほとんど連歌俳諧の研究中心になってから後も、「さるみの会」では、初期の意図を多分に残し続けていた。

「連歌俳諧研究」の創刊号（昭和二十六年十一月刊）に掲載されている「俳文学会会則」の第二条には、「本会は連歌及び俳文学の研究を推進し、その発達を図ることを目的とする」とあり、その「俳文学」には、現代俳句も当然含まれているのであるが、機関紙が「連歌俳諧研究」とあるように、もっぱら連歌と俳諧の研究が主になってゆくのである。「連歌俳諧研究」には創刊号から「連歌俳諧関係雑誌論文要目」が掲載され、そこには多くの現代俳句関係のものも見える。ところがそれらはもっぱら俳句雑誌に書かれたものであった。おそらくその中には、今日注目すべきものもあるとは思われるのだが、もともと研究の立場から書かれたというよりは実作者の実作の立場からのものが多く、研究というよりは評論の分野に属するものといえよう。

その後、かなり長い年月を経て後、俳文学会の事務局が関西にあった時期、私は最初から編集委員を勤めたが、何度も現代俳句の論考を送って来られる地方の俳人があり、コメントを付して推敲を求めたが、結局は所属の俳句雑誌に掲載されたらと言わざるを得なかったこともあった。それがようやく現代俳句が研究の俎上に上って来たことは喜ばしい。正岡子規の研究では、緻密な和田克司氏の研究があったが、近年になって青木亮人氏の登場を見る。氏はまさにその貴重な現代俳句研究者の一人であり、正岡子規から始まって、いわゆる中興俳句にもその成果が及んで来ている。今回の柿衞文庫での宇多喜代子氏との対談においても、宇多氏が草城を実際に知る立場から貴重な想い出話を豊富に語ってゆかれるのを、青木氏はまったく現実には草城を知らない立場から、宇多氏の想い出話をも俳句史の流れの中に位置づけてゆこうとされていたのである。これはやがて、この対談も糧として青木氏の日野草城研究が改めて書かれることを私は期待するのである。

私はこの対談を昭和初期の短歌史の流れと重ねて聞いていた。昭和十年、日野草城による新興俳句雑誌「旗艦」創刊、新興俳句への弾圧がきびしくなり、やむなく「旗艦」の指導的な位置を退くにいたる経緯など、おぼろげに体験して知る時代の雰囲気と、短歌史のたどった道より一足早く新興俳句に危険の及んでいたことを思う。それは小説における、いわゆる転向文学の動きとも合わせ考えるべきであろう。

老のくりごと―八十以後国文学談儀―(98)

やり残したテーマの数々

いよいよ私の本は郡上大和の島津忠夫文庫に移すことにし、残りの仕事に必要なものだけ持って娘の住む近くの新所沢に移るための準備を始めた〔平成二十七年三月〕。長年、段ボールの箱に詰めたままになっているものを、郡上に運ぶもの、新所沢に運ぶもの、捨てるものに分けるのである。その中には若き日にあちこちの文庫や図書館などで筆写した資料や、ルーズリーフに書き綴った講義のメモなど、私にとっては懐かしいものがいくつも出て来たが、これらは私の懐旧の念をそそるのみで他の人には何の役にも立たないものだから思い切って捨てることにした。ただ、その中には、もう仕上げる余裕は私にはないが、若い人に受け継いでほしいと思われるものがいくつかあった。それを順不同に書き残しておきたい。

名古屋にいた頃、京都の奥村検校の家に、山下宏明氏と八坂本の『平家物語』を調査に行ったことがあった。その『平家物語』は山下氏が汲古書院より影印本を出されていて、私も『平家物語』の研究に何度も触れている。その折に見た享保十年四月十四日の「賦何垣連歌」一巻が気になり、写真を撮ってもらっていた。もと懐紙で、年次の次に伝来の「千鳥」という琵琶の絵が描かれ、「四の緒の其名や神のゆふ千鳥」の昌築の発句に、「月こほる江は御禊せし跡」と級龍が脇を付けている。この級龍こそ検校であって、この一座は級龍の張行で、最後には、昌築が長文でその謂われを記し、署名、印記があって、この一巻は里村昌築筆である。それより早く正徳五年「賦夕何連歌」の原懐紙の一巻もあり、その端書にもこの千鳥の琵琶が東照宮（家康）から下賜されたことが記されていて、こちらは里村昌億の発句に、やはり級龍が脇を付けている。私は早く佐賀大学にいた頃に見た寛文九年十月十八日に佐賀の川上実相院で、西山宗因を迎えての「賦何路百韻」に、城水という座頭が加わっていたことから、座頭と連歌との関わりが気になっていたので、この作品をもとに、当時の琵琶法師の教養に連歌があったことを考えてみたいと思いつつもそのままになっていたものである。

「2002年10月12日〜12月1日　実相院に見る和歌・連歌の世界」というチラシが出て来た。平成十四年のことである。私は学生時代にその近くに下宿していたので懐かしさもあり出向いたのであったが、その展示を見て驚いた。「後陽成院筆仮名文字遣（重文）」などの優品の中に、『竹林抄』三冊が目に留まった。ガラス越しに見て、急いでメモをしているが、升形本で、江戸極初期写、そのうち一冊は注釈で、それが『雪の烟』である。『雪の烟』と言えば、大阪天満宮文庫蔵の江戸時代中期写の一本が現存するだけである。それがこういう形で伝存していたのである。これはぜひ手づるを求めて一見したい。影印本に出来ればなどと考えつつ、今日に至ってしまっているのである。

大和の大方家文書については、大谷女子大学資料館の『大和の芸能と文芸　大方家伝襲資料』（昭和六十一年十月刊）という小冊子がある。その後、大阪俳文学研究会の調査旅行で出向いたことがあった。その折、多くの資料を拝見した中に、ひときわ私の目を引いたのが、江戸時代初期写の洛中洛外図屛風だった。そこには北野天満宮にはっきり「連歌所」と記されて描かれているのも興味深かったが、能舞台のようなところで、羯鼓を持った男が笠をかぶって舞台に立ち、鼓と太鼓で囃している一こまが気になった。幸若舞の変形かとも思ったが、それにしては太鼓が入っているのが不思議で、やはり歌舞伎踊と見るのがよいのだろう。この時の一行は、もっぱら連歌俳諧専攻者だったので、ぜひ専門の人に調べてほしいと思ったのだが、その後、大方家のものは見にくくなったとのことで、そのままになっている。

財団法人角屋保存会蔵の「邸内遊楽図」については、京都国立博物館で「島原角屋の美術」の特別陳列で見て注目し、「連歌俳諧研究」に紹介するなど、その後も何度も触れているが、今は連歌会席の図は他にも多く見出だされている。それに比して、左隻の謡稽古の図については少し触れておいたが、類例がほしいと思いつつ今日に至ってしまった。その光景はほとんど現在の謡稽古と同じく、師匠と弟子が対面し、師匠は弟子の前に置かれた謡本を眺めながら指導しているのである。それが二階で、下には稽古を待っている人が書かれている。これは当時の謡文化を示す重要な画証であり、もっと能の研究者に参考にしてほしいと私は思っている。

連歌が比較的多く出ているので捨てないで残しておいたのだが、平成十年十一月の『古典籍下見展観大入札会目録』（東京古典会）をぱらぱら見ていると、「飯尾宗祇筆　連歌切幅　古稀自祝連歌」とあるのが目についた。これは宗祇の自筆と見て間違いなかろうと思う。内容は『宇良葉』の後に付された三つの百韻の一つで、「住よしの松こそ道のしるへなれ」の発句から「をちこちのかねにめさめて出る夜に」の九句目（初折裏一句目）までである。この書き方からして、懐紙ではなく『宇良葉』の切れと思われる。さきに石川県鶴来町の櫻井健太郎氏のもとで見た『宇良葉』は、宗祇門人の写で、署名のあとの花押だけが宗祇自筆という『宗祇句集』（昭和五十二年、角川書店刊）解題の金子金治郎氏の説があり、その通りであると思うが、この目録に見える一幅が『宇良葉』の断簡であり、宗祇の自筆であるとすれば、宗祇自筆の『宇良葉』も存在していたのではないかと思う。

大阪天満宮蔵の連歌書と連歌叢書

もっとも捨てがたく私の思いの籠もっているものに大阪天満宮文庫整理のためのカードがあった。一点ほぼ一枚のルーズリーフに要点を記して、紐で綴じているだけのものであり、急いで多くのものを扱ったのと、まだ若い頃のものなので誤りも多く、そのまま残すことは憚られる。私が利用する場合は改めて調査してということになるのだが、大阪を離れて住み、私の年齢を考えた場合、これを活用することはまず無理だろう。

もともと大阪天満宮文庫の連歌書は、岡延宗（南曲）が書写して弘化二年にお宮に奉納したのが、連歌叢書であって、戦前はもっぱらそれが用いられていた。私も戦後まだあまり経たない頃に、最初に拝見したのもこの叢書であった。当時は大阪府立市岡高校に勤めていたのだが、ある日、寺井種長宮司より電話があり、焼け残った建物を壊そうとしたら中から箱に連歌らしきものがいっぱい入っているのが見つかったから見に来てほしいとのことで、放課後を待ち兼ねて飛んで行って見ると、それが今日の滋岡家旧蔵本の連歌書であった。それより毎日のように放課後に通い、カードはその整理のためのものであった。まず目録をということで、従来の南曲奉納本を第一部とし、新しく出てきたものを第二部として、綿屋文庫の分類に従ったのであるが、それはまだ私的なものに過ぎなかった。正式に神社の方から要請のあったのが昭和三十四年で、すでに大阪を離れて遠く佐賀大学に移っていたので、休暇を利用してようやく仕上げたが、上梓には至らなかった。それを再度調査して昭和三十八年五月にはいちおう完成を見ていた。それをそのまま上梓されたのが昭和四十六年一月刊の『大阪天満宮文庫連歌書目録』である。そういった経緯で、この目録には誤りも多く、特に西山宗因の筆跡鑑定に誤りがあり、その点はぜひ平成五年の第四十五回俳文学会が武庫川女子大学で行われた際に、大阪天満宮文庫からお借りして展示した折の、『大阪天満宮文庫展観書目』によって訂正してほしい。

ところで、昭和四十九年に、長澤規矩也・中村幸彦両氏を中心として混沌会の人々で、御文庫に眠っていた書籍の大々的調査が行われ、それは時のニュースでもあったらしく、新聞記事の切り抜きが出てきた。しかし、この時は私は愛知県立大学に勤めていて名古屋にいたので加わっていない。その折、中村先生から電話があって、長沢氏が連歌は私の作成した目録をそのまま使うこと、ただ、「雑」の中の一項として立てている「和歌」だけは取り出して和歌の分類の中へ移すことの諒解を得られたように思う。私は参加していないので、とかくを言わず従った。その事業はやがて『大阪天満宮御文庫国書分類目録』『大阪天満宮御文庫漢籍分類目録』として昭和五十二年十月に刊行されている。それを見ると、文学の四に「大阪天満宮御文庫連歌叢書」として、はじめに南曲奉納本、次に「連歌作品集」とあって、滋岡家旧蔵本が私の作成した『大阪天満宮連歌書目録』をほぼ踏襲して収められ、「五　連歌（御文庫連歌叢書外）」としていくつかのものが見える。加えられたものは、私の作成した目録の後に、寺井家にあったものを、種茂宮司がこれも文庫へと言って持って見えたものであった。なおついでに一言記しておくと、宗因写として掲載されている『人丸社法楽百韻』は、種茂宮司が購入されて、これも目録に入れておくようにとのことで加えたものであるが、そのまま文庫には置かず、どこかへ持って行って保管されたことを覚えている。今、欠本になっているのはそのためである。

ところで、私は「大阪天満宮御文庫連歌叢書」という名称は、南曲奉納本にのみ用いるべきもので、私の作成した目録所収の連歌書の総称として用いるべきではないと思っている。もともと昭和五十二年の大整理は、大阪の出版業者が住吉大社御文庫について、天満宮御文庫を作り、初刷りを奉納する習慣があり形成されたものについてであって、滋岡家旧蔵本や寺井家旧蔵本とは性格を異にする。そういった意味では、私がもともと「雑」の中の「和歌」に収めたものも、本来は滋岡家旧蔵書として扱うべきものなのである。

実は、滋岡家は東坊城長維の次男の初代至長《むねなが》が、明暦四年五月二十日に大阪天満宮神主《しんしゅ》として、寺井家以下の社家の上に位置していたのである。それが十一代従長《よりなが》まで続いた。ある時、池上禎造先生より突然電話があって、滋岡長平氏のもとに連歌があるので見てほしいと言われるのである。長平氏は従長の孫にあたり、池上先生のご夫人は滋岡家から見えていたのである。滋岡家のものが昭和十年代に市場に出ていて、先生から売立目録も見せてもらった。私は早速東京住の長平氏のもとを訪ねた。連歌は先代が大阪天満宮を去られる時、お宮に残して置かれたものとかかわるものであった。多くの和歌の短冊など、特に手元において置かれたものもあったようである。その後、長平氏と懇意になって、氏から申し出があり、当時私の勤めていた武庫川女子大学に多くを寄贈された。それは『武庫川女子大学附属図書館蔵滋岡文書目録』（平成十年、武庫川女子大学文学部国文学科刊）として目録が出来ている。なお、長平氏は亡くなられたが、今でも滋岡家に残っているものがあるはずである。

従って、大阪天満宮文庫の連歌書は、南曲奉納本と滋岡家旧蔵本、さらに寺井家旧蔵本から成っているのであり、南曲本こそ連歌叢書というにふさわしいのである。

『西山宗因全集』と西山宗因展

大阪天満宮蔵の多くの西山宗因自筆本などは、実は戦火をたまたま免れて焼け残った建物の中から出て来たのである。この建物が残ったのはまったくの幸運としか言いようのないことだった。

私は、大阪天満宮御文庫の連歌書の整理をしながら、初めて宗因の気品のある字に接した。時折読んでみると何となく宗祇の頃の連歌とは異なり、それでいて風情のあることを感じていた。しかし、その頃は野間光辰先生がもっぱら宗因に関心を寄せておられ、次々と優れた論考を発表されていたので、深入りをすることはしなかった。いずれは先生が宗因の全集を作られることと思っていた。棚町知彌氏なども、宗因の新資料が見つかるとせっせと野間先生のもとに送っていたようだ。しかし、いつからか先生は健康のせいもあってか関心が失せ、そのままに亡くなられてしまった。

それからかなり年月が経って、柿衞文庫の理事会で、議題の「その他」で、何かないかと言われた時に、私は宗因の展覧会を考えていただけませんか、と言ったことがある。それは、平成七年に「立圃から芭蕉へ」ということで、もっぱら立圃の展示会があったことから、同様に「宗因から芭蕉へ」として、宗因の展覧会ができないものかと思ったのである。それから何年か経って平成十七年に「西山宗因生誕四百年記念」ということで、「宗因から芭蕉へ」という展覧会が、柿衞文庫を皮切りに、八代市立博物館未来の森ミュージアム、日本書道美術館と廻って実現した。はじめ柿衞文庫の理事会で宗因の展覧会を、と言った時、宗因の自筆の書や、宗因俳書などケースに展示するものはあるが、宗因自筆の短冊の類などの軸物があまり残っていないので、側面が寂しいのではないか、という話もあったが、それは杞憂で、いくらも宗因真蹟が出現した。ただ、やはり宗因だけでは、という心配もあって、「宗因から芭蕉へ」としたのであった。それと前後して『西山宗因全集』を企てることとなる。宗因の筆跡鑑定にすぐれた石川真弘氏の存在、結局はこの仕事を一手で進めてくれている、これから宗因を研究しようとしていた若手の研究者尾崎千佳氏の存在など、『西山宗因全集』のためには、まさに時宜を得ていたといってよい。石川氏と連れ立って、尾形仂氏宅を訪れて監修をお願いした。尾形氏は岳父潁原退蔵先生が計画されていたことだから、と引き受けて下さった。そういえば、野間先生は、潁原先生の「宗因年譜」に次々に書き込んでおられたことを私は思い出した。その日は、その足で石川氏の先導で八木書店を訪ねて打ち合わせをし、ようやく『西山宗因全集』が緒についたのである。当初の計画とは多少異なっているが、目下〔平成二十七年三月現在〕第一巻　連歌篇一、第二巻　連歌篇二、第三巻　俳諧篇、第四巻　紀行・評点・書簡篇、第五巻　伝記・研究篇が出ている。最初に出た第三巻は平成十六年七月であった。あとは第六巻が残っている。当初は、解題・索引篇の予定であったが、新しく出現する資料を極力収めようとし、その補訂篇が遅れているのである。この展覧会が行われた時は、ほぼ宗因の資料は出尽くしたと思っていたが、その後も次々と重要な資料が出現を見るのである。目下、尾崎氏を中心に鋭意進められている。なお、当初『西山宗因全集』

のために計画していた図録は、この展覧会の図録が兼ねることになるが、それ以後に発見されたもののうち、とりわけ重要なものは第五巻以後の口絵に掲載している。

『西山宗因全集』の計画がほぼまとまって来た頃、編集委員の一人から、発行が少部数になれば必然的に定価が高くなり普及しないことになるので、大口で購入してくれるところがないかという意見が出て、私もそれとなくあちこち当たって見たが、なかなか色よい返事が得られなかった。ただ、八代市の教育委員会を訪ねた時は反応があり、丁寧に八代市立博物館まで車で案内され、ここで、八代にとっては宗因は大事な人物だからと明るい声を聞かせてくれたのであった。すでに八代ではそういう土壌が存在していたことを今に思うのである。八代市立博物館での平成二十二年度夏季特別展覧会「華麗なる西山宗因—八代が育てた江戸時代の大スター—」は、まさに宗因だけで、しかも八代にあるものだけで、こんなに見事な展覧会が開催されていることに驚喜したのであった。そのうちのいくつかは、石川・尾崎両氏といっしょに前もって八代を訪ねて見せてもらったものもあれば、この時の目玉ともいうべき「談林六世像賛」など古書目録で見つけて購入してもらったものもあった。この点についても八代市立博物館友の会の熱心なことに感嘆したことであった。

宗因については、今後、尾崎氏が第五巻に収めた「西山宗因年譜」にもとづき、省略せざるを得なかった「年譜考証」など、次々研究を進めて行かれることであろう

平成22年度八代市立博物館夏季特別展「華麗なる西山宗因—八代が育てた江戸時代の大スター—」展ポスター

平成27年8月に所沢に転居するまでの五年間、川西市自宅書斎の壁に貼られていた。

八代市立博物館未来の森ミュージアム蔵「談林六世像賛」

と思うが、この『西山宗因全集』が完成した暁には、ぜひ多くの研究者に、宗因を単なる芭蕉への過渡期の作家などという従来の見解を覆してほしいし、今までなかなか宗因の作品を読む機会がなかった俳人・評論家などにも、天性の詩人宗因の作品を読んで見直してほしいと思うのである。宗因の連歌も俳諧も紀行もそれぞれ独特のセンスを持って作られている。芭蕉の物差しで見るのではなく、宗因の作品それ自体をじっくり読み味わってほしい。

後書にかえて—文学史家ということ—

太田登氏『日本近代短歌史の構築—昌子・啄木・八一・茂吉・佐美雄—』（平成十八年、八木書店刊）に、「『島津忠夫著作集全十四巻別巻一冊』（平成十五年二月〜、和泉書院）によって文学史家としての業績が集大成される」（これは当初の予定で、結局十五巻として完成）とある。「文学史家」と言われたのは初めてである。氏は「国文学者」という言い方も何度か用いられていて、これはごくありきたりであり、近代短歌を論じる場合、私はあまり使われるのを好ましいとは思っていない。しかし、歌人や評論家の発言に対して、「文学史家」と言われることは新鮮に感じた。実は、この著作集のうち「文学史」について書いたものは、第一巻の『文学史』のみであるが、それは私の文学史の総論で、第二巻以後は各論のつもりであった。私の最初の研究書『連歌史の研究』（昭和四十四年、角川書店刊）の序章の終りに、「連歌史の流れだけでなく、出来るだけ文学史的視野の中で、連歌の史的展開の相をほり下げてみようとするのである」と書いている。この「文学史的視野の中で」というのが、いままで志して来た私の方法なのである。

私は、京都大学に入学し、本格的に国文学研究を始めるより以前に、風巻景次郎氏の『新古今時代』（昭和十一年、人文書院刊）に魅せられていた。『日本文学史の構想』（昭和十七年、昭森社刊）も続いて読み、文学史ということに興味を持ったのである。戦時中のこととて、浪人をすれば徴用になるご時勢で、いろいろの経緯の結果、意に反して入学した専門学校になったばかりの師範学校では、はじめて小・中学校以上の国定教科書が作られていた。まもなく敗戦となって捨てられる運命になるのだが、音楽の教科書に陰旋法の日本の歌がかなり入っていたりして、中には捨てるに惜しい教科書がいくつかあった。その中で「国語要説」はとくに優れていて、おそらく当時一流の国語学者が執筆されたものであろうと思う。私はこの教科書によって、前田勇先生から音韻を習ったことは後々まで役立ったが、その折の「国文学史」の教科書はごく薄い淡々と書かれたものだった。ただそれを独特の口調で講義される西山隆二先生の講義に魅了された。すでに次田潤氏の『国文学史新講』なども読んでいて、そのことを後に西山先生に話すと、それは講義の参考にしていたものだと笑われたことなど思い出すと懐かしい。

国文学研究の方法論については、京大の学生時代に、国文研究室のささやかな催しがあって、大阪市立大学に赴任される前の、当時研究室におられた森修氏が、文学史論の話をされたのを興味を持って聞いたこともあった。ただ、氏の外国の文献を駆使されての発表に、文学史の方法を追求することには関心は持ちつつも、とてもついてゆけないと思ったが、氏が後に『文学史の方法』(平成二年、塙書房刊)に示される、作品・作者・環境というかかわりを重視される見解には、もっと素朴な捉え方ながら私の立場は近い。また私が京都大学に入った年から、吉川幸次郎教授の「中国文学史」の講義が始まるのだが、単位は一年目で済んでいるのに、毎年受講した。これも私の文学史の方法には必然的に影響している。

昭和二十五年三月に京都大学を卒業した私は四月より大阪府立市岡高校に赴任した。六三三制により出発した新制高校の新しいカリキュラムには、戦前の旧制中学にはなかった「国文学史」があった。まだ教科書もない時代だったので、旧制中学から移行された教諭は戸惑い、最初は好んでこの授業を担当していた人があって独特の授業をしていたが、その人が転任すると、お鉢が若い私の所に廻って来た。まだ若かった私は得意になって「文学の発生」から「明日の文学」までメモを作ってとうとう話した。このたび整理中に出てきたメモを見るとあまりにも恥ずかしくて、思い切って捨てた。その後、佐賀大学、愛知県立大学、南山大学、武庫川女子大学で何度も国文学史の講義をしながら、どうしても読んでいない作品について話すことに私の気持ちが許さなくなって来た。高校のテキストにも再度携わったが、ここでも同じことを感じた。ある高校のテキストを書くことになった時、受験産業が作り出したいくつかの矛盾にも気がついた。その出版社とあらがいつつ何とか書き、教師用書に見解を記したが空しい思いを禁じ得なかった。だんだん私の生涯の先が見えてくるとともに、国文学史を書くということは所詮無理なのだと思うようになった。風巻氏が『日本文学史の構想』の序に「この次は一部の「日本文学史」をまとめて世におくりたい念願である」と早く書かれておりながら、結局『日本文学史の周辺』（昭和二十八年、塙書房刊）に終わらざるを得なかったことがいかにもと納得されるのだった。

あちこちの大学での講義は、時代を区切ってのものであったが、南山大学の「国文学史」は、一年で時代を区切らない講義だったので、主要な作品を古代から現代まで選び、その作品について読み、先人の研究をできるだけ理解した上で、文学史的意義を考えるという方法を取ってみた。この形なら私の国文学史が書けると思い、毎年の南山の講義で試行錯誤を続けた。大阪大学の教養部に赴任した後も、「国文学」の講義で、部分的に取り上げ補強した。紆余曲折があって、ようやく出版を見たのが、『日本文学史を読む―万葉から現代小説まで―』（平成四年、世界思想社刊。『著作集　第一巻　文学史』所収）だったのである。これは細分化した国文学研究の現状を考えた場合、一つの限界ではないかと思う。こういう形でも私の「国文学史」を残せたことを幸運に思っているのである。

この『老のくりごと―八十以後国文学談儀―』の書は、和泉書院のホー

上市にて（昭和38年８月）　右から今井源衛氏、稲垣達郎氏、本人、国枝利久氏、桑原博史氏、その後ろに神作光一氏。

ムページに平成二十三年一月から毎月掲載されたものである。実は思いつくままに原稿を書いては送っているので、掲載より先に先にと進み、ついに百回分に到達した。私も平成二十六年九月十八日に米寿を迎えた前後より、思わぬ大腸癌が見つかり、その手術は順調に終わったものの、転移性肝腫瘍の手術を重ね、この年の十月以降は入退院を繰り返した。幸い手術は成功して、いまは平常に過ごしているが、もう今までのように、あれこれと手を広げることはしないでおこうと思う。この「老のくりごと」もこの辺りで閉じることにする。もともと文学史を志したためもあって、時代を問わずジャンルを問わずさまざまのものに興味を持ち、興のおもむくにまかせて書き綴ったもので、生涯の連歌論の精髄を記した心敬の『老のくりごと』にはほど遠い、文字通りの「老のくりごと」に過ぎないが、研究が細分化している今日の国文学のために、何らかの寄与するところがあれば、幸甚この上もないと思う。

（平成二十七年三月記）

後記

島津忠夫の遺著である『『源氏物語』放談―どのようにして書かれていったのか―』（『島津忠夫著作集　別巻3』）が一周忌（平成二十九年四月十六日）に合わせて刊行され、続いて島津忠夫の誕生日である九月十八日に本書『老のくりごと―八十以後国文学談儀―』（『島津忠夫著作集　別巻4』）が刊行されることを嬉しく思っています。

本書は、和泉書院ホームページに六十四回（平成二十三年一月～平成二十八年四月）連載されたものに、六十五回から百回の書き下し分を加え、全百回分を一冊本として刊行したものです（ホームページ掲載分について一部修正・加筆を施しました）。

本書「後書にかえて」に書かれているように、亡くなる一年前の平成二十七年三月に百回分を書き上げていました。その後、癌が再発する中、『『源氏物語』放談』を十二月までに書き上げ、二校まで自ら校正をおこないました。『老のくりごと』は、時期を見て冊子にすることが提案されており、平成二十八年四月初めに初校ゲラが届き、「四月分（六十四回）をもってホームページ掲載を終了します」との連絡がありました。この頃はもう体調はすぐれず、一日のほとんどをベッドで過ごす日々で、校正などとても無理な状態でした。『『源氏物語』放談』は索引、念校を残し、『老のくりごと』はこれからという同月十六日、ついに命が尽きてしまいました。

しかし、万一の時のためにと自ら校正を依頼した方々、『『源氏物語』放談』は大村敦子様、押川かおり様、『老のくりごと』は米田真理子様、尾崎千佳様の多大なご尽力をいただき、この二冊ができあがりました。

感謝の気持でいっぱいです。

また、資料の収集・閲覧にご協力いただいた古今伝授の里フィールドミュージアムの松原恵美様、瀧日千代美様、写真の掲載についてご協力たまわりました皆様、イラストの掲載をご快諾くださいましたイラストレーターの和田誠様、装訂家の仁井谷伴子様に御礼を申し上げます。

最後になりましたが、刊行を実現してくださいました和泉書院の廣橋研三様、スタッフの皆様方に心より深く御礼を申し上げます。

平成二十九年九月一日

藤森　昭（島津忠夫長女の夫）

■著者紹介

島津忠夫（しまづ・ただお）

大正15年、大阪市に生れる。住吉中学、大阪第一師範を経て、昭和25年、京都大学文学部文学科（国語学国文学専攻）卒。大阪府立市岡高校・同住吉高校教諭、佐賀大学文理学部講師・助教授、愛知県立大学（兼愛知県立女子大学・同女子短期大学）助教授・教授、大阪大学教授（教養部、併任文学部大学院）、武庫川女子大学教授を歴任。大阪大学名誉教授。文学博士。著書に『連歌史の研究』、『連歌師宗祇』（文部大臣奨励賞受賞）、『和歌文学史の研究』（角川源義賞受賞）、以下多くの国文学の研究書、『女歌の論』以下三部の現代短歌評論集、『心鋭かりき』の歌集、『戦後の関西歌舞伎』など多数。「マグマ」「日本歌人」所属、現代歌人集会の理事、理事長を勤めた。元、現代短歌協会・日本文芸家協会会員。『島津忠夫著作集』全十五巻にて第31回現代短歌大賞受賞。平成28年4月16日、没。

老のくりごと　八十以後国文学談儀
〈島津忠夫著作集　別巻4〉

二〇一七年九月一八日　初版第一刷発行

著者　島津忠夫
発行者　廣橋研三
印刷所　亜細亜印刷
製本所　渋谷文泉閣
発行所　有限会社　和泉書院

大阪市天王寺区上之宮町七-六（〒五四三-〇〇三七）
☎ 〇六-六七七一-一四六七　振替　〇〇九七〇-八-一五〇四三

ISBN978-4-7576-0802-3 C0395

第三十一回現代短歌大賞受賞「五十年に亙る全仕事の集大成。」

島津忠夫著作集

全十五巻 セット本体一七八〇〇〇円
A5上製函入 日本図書館協会選定図書

本質的な弾み　詩人 大岡 信
後進への大きな学問的指針　国文学者 尾形 仂
島津学の全貌 人間島津忠夫の全貌　大阪女子大学名誉教授 片桐洋一
壮大にして緻密、学問的香気豊かな研究　東京大学名誉教授 久保田 淳
言葉の伝統と精神の深さ　歌人 馬場あき子

第一巻 文学史

■口絵一頁・四一〇頁・本体一〇〇〇〇円 I978-4-7576-0198-7 2003・2

第一章 日本文学史を読む 第二章 中世文学史論 解説〈月報〉小西甚一／中本 大／近本謙介

第二巻 連歌

■口絵三頁・四六四頁・本体一二〇〇〇円 I978-4-7576-0221-2 2003・6

序章 連歌史と中世 第一章 連歌の性格 第二章 連歌の形態 第三章 連歌の式目とその周辺 第四章 連歌論 第五章 連歌師 第六章 連歌の注釈ということ 終章 連歌と俳諧 補記 解説〈月報〉奥田 勲／乾 安代

第三巻 連歌史

■口絵一頁・三五六頁・本体九〇〇〇円 I978-4-7576-0238-0 2003・11

序章 第一章 連歌源流の考 第二章 短連歌初期の諸相 第三章 短連歌から長連歌へ 第四章 鎌倉時代初期の連歌 第五章 花の下の連歌 第六章 二条良基の連歌論と秘伝書と 第七章 今川了俊と梵灯庵 第八章 宗砌の作風 第九章 心敬の立場 第十章 宗祇連歌の表現 第十一章 俳諧連歌の発生 第十二章 守武千句をめぐっての二、三の問題 第十三章 連歌固定への道 第十四章 連歌と俳諧と 付章 猿蓑の一考察 結章 連歌と俳諧における雅俗の問題 補記 解説〈月報〉両角倉一／長谷川千尋

第四巻 心敬と宗祇

■口絵二頁・四二二頁・本体一二〇〇〇円 I978-4-7576-0258-8 2004・5

第一章 心敬 第二章 連歌師宗祇 解説〈月報〉光田和伸／大村敦子

第五巻 連歌・俳諧 資料と研究

■口絵二頁・三三八頁・本体九〇〇〇円 I978-4-7576-0279-3 2004・10

第一章 連歌論書 第二章 連歌句集 第三章 連歌百韻ほか 第四章 俳諧 解説〈月報〉石川真弘／海野圭介／尾崎千佳

第六巻 天満宮連歌史 付、法楽連歌ほか

■口絵四頁・二九二頁・本体九〇〇〇円 I978-4-7576-0294-6 2005・1

第一章 大阪天満宮連歌史 第二章 太宰府天満宮連歌史 第三章 法楽連歌 第四章 連歌と宴 第五章 財団法人角屋保存会蔵「邸内遊楽図」二曲一隻 第六章 連歌と年中行事 解説〈月報〉川添昭二／鶴崎裕雄

第七巻 和歌史 上

■口絵二頁・五一六頁・本体一四〇〇〇円 I978-4-7576-0329-5 2005・6

序章 第一章 万葉から古今へ 第二章『古今和歌集』雑考 第三章『拾遺抄』から『拾遺和歌集』へ 第四章 能因法師 第五章『袋草紙』 第六章『千載和歌集』雑考 第七章 俊恵法師をめぐって 第八章 歌語ひとつ 第九章 西行をめぐって 第十章 俊成と定家 第十一章 新古今歌風形成への道 第十二章 入日を洗ふ沖つ白波 第十三章 新古今的表現 第十四章 新古今歌風形成と万葉語・万葉調 第十五章『近代秀歌』をめぐって 第十六章 三代集と定家 第十七章 鴨長明の和歌 付録 和歌文学史略年表Ⅰ 補記 解説〈月報〉上條彰次／田島智子／佐藤明浩

第八巻 和歌史 下

■口絵四頁・五一六頁・本体一四〇〇〇円 I978-4-7576-0340-0 2005・12

第一章『百人一首』論考 第二章『和漢兼作集』の成立 第三章『安嘉門院四条五百首』と『十六夜日記』 第四章『為兼卿和歌抄』と玉葉・風雅の歌風 第五章『歌苑連署事書』と『三代秘抄』 第六章 鵜鷺系歌学書の成立と展開 第七章 雑談という名の歌論 第八章 建武前後の外宮祠官の和歌 第九章 南朝の歌壇とその行方 第十章『新後拾遺和歌集』管見 第十一章 正徹 第十二章 東常縁の生涯と文事 第十三章 戦国期を生きる冷泉家 第十四章 冷泉歌風とその行方 第十五章『兼載雑談』おぼえがき 第十六章 和歌と説話と 第十七章 近世和歌の流れ 第十八章『耳底記』 第十九章『無名野草』をめぐって 第二十章 契沖 第二十一章 近世和歌の連作 第二十二章 近世の女流歌人たち 第二十三章 花鳥風月の歴史 付録 和歌文学史略年表Ⅱ 補記 解説〈月報〉井上宗雄／黒田彰子／福田安典

第九巻 近代短歌史 付、歌枕・俳枕

I978-4-7576-0377-6　2006・6
■口絵三頁・五七六頁・本体一四五〇〇円

第一章　和歌文学史の研究　短歌編　第二章　近代短歌一首又一首　第三章　歌枕・俳枕　解説〈月報〉篠　弘／杉田智美／押川加緒莉

第十巻　**物語**
■口絵二頁・四八八頁・本体一三〇〇〇円　I978-4-7576-0388-2　2006・10

第一章　歌と歌物語と　第二章　源氏物語　第三章　宇治拾遺物語の序文　第四章　物語草子　第五章　平家物語　付章　佐賀藩の諸文庫管見　解説〈月報〉田中道雄／堤　和博／黒田彰

第十一巻　**芸能史**
■口絵六頁・七三六頁・本体一五〇〇〇円　I978-4-7576-0401-8　2007・3

第一章　芸能史の課題　第二章　能狂言　第三章　中世芸能の演出者たち　第四章　『けいせい会稽山』を読む　第五章　明治前期歌舞伎　第六章　戦後の関西歌舞伎　第七章　続劇評ノート　付　解説〈月報〉伊藤正義／関屋俊彦／川戸　恵

第十二巻　**現代短歌論**
■口絵四頁・五二〇頁・本体一四〇〇〇円　I978-4-7576-0420-9　2007・7

第一章　句のない道　第二章　女歌の論　第三章　現代短歌・内と外　第四章　その後の私の歌論　第五章　現代短歌のレトリック　第六章　時代遅れの歌論　解説〈月報〉佐佐木幸綱／櫟原　聰／盛田帝子

第十三巻　**作品**　**短歌・連歌・随想**
■口絵四頁・二九四頁・本体八〇〇〇円　I978-4-7576-0427-8　2007・9

第一章　短歌　第二章　連歌　第三章　随想　解説〈月報〉竹西寛子／加賀元子／郡千寿子

第十四巻　**国文学の世界**
■口絵四頁・四四六頁・本体一二〇〇〇円　I978-4-7576-0448-3　2008・2

第一章　国文学の世界　第二章　冷泉家時雨亭文庫蔵歌書紙背文書の連歌　第三章　西山宗因生誕四百年　第四章　随想で綴る私の履歴　第五章　男ひとりの食日誌　第六章　著述目録　第七章　講義題目　解説〈月報〉稲田利徳／岡本　聡／米田真理子

第十五巻　**拾遺・索引**
■口絵四頁・三九二頁・本体一二五〇〇円　I978-4-7576-0502-2　2009・3

【拾遺編】第一章　『古今和歌集』と近代　第二章　北海道に渡った連歌師卜純と中世北方史　第三章　阿久比の連歌　第四章　雑考　補記　補訂／【索引編】総索引　凡例　著作集総目次　月報総目次　解説　おおけなくも〈月報〉矢野貫一／長友千代治

❖別巻シリーズ❖

別巻1　**宗祇の顔**　画像の種類と変遷
I978-4-7576-0596-1　2011・7
■A５並製・口絵四頁・一一二頁　本体三八〇〇円

宗祇の多くの画像を分類し、総括的に考察。とくに顔貌の変遷の由来を辿る。

別巻2　**若山牧水とところどころ**　近代短歌史の視点から
I978-4-7576-0678-4　2013・9
■四六上製・口絵一頁・三三六頁　本体三五〇〇円

牧水生誕から没後までを、文学史研究の立場より近代短歌史上に新しく位置付ける。

別巻3　新刊　**『源氏物語』放談**　どのようにして書かれていったのか
I978-4-7576-0835-1　2017・4
■A５並製・三一四頁・本体三七〇〇円

「伏線」と「芽」という視点で『源氏物語』を読む。

『源氏物語』五十四帖が複雑な成立事情を持つことはよく知られている。いくつかの巻は、紫式部工房での競作に成るのではないか？　名古屋の「源氏の会」で講義してきた著者が、その真相に迫る。

別巻4　新刊　**老のくりごと**　八十以後国文学談儀
I978-4-7576-0802-3　2017・9
■A５並製・口絵一頁・二八〇頁・本体二五〇〇円

珠玉のエッセイ集、一〇〇篇を収録。

心敬の『老のくりごと』という晩年の連歌書をひそかに思いうかべて「時代・ジャンルを問わず、国文学のところどころを思いつくままに書きつけておこうとする」エッセイ集。